Alexander McCall Smith

In Edinburgh ist Mord verboten

Miss Isabel und der Club
der Sonntagsphilosophen

ROMAN

*Aus dem Englischen
von Thomas Stegers*

Karl Blessing Verlag

Originaltitel: The Sunday Philosophy Club
Originalverlag: Little, Brown; an imprint of Time Warner, London

Der Karl Blessing Verlag ist ein Unternehmen der
Verlagsgruppe Random House GmbH.

2. Auflage
Copyright © für die deutschsprachige Ausgabe
Karl Blessing Verlag GmbH München 2004
Copyright © Alexander McCall Smith, 2004
Umschlaggestaltung: Hauptmann & Kampa,
Werbeagentur München, Zürich, Andrea Glanegger
Unter Verwendung einer Illustration von © Mike Loos
Satz: Uhl + Massopust, Aalen
Druck und Bindung: GGP Media GmbH, Pößneck
Printed in Germany
ISBN 3-89667-263-0
www.blessing-verlag.de

1

Isabel Dalhousie sah den jungen Mann vom zweiten Rang herabfallen, vom Olymp. Es kam so plötzlich, es ging so schnell, keine Sekunde dauerte sein Flug, kopfüber, das Haar zerzaust, Hemd und Jacke bis zur Brust hochgerutscht, sodass die Taille entblößt war. Dann, das Geländer des ersten Rangs streifend, verschwand er im Parkett darunter.

Seltsam, aber im ersten Moment kam ihr Audens Gedicht über den Sturz des Ikarus in den Sinn. Solche Ereignisse, sagt Auden, geschehen immer vor Publikum, vor Menschen, die gerade ganz alltägliche Dinge tun. Sie gucken nicht nach oben und sehen den Jungen vom Himmel fallen. *Ich unterhielt mich gerade mit einer Freundin*, dachte sie. *Ich unterhielt mich gerade mit einer Freundin, und da fiel der Junge vom Himmel.*

Auch wenn es nicht passiert wäre, hätte sie sich an den Abend erinnert. Sie war unschlüssig gewesen, was das Konzert betraf – eine Darbietung der Reykjaviker Symphoniker, von denen sie noch nie gehört hatte –, und wäre nicht hingegangen, wenn nicht eine Nachbarin ihr eine Eintrittskarte aufgedrängt hätte. Verfügt Reykjavik wirklich über ein professionelles Symphonieorchester, hatte sie sich gefragt, oder waren die Musiker Laien? Ganz gleich – da sie es nun mal bis nach Edinburgh geschafft hatten, um ein Frühjahrskonzert zu geben, hatten sie natürlich auch ein Publikum verdient; den weiten Weg von Island bis hierher kommen und dann vor leerem Haus auftreten, das durfte man nicht zulassen. Des-

5

wegen war sie zu dem Konzert gegangen und hatte sich durch die erste Hälfte gequält, eine romantische, deutsch-schottische Mischung: Mahler, Schubert und Hamish McCunn.

Es war ein warmer Abend – zu warm für die Jahreszeit, Ende März –, und in der Usher Hall herrschte eine stickige Atmosphäre. Isabel hatte sich dünn angezogen, vorsorglich, und sie war nur froh darum, denn die Temperatur im ersten Rang stieg unweigerlich an. Während der Pause war sie nach unten gegangen und hatte die kühlere Luft draußen genossen, die Bar im Foyer mit ihrer Kakophonie aus Gesprächen hatte sie gemieden. Bestimmt hätte sie dort Leute getroffen, die sie kannte; es war unmöglich, in Edinburgh auszugehen, ohne einen Bekannten zu treffen, aber an diesem Abend war sie nicht in der Stimmung für Geplauder. Als es Zeit wurde, wieder hineinzugehen, hatte sie einen Augenblick lang mit dem Gedanken gespielt, die zweite Hälfte ausfallen zu lassen, doch vor jeder Handlung, die den Eindruck mangelnder Konzentration oder, schlimmer noch, mangelnder Ernsthaftigkeit vermittelt hätte, war sie immer zurückgeschreckt. Sie war an ihren Platz zurückgekehrt, hatte das Programm in die Hand genommen, das sie auf der Armlehne abgelegt hatte, und las, was sie jetzt erwartete. Sie seufzte: *Stockhausen*!

Sie hatte sich ein Opernglas mitgebracht – überaus hilfreich, selbst bei der nur geringen Höhe des ersten Rangs. Mit dem Glas musterte sie die Musiker auf der Bühne unter ihr, eine Beschäftigung, der sie in Konzerten nie widerstehen konnte. Fremde Menschen mit dem Fernglas zu beobachten, das tat man normalerweise nicht, aber hier in der Konzerthalle war es erlaubt, und wenn das Fernglas gelegentlich ins Publikum abschweifte, wer würde das schon merken? Die Streicher waren wenig auffällig, doch einer der Klarinettisten hatte ein markantes Gesicht: hohe Backenknochen, tief liegende Augen und ein Kinn, das eindeutig von einer Axt gespalten worden war. Ihr Blick heftete sich an ihn, und sie dachte an die Generationen abgehärteter Isländer und Dänen vor ihm, die sich abgerackert und diesen Typus hervorgebracht hatten: Männer und Frauen, die dem kargen Boden der Hochlandfarmen Erträge abrangen; Fischer, die in eisgrauer See Jagd auf Kabeljau machten; Frauen, die ihre Kinder mit Dörrfisch und Hafermehl durchbrachten; und jetzt, nach all diesen Mühen, ein Klarinettist.

Sie legte das Opernglas beiseite und lehnte sich in ihrem Sitz zurück. Das Orchester war absolut kompetent, den McCunn hatte es mit Schmiss hingelegt, aber warum spielte man immer noch Stockhausen? Vielleicht galt es als Ausdruck von Kultiviertheit. Wir kommen zwar aus Reykjavik, und das mag eine Kleinstadt am Rande der Welt sein, aber Stockhausen können wir mindestens so gut spielen wie alle anderen auch. Sie schloss die Augen. Wirklich, die Musik war einfach unmöglich, und eigentlich dürfte ein gastierendes Orchester seinem Gastland so etwas nicht zumuten. Spontan kam ihr der Gedanke, dass es so etwas wie Orchesteranstand geben sollte. Auf jeden Fall sollte man vermeiden, politisch Anstoß zu erregen: Deutsche Orchester waren früher zum Beispiel zurückhaltender mit der Aufführung von Wagners Musik im Ausland, jedenfalls in einigen Ländern, wählten stattdessen deutsche Komponisten, die irgendwie ... reumütiger waren. Isabel, die Wagner nicht ausstehen konnte, kam das durchaus entgegen.

Der Stockhausen war das letzte Stück auf dem Programm. Als sich der Dirigent endlich zurückgezogen hatte und der Applaus abgeklungen war – nicht ganz so herzlich, dachte sie, wie man hätte erwarten können, was sicher mit dem Stockhausen zu tun hatte –, erhob sie sich von ihrem Sitzplatz und machte sich auf den Weg zur Damentoilette. Dort drehte sie den Wasserhahn auf, schöpfte Wasser zum Mund – über so etwas Modernes wie einen Wasserspender verfügte die Usher Hall nicht – und spritzte sich etwas ins Gesicht. Es kühlte sie ab, und sie ging wieder nach draußen auf den Wandelgang. In diesem Moment jedoch erblickte Isabel ihre Freundin Jennifer, die am Fuß der Treppe zum ersten Rang stand.

Sie zögerte. Noch immer war es drinnen ungemütlich warm, andererseits hatte sie Jennifer über ein Jahr nicht mehr gesehen, und sie konnte nicht einfach an ihr vorbeigehen, ohne sie zu begrüßen.

Isabel bahnte sich einen Weg durch die Menge.

»Ich warte auf David«, sagte Jennifer und wies zum ersten Rang. »Stell dir vor, er hat eine Kontaktlinse verloren. Eine der Platzanweiserinnen hat ihm eine Taschenlampe geliehen, damit er unter seinen Sitz gucken kann. Im Zug nach Glasgow hat er bereits eine verloren, und jetzt ist es ihm schon wieder passiert.«

Sie unterhielten sich, bis auch der Letzte aus der Menge die Treppe hinter ihnen heruntergekommen war. Jennifer, eine hübsche Frau, Anfang vierzig – wie Isabel –, trug ein rotes Kostüm, an das sie eine große Goldbrosche in der Form eines Fuchskopfes gesteckt hatte. Unwillkürlich musste sie auf diesen Fuchs gucken, der weinrote Augen hatte und der sie anscheinend musterte. *Bruder Fuchs*, dachte sie. *Genau wie Bruder Fuchs.*

Nach einigen Minuten schaute Jennifer besorgt die Treppe hinauf.

»Wir sehen mal lieber nach, ob er Hilfe braucht«, sagte sie gereizt. »Es wäre schrecklich lästig, wenn er schon wieder eine Linse verloren hätte.«

Sie stiegen einige Stufen der kurzen Treppe hoch und sahen hinab auf die Stelle, wo Davids Rücken zu erkennen war, gekrümmt, hinter einem Sitz. Zwischen den Sitzreihen leuchtete der Strahl der Taschenlampe auf. In diesem Moment, als sie dort stand, fiel der junge Mann vom oberen Balkon herab, still, wortlos, mit wedelnden Armen, als versuchte er zu fliegen oder den Boden abzuwehren, und verschwand dann aus ihrem Blickfeld. Ein paar Sekunden lang starrten sie einander ungläubig an. Dann ertönte von unten ein Schrei, die Stimme einer Frau, schrill, dann rief ein Mann etwas, und irgendwo schlug laut eine Tür zu.

Isabel streckte eine Hand nach Jennifer aus und packte sie am Arm. »Mein Gott!« sagte sie. »Mein Gott!«

Jennifers Mann richtete sich zwischen den Sitzreihen aus der Hocke auf. »Was war das?« rief er den beiden zu. »Was ist passiert?«

»Jemand ist gefallen«, sagte Jennifer. Sie zeigte auf den zweiten Rang, die Stelle, wo der oberste Balkon auf die Außenwand stieß. »Von da oben. Er ist gefallen.«

Wieder sahen sich die beiden Frauen an. Isabel ging vor bis zum Rand des ersten Rangs. Auf der Brüstung verlief ein Handlauf aus Messing, an dem sie sich festhielt, als sie jetzt über den Rand spähte.

Unter ihr, zusammengesackt über eine Sitzkante, die Beine verdreht auf den Armlehnen der Nachbarsitze, ein Fuß ohne Schuh, aber bestrumpft, wie ihr auffiel, lag der junge Mann. Seinen Kopf, unterhalb des Sitzpolsters, konnte sie nicht sehen, aber sie sah einen Arm aufragen, wie nach etwas ausgestreckt, doch regungslos. Neben ihm standen zwei Herren in Abendgarderobe, einer der beiden hatte die Hand ausgestreckt und berührte den jungen Mann, während der andere hinter sich zur Tür blickte.

»Schnell«, schrie einer der beiden Männer. »Beeilen Sie sich.«

Eine Frau rief etwas, und ein dritter Mann lief den Mittelgang hoch, bis zu der Stelle, an der der junge Mann lag. Er bückte sich zu dem jungen Mann hinunter und fing an, ihn aus dem Sitz zu heben. Jetzt kam auch der Kopf zum Vorschein, der schlaff herunterbaumelte, als wäre er vom Körper getrennt. Isabel riss sich los und sah Jennifer an.

»Wir müssen runtergehen«, sagte sie. »Wir haben gesehen, was passiert ist. Besser, wir gehen und sagen jemandem, was wir gesehen haben.«

Jennifer nickte. »Viel haben wir nicht gesehen«, sagte sie. »Es war alles so schnell vorbei. Oh je.«

Ihre Freundin zitterte, und Jennifer legte einen Arm um ihre Schultern. »Das war grässlich!« sagte sie. »Was für ein Schock.«

Jennifer schloss die Augen. »Er ist so … schnell gefallen. Glaubst du, dass er noch am Leben ist? Hast du was erkennen können?«

»Er sah ziemlich schwer verletzt aus«, sagte Isabel, und dachte, dass es wohl noch schlimmer war.

Sie gingen die Treppe hinunter. An der Tür zum Parkett hatte sich eine kleine Menschenmenge versammelt, und Gesprächsfetzen schwirrten durch den Raum. Als Isabel und Jennifer näher kamen, drehte sich eine Frau zu ihnen um und sagte: »Jemand ist vom Olymp gestürzt. Er ist da drin.«

Isabel nickte. »Wir haben gesehen, wie es passiert ist«, sagte sie. »Wir waren oben.«

»Sie haben es mit eigenen Augen gesehen?« sagte die Frau. »Sie haben es wirklich gesehen?«

»Wir haben ihn durch die Luft fliegen sehen«, sagte Jennifer. »Wir waren im ersten Rang. Er ist an uns vorbeigeflogen.«

»Wir furchtbar«, sagte die Frau. »So etwas mit ansehen zu müssen.«

»Ja.«

Die Frau blickte Isabel mit jener plötzlichen menschlichen Anteilnahme an, die das gemeinsame Erleben eines Unglücks gestattet.

»Ich glaube, wir stehen hier nicht gerade günstig«, murmelte Isabel teils Jennifer, teils der anderen Frau zu. »Wir sind im Weg.«

Die andere Frau wich zurück. »Man möchte irgendwie helfen«, sagte sie matt.

»Ich hoffe, dass ihm nichts passiert ist«, sagte Jennifer. »Bei dem tiefen Sturz. Er ist gegen die Brüstung des Rangs gestoßen. Das kann den Sturz etwas gemildert haben.«

Nein, dachte Isabel, im Gegenteil, das hat es vielleicht nur noch schlimmer gemacht. Es würde zwei Arten von Verletzungen geben, die einen, die von dem Schlag gegen die Brüstung herrührten, die anderen, die er sich am Boden zugezogen hatte. Sie sah, wie am Haupteingang plötzlich Hektik ausbrach, und dann, an der Wand, den Widerschein des rotierenden Blaulichts von einem Krankenwagen.

»Wir müssen sie durchlassen«, sagte Jennifer und entfernte sich von der Menschentraube an der Tür zum Parkett. »Die Sanitäter müssen reinkönnen.«

Sie traten zur Seite, und zwei Männer in weiter grüner Arbeitskleidung rannten mit einer zusammengeklappten Krankentrage herein. Es dauerte nicht lange, bis sie wiederkamen – kaum eine Minute, wie es schien –, und dann gingen sie vorbei, auf der Trage der junge Mann mit über der Brust gekreuzten Armen. Isabel drehte sich zur Seite, bemüht, sich nicht einzumischen, doch bevor sie ihren Blick abkehrte, sah sie sein Gesicht. Sie sah die Mähne aus zerzaustem dunklem Haar, und sie sah die feinen unbeschädigten Gesichtszüge. So eine Schönheit, dachte sie, und dann so ein Ende. Sie machte die Augen zu. Sie fühlte sich wund innen, ganz leer. Dieser arme junge Mann, dachte sie, geliebt irgendwo von irgendwem, dessen Welt heute Abend zusammenbrechen würde, wenn man ihm die grausame Nachricht überbrachte. All diese Liebe, die in eine Zukunft investiert worden war, die es jetzt nicht mehr gab; alles mit einem Schlag beendet, mit einem Sturz aus dem Olymp.

Sie wandte sich Jennifer zu. »Ich gehe nur mal rasch nach oben«, sagte sie, senkte dabei die Stimme. »Sag ihnen, dass wir es gesehen haben. Sag ihnen, dass ich gleich wieder da bin.«

Jennifer nickte, schaute sich um, wer hier zuständig war. Es herrschte Verwirrung. Eine Frau schluchzte, wahrscheinlich eine von den Frauen, die im Parkett gestanden hatten, als er herabstürzte. Sie wurde von einem großen Mann in einer Smokingjacke getröstet.

Isabel löste sich aus der Gruppe und ging auf eine der Treppen zu, die hinauf zum Olymp führten. Sie hatte ein ungutes Gefühl, sah hinter sich, aber da war niemand. Sie erklomm die letzten Stufen, schlüpfte durch einen der Torbögen, dahinter lagen die steil angeordneten Sitzreihen. Es war still, und das Licht in den verzierten Kugellampen, die von der Decke hingen, war gedämpft. Sie sah hinab, über die Kante hinweg, über die der junge Mann gestürzt war. Sie und Jennifer hatten sich fast genau unterhalb der Stelle befunden, von der er gefallen war, woraus sie abschätzen konnte, wo er gestanden haben musste, bevor er den Halt verlor.

Sie ging vor bis zur Brüstung und zwängte sich durch die erste Sitzreihe. Hier war der Handlauf aus Messing, über den er sich gebeugt haben musste, und da, auf dem Boden, lag ein Programmheft. Sie bückte sich und hob es auf. Der Umschlag hatte einen kleinen Riss, aber das war auch alles. Sie legte es wieder zurück. Dann beugte sie sich vor und sah über die Kante. Hier musste er gesessen haben, am Ende der Sitzreihe, da, wo der oberste Rang auf die Außenwand traf. Hätte er weiter zur Reihenmitte hin gesessen, wäre er im ersten Rang aufgeschlagen; ein senkrechter Sturz ins Parkett war nur vom Ende der Sitzreihe möglich.

Ihr wurde schwindlig, und für einen Moment machte sie die Augen zu. Sie machte sie wieder auf und sah hinunter ins Parkett, gut fünfzehn Meter unter ihr. Von dort, unweit der Stelle, wo der junge Mann aufgetroffen war, schaute ein Mann in einer blauen Windjacke zu ihr hoch und sah ihr in die Augen. Beide waren überrascht, und Isabel wich zurück, als würde sein Blick sie abdrängen.

Isabel wandte sich von der Brüstung ab und ging vor bis zum Mittelgang zwischen den Sitzreihen. Sie hatte keine Ahnung, wonach sie eigentlich gesucht hatte, wenn überhaupt, und es war ihr peinlich, dass der Mann unten sie entdeckt hatte. Was musste er bloß von ihr denken? Eine ordinäre Gafferin, die sich ein Bild davon machen wollte, was der arme Junge in den letzten Sekunden seines Lebens auf dieser Erde vor Augen gehabt haben musste, was sonst. Aber das hatte sie gar nicht vorgehabt, ganz und gar nicht.

Sie kam an die Treppe und stieg hinab, hielt sich am Geländer fest. Die Stufen der Wendeltreppe waren aus Stein, und man konnte leicht ausrutschen. Wie es ihm höchstwahrscheinlich passiert war, dachte sie. Er muss über die Brüstung geschaut haben, vielleicht weil er gedacht hatte, er könnte dort unten jemanden erkennen, einen Freund vielleicht, und dabei hatte er den Halt verloren und war gestürzt. Das konnte leicht passieren, denn die Brüstung war ziemlich niedrig.

Auf halbem Weg hielt sie inne. Sie war allein, aber sie hatte etwas gehört. Oder bildete sie sich das nur ein? Sie strengte ihr Gehör an, um jedes Geräusch wahrzunehmen, aber da war nichts. Sie atmete tief durch. Er musste der Letzte hier oben gewesen sein, alle anderen waren bereits gegangen, und das Mädchen an der Bar im Wandelgang machte zu. Der junge Mann musste allein gewesen sein, er hatte hinuntergeschaut, dann war er gefallen, lautlos, und hatte im Fall Isabel und Jennifer gesehen, die folglich der letzte menschliche Kontakt für ihn gewesen waren.

Sie gelangte an den Fuß der Treppe. Unten, nur wenige Meter vor ihr, stand der Mann in der blauen Windjacke, und als sie heraustrat, sah er sie streng an.

Isabel ging auf ihn zu. »Ich habe gesehen, wie es passiert ist«, sagte sie. »Ich war im ersten Rang. Meine Freundin und ich haben ihn fallen sehen.«

»Wir werden uns an Sie wenden«, sagte der Mann. »Wir brauchen Ihre Aussage.«

Isabel nickte. »Ich habe nicht viel gesehen«, sagte sie. »Es ging alles so schnell.«

Der Mann blickte misstrauisch. »Warum sind Sie jetzt gerade hochgegangen?« wollte er wissen.

Isabel sah zu Boden. »Ich wollte herausfinden, wie es passiert ist«, sagte sie. »Und jetzt weiß ich es.«

»Ach so?«

»Er muss über den Rand geschaut haben«, sagte sie. »Dabei hat er das Gleichgewicht verloren. Das kann leicht passieren.«

Der Mann schob die Lippen vor. »Wir werden das überprüfen. Spekulationen können wir nicht gebrauchen.«

Es war ein Vorwurf, aber kein schlimmer, denn er sah, wie aufgewühlt sie war. Jetzt zitterte sie sogar. Mit diesem Phänomen war er vertraut. Etwas Schreckliches passiert, und die Menschen fangen an zu zittern. Es ist die Mahnung, die sie erschreckt, die Mahnung, wie nahe wir am Abgrund stehen im Leben, immerzu, jeden Augenblick.

2

Am nächsten Morgen um neun Uhr schloss Isabels Haushälterin Grace die Haustür auf, hob die Post vom Boden in der Diele auf und ging in die Küche. Isabel war bereits nach unten gekommen und saß am Küchentisch, vor sich die aufgeschlagene Zeitung, neben sich eine halb leere Tasse Kaffee.

Grace legte die Briefe auf den Tisch und zog ihren Mantel aus. Sie war eine große Frau, Ende vierzig, sechs Jahre älter als Isabel. Sie trug einen langen, altmodischen Mantel mit Fischgrätenmuster, und ihr dunkelrotes Haar hatte sie hinten zu einem Knoten zusammengebunden.

»Ich musste eine halbe Stunde auf den Bus warten«, sagte sie. »Er kam einfach nicht.«

Isabel erhob sich von ihrem Stuhl und ging zur Kaffeemaschine mit dem frisch aufgebrühten Kaffee.

»Das wird Ihnen gut tun«, sagte sie und goss Grace eine Tasse ein. Nachdem Grace einen Schluck getrunken hatte, wies Isabel auf die Zeitung.

»Da steht eine schreckliche Sache im *Scotsman*«, sagte sie. »Ein Unfall. Ich habe ihn gestern Abend in der Usher Hall gesehen. Ein junger Mann ist vom Olymp gestürzt.«

Grace schnappte nach Luft. »Die arme Seele«, sagte sie. »Und...?«

»Er ist verstorben«, sagte Isabel. »Man hat ihn ins Krankenhaus gebracht, konnte aber bei der Ankunft dort nur noch seinen Tod feststellen.«

Grace sah ihre Arbeitgeberin über den Tassenrand hinweg an. »Ist er gesprungen?« fragte sie.

Isabel schüttelte den Kopf. »Für diese Vermutung gibt es keinen Grund.« Sie hielt inne. Daran hatte sie überhaupt noch nicht gedacht. Normalerweise brachten Menschen sich nicht auf diese Weise um. Wenn man springen wollte, dann ging man zur Forth Bridge, oder zur Dean Bridge, falls einem der nackte Boden lieber war als Wasser. Die Dean Bridge: Hatte nicht Ruthven Todd ein Gedicht über sie verfasst und gesagt, die Eisensporne »wehrten seltsamerweise die Selbstmorde ab«; seltsamerweise deswegen, weil angesichts der totalen Vernichtung der eigenen Person der Gedanke an einen geringen Schmerz eigentlich irrelevant sein sollte. Ruthven Todd, dachte sie, kaum beachtet, trotz seiner außergewöhnlichen Dichtung; eine einzige Zeile von ihm, hatte sie einmal geäußert, wog fünfzig Zeilen von MacDiarmid mit dessen ganzen Bombast auf; doch kein Mensch erinnerte sich heute noch an Ruthven Todd.

MacDiarmid hatte sie einmal gesehen, als sie noch zur Schule ging und mit ihrem Vater die Hanover Street entlangspazierte und sie an der Milnes Bar vorbeikamen. Der Dichter trat gerade aus der Bar, in Begleitung eines großen, distinguiert aussehenden Herrn, der ihren Vater begrüßte. Ihr Vater hatte ihr die beiden Männer vorgestellt, und der große hatte Isabel höflich die Hand geschüttelt; MacDiarmid hatte gelächelt und genickt, seine Augen, von denen ein durchdringendes blaues Leuchten ausging, hatten sie beeindruckt. Er trug einen Kilt, und er hatte eine Lederaktentasche, die er sich an die Brust drückte, als wollte er sich damit gegen die Kälte wappnen.

Nachher hatte ihr Vater gesagt: »Der beste schottische Dichter und der geschwätzigste schottische Dichter, traulich vereint.«

»Wer war der eine und wer der andere?« hatte sie ihn gefragt. In der Schule lasen sie Burns, etwas Ramsey und Henryson, aber keine modernen Dichter.

»MacDiarmid oder Christopher Grieve, wie sein richtiger Name lautet, ist der geschwätzigste. Der Beste ist der große Mann, Norman McCaig. Doch volle Anerkennung wird er wohl nie erfahren, denn in der schottischen Literatur wird nur geklagt und gejammert, wie tief man in seiner Seele verletzt sei.« Er hatte innegehalten, und dann hatte er sie gefragt: »Weißt du überhaupt, wovon ich rede?«

Und Isabel hatte geantwortet: »Nein.«

Grace wiederholte ihre Frage. »Glauben Sie, dass er gesprungen ist?«

»Wir haben nicht gesehen, wie er über die Brüstung gefallen ist«, sagte Isabel und faltete die Zeitung so zusammen, dass das Kreuzworträtsel zuoberst war. »Wir haben ihn fallen gesehen, also nachdem er ausgerutscht war oder wie immer das passiert ist. Das habe ich der Polizei gesagt. Sie wollte gestern Abend noch eine Aussage von mir haben.«

»So leicht rutscht man nicht aus«, murmelte Grace.

»Doch«, sagte Isabel. »So etwas passiert. Andauernd. Ich habe mal irgendwo gelesen, dass jemand auf seiner Hochzeitsreise ausgerutscht ist. Das Paar hat irgendeinen Wasserfall in Südamerika besichtigt, und der Mann ist ausgerutscht.«

Grace zog die Augenbrauen hoch. »Eine Frau ist mal von der Klippe heruntergefallen«, sagte sie. »Hier in Edinburgh. Die war auch auf Hochzeitsreise.«

»Sehen Sie«, sagte Isabel. »Ausgerutscht.«

»Nur dass einige meinten, sie sei gestoßen worden«, entgegnete Grace. »Der Mann hatte wenige Wochen vorher eine Lebensversicherung für sie abgeschlossen. Er verlangte das Geld, und die Versicherung hat sich geweigert, es ihm auszuzahlen.«

»Na ja, in einigen Fällen ist es wohl vorgekommen. Manche Menschen werden gestoßen. Andere rutschen aus.« Sie hielt inne, stellte sich das junge Paar in Südamerika vor, die aufsprühende Gischt des Wasserfalls, den Mann, der in das Weiß hineinstürzt, die junge Braut, die den Weg zurückläuft, die Leere. Man liebte sich, und das machte einen so verwundbar; nur wenige Zentimeter zu dicht am Rand, und schlagartig veränderte sich die Welt für einen.

Sie nahm ihre Kaffeetasse und verließ die Küche. Grace arbeitete lieber unbeobachtet, und Isabel löste morgens gerne im Frühstückszimmer, mit Blick auf den Garten, das Kreuzworträtsel. Es war seit Jahren ein Ritual, seitdem sie wieder zurück ins Haus gezogen war, und es hatte sich bis heute

18

gehalten. Mit dem Kreuzworträtsel fing der Tag an, und erst danach warf sie einen Blick in die Zeitung, vermied möglichst die anzüglichen Prozessberichte, die anscheinend immer mehr Spalten einnahmen. Sie hatte etwas Obsessives, diese Beschäftigung mit den menschlichen Schwächen, mit dem Scheitern, mit den Tragödien im Leben anderer Menschen, den banalen Affären von Schauspielern und Sängern. Natürlich musste man sich der menschlichen Schwächen bewusst sein, ganz einfach deswegen, weil es sie gab; aber sich daran zu weiden, war für Isabel reiner Voyeurismus oder gar moralinsaures Märchenerzählen. Trotzdem, dachte sie – lese ich diese Artikel nicht auch? Ja. Ich bin genauso schlimm wie alle anderen, auch ich fühle mich von diesen Skandalen angezogen. Sie schmunzelte reumütig, als sie die eingerahmte Schlagzeile, in Fettschrift, las: Schandtat des Pfarrers erschüttert Gemeinde. Seite vier. Natürlich würde sie das lesen, so wie jeder andere auch, obgleich einem klar war, dass hinter der Geschichte eine private Tragödie steckte, abgesehen von der Peinlichkeit, die damit einherging.

Sie rückte einen Stuhl ins Frühstückszimmer, damit sie am Fenster sitzen konnte. Es war ein klarer Tag, und die Sonne schien auf die Blüten der Apfelbäume, die eine Seite ihres von Mauern umgebenen Gartens säumten. Die Blüte dieses Jahr war spät gekommen, und sie fragte sich, ob es in diesem Sommer überhaupt wieder Äpfel geben würde. Gelegentlich wurden die Bäume unfruchtbar und brachten kein Obst hervor, und dann, im Jahr darauf, bordeten sie über mit kleinen roten Äpfeln, die sie pflückte und aus denen sie nach einem Rezept, das sie von ihrer Mutter hatte, Chutney und Soße machte.

Ihre Mutter – ihre *selige amerikanische Mutter* – war verstorben, als Isabel acht Jahre gewesen war, und die Erinnerung an sie verblasste. Die Monate und Jahre vermischten sich, und das Gesicht, das sie über sich sah, wenn ihre Mutter sie abends ins Bett gepackt hatte, stand nur noch als verschwommenes Bild vor ihrem geistigen Auge. Die Stimme allerdings hatte sie noch im Ohr, sie hallte irgendwo im Gedächtnis wider, dieser weiche Südstaatendialekt, der, wie ihr Vater einmal gesagt hatte, an Baummoose erinnerte und an Figuren aus Theaterstücken von Tennessee Williams.

Sie saß im Frühstückszimmer, eine Tasse Kaffee, ihre zweite heute Morgen, auf dem Beistelltisch mit der Glasplatte, und steckte unerklärlicherweise gleich zu Anfang bei der Lösung des Kreuzworträtsels fest. Eins Senkrecht war ein Geschenk gewesen – geradezu eine Beleidigung – *Verbrecher am längeren Hebel* (9–8). Einarmige Banditen. Und dann, *Ein Germane, der die Leitung hat* (7) – Manager, natürlich. Doch nach einigen weiteren Begriffen dieses Niveaus stieß sie auf *Erregung nach Punkten?* (7) und *Verwundbar halten wir vereinzelt dafür* (4–4), die beide ungelöst blieben, was ihr das ganze Rätsel verdarb. Sie war frustriert und ärgerte sich über sich selbst. Die Hinweise würden sich zu gegebener Zeit schon entschlüsseln, und im Laufe des Tages würden ihr die Begriffe einfallen, aber fürs Erste musste sie sich geschlagen geben.

Sie wusste natürlich, was los war. Die Ereignisse des vorherigen Abends hatten sie aufgewühlt, vielleicht mehr als sie wahrhaben wollte. Sie hatte nur schwer einschlafen können und war in den frühen Morgenstunden aufgewacht. Sie war aufgestanden und nach unten gegangen, um sich ein Glas Milch zu holen. Sie hatte versucht zu lesen, konnte sich aber kaum konzentrieren, sie hatte das Licht ausgeschaltet und hatte wach im Bett gelegen, hatte an den Jungen gedacht, an das hübsche, gleichförmige Gesicht. Hätte sie anders empfunden, wenn es ein älterer Mensch gewesen wäre? Hätte sie heftiger reagiert, wenn der herabbaumelnde Kopf graue Haare gehabt hätte, das Gesicht faltenreich und nicht jugendlich gewesen wäre?

Unterbrochener Nachtschlaf und dazu der Schock – kein Wunder, dass sie diese deutlichen Hinweise nicht enträtseln konnte. Sie warf die Zeitung hin und stand auf. Sie wollte mit jemandem reden, besprechen, was gestern Abend geschehen war. Sich weiter mit Grace darüber auszutauschen, hatte keinen Zweck, Grace würde sich nur in abstrusen Vermutungen ergehen, würde abschweifen und endlose Geschichten über irgendwelche Katastrophen erzählen, die sie bei Freunden aufgeschnappt hatte. Wenn urbane Mythen irgendwo ihren Ursprung hatten, dachte Isabel, dann bei Grace. Nein, sie würde zu Fuß nach Bruntsfield gehen, beschloss sie, und mit ihrer Nichte Cat darüber reden. Cat hatte an einer belebten Kreuzung eines beliebten Einkaufsviertels ein Spezialitätengeschäft, und wenn nicht gerade viele Kunden im Laden waren, gönnte sie sich gerne eine Pause und trank eine Tasse Kaffee mit ihrer Tante.

Cat war verständnisvoll, und wenn Isabel es nötig hatte, wieder nüchtern und sachlich zu werden, war ihre Nichte ihre erste Anlaufstelle. Für Cat galt das Gleiche, denn die Probleme mit ihrem jeweiligen Freund – und derartige Probleme schienen eine Konstante in ihrem Leben zu sein – waren ein ständiges Thema zwischen den beiden.

»Natürlich weißt du, was ich dir raten werde«, hatte Isabel sechs Monate zuvor gesagt, kurz bevor Toby in Cats Leben trat.

»Und du weißt, was ich dir darauf antworten werde.«

»Ja«, hatte Isabel gesagt. »Das kann ich mir vorstellen. Und ich weiß auch, dass ich das nicht sagen sollte, weil man anderen nicht vorschreiben sollte, was sie zu tun haben. Aber...«

»Aber du findest, ich sollte wieder zu Hugo zurückkehren.«

»Genau«, sagte Isabel, dachte dabei an Hugo mit seinem niedlichen Grinsen und seiner feinen Tenorstimme.

»Ja, Isabel, aber du weißt doch – oder nicht? Du weißt doch, dass ich ihn nicht liebe. Ich liebe ihn einfach nicht.«

Darauf gab es keine Antwort, und das Gespräch endete in Schweigen.

Sie holte ihren Mantel und rief Grace zu, sie werde jetzt gehen, aber zum Mittagessen wieder zu Hause sein. Sie war unsicher, ob Grace sie gehört hatte – von irgendwo her im Haus ertönte das Heulen eines Staubsaugers –, und sie rief noch mal. Diesmal wurde der Staubsauger ausgeschaltet, und es kam eine Antwort.

»Sie brauchen kein Mittagessen zu kochen«, rief Isabel. »Ich habe keinen großen Hunger.«

Cat hatte gerade zu tun, als Isabel das Spezialitätengeschäft betrat. Mehrere Kunden hielten sich im Laden auf, zwei suchten eine Flasche Wein, zeigten auf Etiketten und ereiferten sich über die Vorzüge von Brunello gegenüber Chianti, während Cat einem anderen zusprach, von einem großen Stück Pecorino, der auf einem Marmorteller dargeboten wurde, ruhig eine Scheibe zu probieren. Sie erhaschte Isabels Blick und lächelte, formte mit den Lippen eine stumme Begrüßung. Isabel wies auf einen der Tische, an denen Cat ihren Kunden Kaffee servierte; sie würde so lange warten, bis die Kunden weg waren.

Neben dem Tisch lagen, ordentlich gestapelt, verschiedene europäische Zeitungen, und Isabel nahm eine zwei Tage alte Ausgabe des *Corriere della Sera* in die Hand. Sie konnte Italienisch lesen, so wie Cat auch, und sie überschlug die Seiten, die sich mit italienischer Politik beschäftigten – die sie undurchschaubar fand –, und blätterte gleich vor zu den Kulturseiten. Dort war ein langer Artikel über Calvino, eine Neubewertung, zu finden, und ein kürzerer über die anstehende Saison an der Scala. Beides interessierte sie nicht sonderlich: Weder kannte sie auch nur einen der in der Titelzeile erwähnten Sänger in dem la Scala-Artikel, noch musste Calvino ihrer Meinung nach neu bewertet werden. Blieb noch ein Artikel über einen albanischen Filmemacher, der sich in Rom niedergelassen hatte und der versuchte, Filme über seine Heimat zu drehen. Der erwies sich als recht nachdenkliche Lektüre: In Enwer Hodschas Albanien hatte es offenbar keine Kameras gegeben, nur die der Sicherheitspolizei, zum Fotografieren von verdächtigen Personen. Erst mit dreißig Jahren, gestand der Regisseur, sei es ihm gelungen, überhaupt einen fotografischen Apparat in die Hände zu bekommen: *Ich zitterte*, sagte er. *Ich hatte Angst, ich könnte ihn fallen lassen.*

Isabel las den Artikel zu Ende und legte die Zeitung beiseite. Der arme Mann. All die vergeudeten Jahre! Menschenleben, in Unterdrückung verbracht; all die Chancen, die ihm vorenthalten wurden. Selbst wenn man wusste, oder vermutete, dass es bald ein Ende haben würde – wie viele mussten damit rechnen, dass es für sie selbst dann zu spät sein würde? War es ein Trost, dass die eigenen Kinder einmal genießen durften, was man selbst nicht hatte ausprobieren können? Sie sah Cat an. Cat, die vierundzwanzig Jahre alt war und die nie gewusst hatte, wie es damals war, als die eine Hälfte der Welt – jedenfalls schien es so – nicht mit der anderen Hälfte reden durfte. Cat war ein junges Mädchen gewesen, als die Berliner Mauer fiel, und Stalin und Hitler und all die anderen Tyrannen waren für sie historische Gestalten, ungefähr so fern wie das Adelsgeschlecht der Borgias. Wer war ihr »Popanz«, fragte sie sich. Wer, wenn überhaupt jemand, war der Schrecken ihrer Generation? Vor ein paar Tagen hatte sie im Radio jemanden die Empfehlung geben hören, man solle Kindern beibringen, es gebe keine bösen Menschen, böse sei nur das, was Menschen täten. Die Bemerkung hatte sie stutzig gemacht. Sie war gerade in der Küche, und sie blieb auf der Stelle stehen und beobachtete, wie sich Blätter an einem Baum vor dem blauen Hintergrund des Himmels bewegten. Es gibt keine bösen Menschen. Hatte er das tatsächlich gesagt? Es gab immer welche, die so etwas behaupteten, nur um zu beweisen, dass sie nicht altmodisch waren. Von dem Mann aus Albanien, der im Leben von dem Bösen umringt war wie von den vier Wänden einer Gefängniszelle, würde man so etwas jedenfalls nicht zu hören bekommen, dachte sie.

Sie ertappte sich dabei, wie sie auf das Etikett einer Flasche Olivenöl starrte, die Cat an prominenter Stelle auf einem Regal in der Nähe des Tisches platziert hatte. Das Etikett war in einem rustikalen Stil gestaltet, den Italiener gerne verwenden, um die Authentizität landwirtschaftlicher Produkte zu veranschaulichen. Das hier stammt nicht aus einer Fabrik, sollte die Darstellung signalisieren; das hier stammt von einem echten Bauernhof, wo solche Frauen wie die auf dem Bild das Öl aus ihren eigenen Oliven pressen, wo es große, süßlichduftende Rinder gibt, und, im Hintergrund, einen Bauer mit Schnauzer und einer Hacke in der Hand. Das sind anständige

Leute, die an das Böse glauben und an die Jungfrau Maria und an eine ganze Heerschar Heiliger. In Wirklichkeit gab es so etwas nicht mehr, und das Olivenöl kam höchstwahrscheinlich aus Nordafrika und wurde von zynischen neapolitanischen Geschäftemachern, die zur Jungfrau Maria nur Lippenbekenntnisse ablegten, wenn ihre Mütter in Hörweite waren, in Flaschen abgefüllt.

»Du denkst nach«, sagte Cat, die sich auf den anderen Stuhl am Tisch niederließ. »Ich erkenne immer gleich, wenn du tiefgründige Gedanken denkst. Dann siehst du verträumt aus.«

Isabel lachte. »Ich habe an Italien gedacht und an das Böse, an solche Themen eben.«

Cat wischte sich die Hände an einem Tuch ab. »Ich habe an Käse gedacht«, sagte sie. »Die Frau hat acht verschiedene Sorten probiert und dann ein kleines Stück Farmhouse Cheddar gekauft.«

»Schlichter Geschmack«, sagte Isabel. »Das kannst du ihr nicht vorwerfen.«

»Ich habe festgestellt, dass ich gar nicht versessen bin auf Laufkundschaft«, sagte Cat. »Viel lieber hätte ich so eine Art Privatgeschäft. Man müsste sich um eine Mitgliedschaft bewerben, bevor man eintreten dürfte. Und ich müsste zustimmen. Wie bei den Mitgliedern von deinem philosophischen Sonntagsclub oder was das ist.«

»Der Club der Sonntagsphilosophen ist nicht gerade besonders aktiv«, sagte Isabel. »Aber demnächst haben wir wieder ein Treffen.«

»Eigentlich eine tolle Idee«, sagte Cat. »Ich würde gerne mal kommen, aber Sonntag ist kein guter Tag für mich. Nie kann ich mich aufraffen, mal etwas zu unternehmen. Du weißt ja, wie das ist. Oder?«

Isabel wusste, wie das war. Wahrscheinlich litten alle Mitglieder des Clubs darunter.

Cat musterte sie. »Ist alles in Ordnung? Du siehst ein bisschen bedrückt aus. Das erkenne ich immer gleich.«

Isabel schwieg einen Moment lang. Sie besah sich das Muster auf der Tischdecke, dann blickte sie wieder auf und sah ihre Nichte an. »Nein. Ich bin nicht gerade in vergnügter Stimmung. Gestern Abend ist etwas passiert. Ich habe etwas Schreckliches gesehen.«

Cat runzelte die Stirn, streckte die Hand aus und legte sie Isabel auf den Arm. »Was denn?«

»Hast du heute Morgen schon Zeitung gelesen?«

»Ja.«

»Hast du den Artikel über den jungen Mann in der Usher Hall gelesen?«

»Ach, das«, sagte Cat. »Hast du das gesehen? Warst du in dem Konzert?«

»Ja«, sagte Isabel nur. »Ich habe ihn vom Olymp herabfallen sehen, es geschah direkt vor meinen Augen.«

Cat drückte leicht ihren Arm. »Das tut mir Leid«, sagte sie. »Das muss schrecklich gewesen sein.« Sie unterbrach sich. »Übrigens weiß ich, wer das war. Heute Morgen ist jemand reingekommen und hat es mir gesagt. Ich habe ihn gekannt. Flüchtig.«

Im ersten Moment war Isabel sprachlos. Sie hatte nur vorgehabt, Cat zu erzählen, was passiert war; niemals hätte sie damit gerechnet, dass Cat ihn gekannt hatte, den armen jungen Mann, der gefallen war.

»Er hat hier in der Nähe gewohnt«, erklärte Cat weiter. »In Marchmont. Ich glaube, in einer dieser Wohnungen an den Meadows. Er ist ab und zu mal hier gewesen, aber mit seinen Mitbewohnern hatte ich eigentlich viel mehr Kontakt.«

»Wer war er?« fragte Isabel.

»Mark Soundso«, antwortete Cat. »Seinen Nachnamen hat man mir mal gesagt, aber ich habe ihn vergessen. Heute Morgen war eine Frau da – die hat sie besser gekannt –, und sie hat mir auch erzählt, was passiert ist. Ich war ziemlich geschockt – so wie du.«

»Wen meinst du mit ›sie‹?« fragte Isabel. »War er verheiratet oder…« Sie unterbrach sich. Heutzutage legten die Menschen nicht mehr so großen Wert darauf zu heiraten, musste sie sich ermahnen, und doch lief es auf das Gleiche hinaus. Aber wie sollte man diese heikle Frage bloß formulieren? Sollte man sagen: Hatte er eine Partnerin? Aber ein Partner konnte alles Mögliche sein, die vorübergehende oder neueste Affäre bis hin zu Ehefrau oder Ehemann, mit denen man seit fünfzig Jahren verheiratet war. Vielleicht sollte man einfach sagen: Gab es noch jemand anderen in seinem Leben? Das war so schwammig, dass es alles abdeckte.

Cat schüttelte den Kopf. »Ich glaube nicht. Er hatte zwei Mitbewohner. Sie haben sich die Wohnung zu dritt geteilt. Er, eine Frau und noch ein anderer Mann. Die Frau stammt aus dem Westen, aus Glasgow oder so. Sie ist die, die gelegentlich herkommt. Bei dem anderen bin ich mir nicht ganz sicher. Ich glaube, der heißt Neil, aber vielleicht verwechsele ich den auch.«

Cats junge Aushilfe Eddie, ein stiller junger Mann, der hartnäckig jeden Blickkontakt vermied, brachte ihnen beiden je einen heißen Milchkaffee. Isabel bedankte sich und lächelte ihn an, doch er schaute weg und verzog sich wieder hinter die Ladentheke.

»Was ist eigentlich mit Eddie los?« flüsterte Isabel. »Nie guckt er mich an. So abstoßend bin ich doch gar nicht, oder?«

Cat lachte. »Er arbeitet hart«, sagte sie. »Und er ist ehrlich.«

»Aber nie guckt er einen an.«

»Das hat vielleicht seinen Grund«, erwiderte Cat. Isabel sah sie an; sie fragte sich, ob Cat es ihr diesmal endlich sagen würde. Sie hatten schon vorher mal über Eddie gesprochen, und bei der Gelegenheit hatte Isabel behutsam nachgebohrt.

»Kannst du mir sagen, warum er so verschreckt aussieht?« hatte sie Cat gefragt.

Cat hatte nicht offen geantwortet. »Vorgestern habe ich ihn zufällig im Hinterzimmer angetroffen, die Füße auf dem Schreibtisch. Er hielt die Hände vors Gesicht, und zuerst fiel es mir erst gar nicht auf, aber er war in Tränen aufgelöst.«

»Warum?« fragte Isabel. »Hat er es dir gesagt?«

Cat zögerte einen Moment. »Er hat einige Andeutungen gemacht. Nicht allzu viel.«

Isabel wartete, aber es war klar, dass Cat nicht preisgeben würde, was Eddie ihr gesagt hatte. Und jetzt wollte sie es ihr ebenfalls nicht verraten, denn sie lenkte das Thema zurück auf die Ereignisse des Vorabends. Wie es möglich sei, vom Olymp herunterzufallen, obwohl doch ein Messinggeländer an der Brüstung sei, oder nicht?, um genau das zu verhindern. Ob es Selbstmord sei. Ob wirklich jemand von da oben herunterspringen würde. Das wäre ziemlich egoistisch gedacht, denn unten hätte ja jemand stehen können, der verletzt werden konnte, sogar tödlich.

»Selbstmord war es nicht«, sagte Isabel ruhig. »Ausgeschlossen.«

»Woher weißt du das?« fragte Cat. »Du hast gesagt, du hättest ihn nicht direkt über die Brüstung fallen sehen. Warum bist du dir deiner Sache dann so sicher?«

»Er fiel kopfüber«, sagte Isabel, die sich an den Anblick der durch die Schwerkraft hochgerutschten Jacke und des Hemds erinnerte und an die entblößte Taille. Er hatte wie ein Junge ausgesehen, der von einer Klippe herabsprang, in ein Meer, das es nicht gab.

»Und? Der Mensch dreht sich bekanntlich, wenn er fällt. Das hat also nichts zu bedeuten.«

Isabel schüttelte den Kopf. »Dazu reichte die Zeit gar nicht. Du musst bedenken, dass er unmittelbar über uns war. Man macht keinen Kopfsprung, wenn man Selbstmord begehen will. Man springt mit den Füßen zuerst.«

Cat dachte kurz nach. Wahrscheinlich hatte Isabel Recht. Manchmal druckten Zeitungen Fotos von Menschen ab, die von Gebäuden oder Brücken stürzten, und diese Personen fielen in der Regel mit den Füßen zuerst. Dennoch erschien es abwegig, dass jemand aus Versehen über das Messinggeländer fiel, außer, es wäre niedriger als in ihrer Erinnerung. Wenn sie das nächste Mal in der Usher Hall war, würde sie das nachprüfen.

Sie tranken ihren Kaffee. Cat brach das Schweigen. »Das muss schrecklich für dich gewesen sein. Ich weiß noch, wie ich in der George Street einmal einen Unfall gesehen habe, das war auch ein schreckliches Gefühl. Allein Zeuge von so etwas zu sein, ist schon eine traumatische Erfahrung.«

»Also, ich bin nicht hergekommen, um hier rumzusitzen und zu jammern«, sagte Isabel. »Ich wollte dich mit meinem Elend nicht anstecken. Entschuldige.«

»Du brauchst dich nicht zu entschuldigen«, sagte Cat und nahm Isabels Hand. »Du kannst hier sitzen bleiben, solange du willst, und später können wir zusammen Mittag essen. Ich könnte mir den Nachmittag freinehmen und was mit dir unternehmen. Wie wär's?«

Isabel bedankte sich für das Angebot, aber heute Nachmittag wollte sie sich hinlegen. Und sie sollte auch den Tisch nicht allzu lange blockieren, denn eigentlich war der für Kunden gedacht.

»Du könntest auch nachher zu mir zum Abendessen vorbeikommen«, sagte Isabel. »Ich zaubere uns irgendwas.«

Cat machte den Mund auf, um etwas zu sagen, zögerte dann aber. Isabel hatte es bemerkt. Bestimmt würde sie heute Abend mit einem ihrer Freunde ausgehen.

»Gerne«, sagte Cat schließlich. »Es ist nur so, dass ich eigentlich mit Toby verabredet bin. Wir wollten uns im Pub treffen.«

»Ist schon in Ordnung«, sagte Isabel schnell. »Ein andermal.«

»Es sei denn, Toby könnte mitkommen?« fügte Cat hinzu. »Das würde er bestimmt gerne. Ich könnte eine Vorspeise kochen und sie mitbringen.«

Isabel wollte gerade ablehnen, da sie meinte, das junge Paar hätte vielleicht gar keine Lust, mit ihr zu Abend zu essen, doch jetzt bestand Cat darauf, und sie verabredeten, dass sie und Toby kurz nach acht Uhr zu Isabel kommen sollten. Als Isabel ging und sich auf den Weg nach Hause machte, dachte sie noch mal an Toby. Toby war erst vor wenigen Monaten in Cats Leben getreten, und wie bei seinem Vorgänger, Andrew, hatte sie ihre Vorbehalte. Es war schwierig, sie genau zu benennen, aber sie war der festen Überzeugung, dass sie Recht hatte.

3

Nachmittags legte sich Isabel hin. Als sie um kurz vor fünf wieder aufwachte, fühlte sie sich wesentlich besser. Grace war gegangen, aber sie hatte einen Zettel auf dem Küchentisch hinterlassen: *Jemand hat angerufen. Er wollte nicht sagen, wer er ist. Ich habe ihm gesagt, Sie hätten sich schlafen gelegt. Er sagte, er würde noch mal anrufen. Mir gefiel sein Ton nicht.* An derartige Zettel von Grace hatte sich Isabel gewöhnt: Nachrichten wurden mit einer Einschätzung des Charakters der betreffenden Person überbracht. *Der Installateur, dem ich noch nie getraut habe, hat angerufen und gesagt, er würde morgen kommen. Eine Uhrzeit wollte er nicht nennen.* Oder: *Als Sie weg waren, hat die Frau das eine Buch von Ihnen zurückgebracht. Endlich.*

Früher hatten sie Grace' Kommentare meistens nur amüsiert, doch im Laufe der Jahre hatte sie erkannt, dass ihre Einsichten nützlich waren. Selten täuschte sie sich über einen Charakter, und ihre Urteile waren vernichtend. Oft genügte ein Wort: *Betrüger, Schwindler* oder *Trinker*. Fielen ihre Einschätzungen positiver aus, durften sie auch ein wenig länger sein: *sehr großzügig* oder *wirklich nett*, doch dieser Beifall war schwer verdient. Einmal hatte Isabel sie gedrängt zu verraten, auf welcher Grundlage sie sich ihre Meinung bildete, doch Grace schwieg sich aus.

»Ich sehe es eben«, sagte sie. »Es ist sehr leicht, in den Menschen zu lesen. Mehr ist nicht dran.«

»Aber oft ist doch mehr dran, als man meint«, hatte Isabel entgegnet. »Die Qualitäten eines Menschen kommen erst zum Vorschein, wenn man ihn ein bisschen besser kennen lernt.«

Grace hatte mit den Schultern gezuckt. »Manche Menschen möchte ich gar nicht besser kennen lernen.«

Damit war die Diskussion beendet. Isabel wusste, dass sie die Meinung ihres Gegenübers nicht ändern konnte. Grace' Welt war klar umrissen: Es gab Edinburgh, es gab die Werte, für die Edinburgh stand, und es gab den Rest der Welt. Unnötig zu sagen, dass Edinburgh im Recht war, und man konnte nur hoffen, dass die, die eine andere Sicht auf die Dinge hatten, zu guter Letzt auf den richtigen Weg kamen. Als sie eingestellt worden war – kurz nach Ausbruch der Krankheit ihres Vaters –, hatte Isabel gestaunt, dass es noch jemanden gab, der in einer Welt, von der sie meinte, sie sei längst untergegangen, so fest verwurzelt war: das nüchterne Edinburgh, das auf strengen Hierarchien und den tiefen Überzeugungen des schottischen Presbyterianismus errichtet war. Grace hatte ihr bewiesen, dass diese Welt noch existierte.

Es war die Welt, aus der Isabels Vater stammte, und aus der er sich hatte befreien wollen. Er war Anwalt gewesen, aus einer Familie von Anwälten. Er hätte in der beengten Welt seines Vaters und Großvaters bleiben können, der Welt der Treuhandverträge und Traditionspapiere, doch als Student war er mit internationalem Recht in Berührung gekommen, und es hatten sich ihm neue Chancen eröffnet. Er hatte sich für Vertragsrecht eingeschrieben; und Harvard, wo er deswegen hinging, hätte ihm eine Fluchtmöglichkeit bieten können, doch dazu kam es nicht. Moralischer Druck wurde auf ihn ausgeübt, nach Schottland zurückzukehren. Beinahe wäre er geblieben, doch im letzten Moment beschloss er, Amerika wieder zu verlassen, zusammen mit seiner neuen Frau, die er in Boston kennen gelernt und geheiratet hatte. Wieder in Edinburgh wurde er von der Anwaltskanzlei der Familie, in der er sich nie wohl gefühlt hatte, förmlich aufgesogen. In einem ungeschützten Moment hatte er seiner Tochter gegenüber einmal die Bemerkung fallen lassen, er betrachte sein gesamtes Arbeitsleben als eine Strafe, die abzuleisten er verpflichtet sei. Eine Bilanz, die Isabel im Stillen erschreckt hatte. Das war der Grund, warum sie, als für sie der Zeitpunkt für ein Universitätsstudium kam, alle Gedanken an eine Karriere beiseite schob und sich für das Fach entschied, das sie am meisten interessierte: Philosophie.

Er hatte zwei Kinder, eine Tochter, Isabel, die Ältere, und einen Sohn. Isabel war in Edinburgh zur Schule gegangen, ihr Bruder dagegen mit zwölf Jahren auf ein Internat nach England geschickt worden. Seine Eltern hatten eine Schule für ihn ausgesucht, die für ihre intellektuellen Glanzleistungen bekannt war – und für das Unglück. Wie sollte es auch anders sein? Fünfhundert Jungen zusammengepfercht, abgeschnitten vom Rest der Welt, das war wie geschaffen, um eine Gemeinschaft zu erzeugen, in der jede Grausamkeit, jedes Laster blühen konnte. Ihr Bruder war ein unglücklicher Mensch geworden, streng in seinen Ansichten, aus Selbstschutz; der Charakterpanzer, von dem Wilhelm Reich spricht, dachte Isabel, der jene steifen, verbitterten Männer hervorbringt, die mit ihren schneidigen Stimmen so verhalten sprechen. Nach dem Studium, das er ohne Abschluss beendete, fand er Arbeit in einer Merchant Bank in der Londoner City, führte ein ruhiges und anständiges Leben und tat das, was Banker so taten. Er und Isabel hatten sich nie nahe gestanden, und als Erwachsener suchte er nur gelegentlich den Kontakt mit Isabel. Beinahe war er ein Fremder, dachte sie; ein freundlicher, wenn auch distanzierter Fremder, dessen einzige Leidenschaft, die sie ausmachen konnte, ein kostspieliges Interesse am Sammeln von bunten alten Anteilsscheinen und Aktien war; südamerikanische Eisenbahnaktien, langfristige Anleihescheine aus dem zaristischen Russland, die bunte Welt des Kapitalismus. Einmal hatte sie ihn gefragt, was hinter diesen reich verzierten Eigentumsurkunden steckte. Vierzehnstündige Arbeitstage auf Plantagen. Männer, die für einen Hungerlohn schufteten, bis sie von ihrer Staublunge so geschwächt oder durch Giftstoffe so aufgezehrt waren, dass sie nicht mehr arbeiten konnten. (Fernes Unrecht, dachte sie: ein interessantes Thema in der Moralphilosophie; erscheint uns fernes Unrecht weniger unrecht, aus dem einfachen Grund, weil es weniger gegenwärtig ist?)

Sie ging in die Speisekammer und holte die Zutaten für ein Risotto, das sie für Cat und Toby kochen würde. Das Rezept verlangte Steinpilze, und sie hatte einen ganzen Vorrat davon, fest verschnürt in einem Musselinbeutelchen. Isabel nahm eine Hand voll Trockenpilze, genoss den ungewöhnlichen Geruch, der so schwierig zu beschreiben war, irgendwie scharf und salzig. Hefeextrakt? Eine halbe Stunde würde sie die Pilze einweichen und dann in dem daraus gewonnenen dunklen Sud den Reis köcheln lassen. Sie wusste, dass Cat ihr Risotto gerne mochte, eines ihrer Lieblingsgerichte, und Toby aß vermutlich alles, was man ihm vorsetzte. Cat hatte Toby schon einmal zu einem Abendessen mitgebracht, und damals waren Isabel zum ersten Mal Zweifel an ihm gekommen. Ich muss vorsichtig sein, dachte sie, sonst treffe ich am Ende noch so vorschnelle Urteile wie Grace. *Untreu.* Und schon stand ihr Urteil fest.

Sie kehrte in die Küche zurück und schaltete das Radio ein. Gerade ging eine Nachrichtensendung zu Ende, und die Welt war wie üblich in Auflösung begriffen. Kriege und Kriegsgerüchte. Ein Minister der Regierung wurde gedrängt

zu reagieren und verweigerte eine Auskunft. Es gäbe keine
Krise. Man müsse die Dinge im richtigen Verhältnis sehen.
Aber es gibt doch eine Krise, beharrte der Interviewer, es gibt
sie doch. Das sei eine Frage der Interpretation; ich halte nichts
davon, die Menschen unnötig zu beunruhigen.

Mitten in die Verlegenheit des Politikers hinein klingelte
es. Isabel legte die Pilze in eine Schale und schritt durch die
Diele zur Haustür. Grace hatte mal den Vorschlag gemacht,
einen Spion anzubringen, damit man vor Öffnung der Tür
auch sah, wer davor stand, aber dazu war es nie gekommen.
Sollte jemand sehr spät klingeln, konnte sie immer noch
durch den Briefkastenschlitz spähen, aber meistens öffnete
sie die Tür auf Treu und Glauben. Wenn wir uns alle hinter Barrieren verschanzen würden, wären wir schrecklich iso-
liert.

Der Mann auf der Treppe stand mit dem Rücken zu Isabel und betrachtete den Vorgarten. Als sich die Tür öffnete,
drehte er sich um, fast schuldbewusst, und lächelte Isabel an.

»Sind Sie Isabel Dalhousie?«

Sie nickte. »Ja.« Sie erfasste ihn mit einem Blick. Der Mann
war Mitte dreißig, hatte leicht welliges Haar, war einigermaßen schick bekleidet mit einem dunklen Blazer und anthra-
zitfarbener Hose. Er trug eine kleine runde Brille und eine
dunkelrote Krawatte. In der Brusttasche seines Hemds steckten
ein Stift und ein elektronischer Terminkalender. Gleich hatte
sie Grace' Stimme im Ohr: *Zwielichtig.*

»Ich bin Journalist«, sagte er und hielt ihr eine Karte mit
dem Namen seiner Zeitung hin. »Geoffrey McManus.«

Isabel nickte höflich. Niemals würde sie seine Zeitung
lesen.

»Ich wollte Sie fragen, ob ich mich mal mit Ihnen unterhalten kann«, sagte er. »Soweit ich weiß, sind Sie Zeuge des traurigen Unfalls gestern Abend in der Usher Hall geworden. Könnten Sie mir dazu etwas sagen?«

Isabel zögerte einen Moment, aber dann trat sie in die Diele und bat den Mann herein. McManus bewegte sich rasch vorwärts, als befürchtete er, Isabel könnte sich plötzlich umentscheiden. »Eine unerfreuliche Angelegenheit«, sagte er und folgte ihr ins Wohnzimmer im vorderen Teil des Hauses. »Schrecklich, was da passiert ist.«

Isabel bedeutete ihm, Platz zu nehmen, sie selbst setzte sich auf das Sofa neben dem Kamin. Ihr fiel auf, dass er seinen Blick über die Zimmerwände schweifen ließ, als schätzte er den Wert der Gemälde ab. Isabel schauderte. Sie brüstete sich nicht gerne mit ihrem Reichtum, und es war ihr unangenehm, wenn er einer Prüfung unterzogen wurde. Aber vielleicht hatte er ja auch gar keine Ahnung. Das Gemälde neben der Tür zum Beispiel war ein Peploe. Und das kleine Ölbild neben dem Kamin war ein Stanley Spencer – eine Skizze für einen Teil von *Wenn wir aus dem Schlaf gerissen*.

»Hübsche Bilder«, sagte er unbekümmert. »Mögen Sie Kunst?«

Sie sah ihn an. Sein Ton war jovial. »Ja, ich mag Kunst. Ich mag Kunst.«

Wieder schaute er sich im Raum um. »Ich habe mal Robin Philipson interviewt«, sagte er. »In seinem Atelier.«

»Das muss doch sehr interessant gewesen sein.«

»Nein«, sagte er rundheraus. »Ich kann den Geruch von Farbe nicht ausstehen. Da kriege ich Kopfschmerzen von.«

Isabel lachte. »Der Vorfall gestern«, sagte sie. »Weiß man mittlerweile mehr darüber?«

McManus zückte ein Notizbuch aus seiner Jacketttasche

und schlug es auf. »Nicht viel«, sagte er. »Wir wissen, wer der junge Mann war und was er beruflich machte. Ich habe mit seinen Mitbewohnern gesprochen, und ich versuche, mit den Eltern Kontakt aufzunehmen. Wahrscheinlich werde ich sie heute Abend sehen. Sie wohnen in Perth.«

Isabel starrte ihn an. Er hatte vor, heute Abend mit den Eltern zu sprechen, sie in ihrer Trauer zu stören. »Warum?« fragte sie. »Warum wollen Sie mit diesen armen Leuten reden?«

McManus spielte mit der Spiralbindung an seinem Notizblock. »Ich schreibe einen Artikel darüber«, sagte er. »Ich muss jeden Aspekt berücksichtigen. Auch die Eltern.«

»Aber die werden sich doch nur schrecklich aufregen«, sagte Isabel. »Was sollen die Ihnen sagen? Dass es ihnen Leid tut?«

McManus sah sie durchdringend an. »Die Öffentlichkeit hat ein legitimes Interesse an solchen Dingen«, sagte er. »Wie ich sehe, stimmen Sie dem nicht zu, aber die Öffentlichkeit hat ein Recht auf Information. Haben Sie ein Problem damit?«

Isabel wollte sagen, ja, sie hätte ein Problem damit, aber sie beschloss, nicht mit ihrem Gast zu streiten. Alles, was sie über aufdringlichen Journalismus sagen mochte – es würde seine Auffassung von seiner Arbeit nicht verändern. Wenn er moralische Skrupel hatte, mit den Hinterbliebenen zu reden, dann verdrängte er sie gründlich.

»Was wollen Sie von mir wissen, Mr. McManus?« fragte sie und sah auf die Uhr. Sie würde ihm keinen Kaffee anbieten, hatte sie beschlossen.

»Richtig«, sagte er. »Ich möchte gerne wissen, was Sie gesehen haben. Erzählen Sie mir einfach alles.«

»Ich habe nicht viel gesehen«, sagte Isabel. »Ich habe ihn

fallen sehen, und dann, etwas später, habe ich gesehen, wie er auf einer Trage abtransportiert wurde. Mehr nicht.«

McManus nickte. »Ja, ja. Aber erzählen Sie doch mal. Wie sah er aus, als er fiel? Haben Sie sein Gesicht gesehen?«

Isabel betrachtete ihre Hände, die gefaltet auf dem Schoß lagen. Sie hatte tatsächlich sein Gesicht gesehen, und sie hatte noch gedacht, dass der junge Mann sie selbst wohl auch gesehen haben musste. Seine Augen waren weit aufgerissen gewesen, entweder vor Staunen oder vor Schreck. Seine Augen hatte sie auf jeden Fall gesehen.

»Warum wollen Sie wissen, ob ich sein Gesicht gesehen habe?« fragte sie.

»Vielleicht sagt uns das etwas. Darüber, was er empfunden hat. Über das, was geschehen ist.«

Sie sah ihn an, rang mit ihrem Widerwillen gegen seine Gefühllosigkeit. »Es tut mir Leid, aber sein Gesicht habe ich nicht gesehen.«

»Aber seinen Kopf haben Sie doch gesehen. War er Ihnen zu- oder von Ihnen abgewandt?«

Isabel seufzte. »Mr. McManus, es ging alles sehr schnell, innerhalb einer Sekunde oder so. Ich glaube nicht, dass ich viel gesehen habe. Nur einen Körper, der von oben herabfiel, und dann war alles vorbei.«

»Aber irgendwas an ihm muss Ihnen doch aufgefallen sein«, beharrte McManus. »Etwas müssen Sie doch gesehen haben. Jeder menschliche Körper hat ein Gesicht und Arme und Beine und was sonst noch so dran ist. Man sieht sowohl einzelne Teile als auch das Ganze.«

Isabel überlegte, ob sie ihn bitten sollte zu gehen, und gerade hatte sie sich fast dazu durchgerungen, da nahmen seine Fragen plötzlich eine andere Wendung.

»Was ist danach passiert?« fragte er. »Was haben Sie danach gemacht?«

»Ich bin nach unten gegangen«, sagte sie. »Im Foyer stand eine Gruppe Menschen, alle waren ziemlich geschockt.«

»Und da haben Sie gesehen, wie er hinausgetragen wurde.«

»Ja.«

»Und dabei haben Sie sein Gesicht gesehen.«

»Kann sein. Ich habe gesehen, wie er zum Krankenwagen gebracht wurde.«

»Was haben Sie dann gemacht? Haben Sie noch was anderes gemacht?«

»Ich bin nach Hause gegangen«, sagte Isabel streng. »Ich habe der Polizei gegenüber eine Aussage gemacht, und dann bin ich nach Hause gegangen.«

McManus spielte mit dem Bleistift. »Und sonst haben Sie nichts gemacht.«

»Nein«, sagte Isabel.

McManus schrieb etwas in sein Notizbuch. »Wie sah er aus, als er auf der Trage lag?«

Isabel spürte, wie ihr Herz schlug. Sie hatte es nicht nötig, sich weiter mit diesem Mann abzugeben. Er war ein Gast – in gewissem Sinn – in ihrem Haus, und wenn sie keine Lust mehr hatte, über diese Angelegenheit mit ihm zu reden, dann brauchte sie ihn nur zu bitten zu gehen. Sie holte tief Luft. »Mr. McManus«, fing sie an. »Ich glaube, es hat wirklich keinen Zweck, diese Sache weiter zu vertiefen. Ich wüsste nicht, welche Auswirkung das auf irgendeinen Artikel haben sollte, den Sie über diesen Fall in Ihrer Zeitung veröffentlichen wollen. Ein junger Mann ist zu Tode gestürzt. Das sollte reichen. Müssen Ihre Leser wirklich mehr darüber wissen, wie er beim Fallen ausgesehen hat? Was erwarten die? Dass er beim Fallen gelacht hat? Dass er vergnügt auf der Trage gelegen hat? Und die Eltern – was erwarten sie von denen? Dass sie am Boden zerstört sind? Wie bemerkenswert, wirklich!«

McManus lachte. »Sie brauchen mir meine Arbeit nicht zu erklären, Isabel.«

»Miss Dalhousie, bitte.«

»Ja, richtig, Miss Dalhousie. Jungfer der Gemeinde.« Er unterbrach sich. »Eigentlich erstaunlich. Sie sind doch eine attraktive Frau, sexy, wenn ich so sagen darf...«

Sie starrte ihn wütend an, und er sah in sein Notizbuch.

»Ich habe zu tun«, sagte sie und stand auf. »Bitte entschuldigen Sie.«

McManus schlug das Notizbuch zu, blieb aber sitzen.

»Sie haben mir gerade einen Vortrag darüber gehalten, wie sich die Presse verhalten sollte«, sagte er. »Sicher haben Sie ein Recht dazu. Aber schade ist nur, dass Ihre eigene moralische Autorität ein wenig angeknackst ist.«

Sie sah ihn verständnislos an, unsicher, wie diese Bemerkung zu interpretieren war.

»Sie haben nämlich gelogen«, fuhr McManus fort. »Sie haben gesagt, Sie seien nach Hause gegangen, obwohl ich aus meinem Gespräch mit der Polizei und noch jemand anderem zufälligerweise weiß, dass Sie nach oben gegangen sind. Man hat Sie gesehen, wie Sie oben von genau der Stelle, von der der junge Mann gestürzt ist, heruntergeschaut haben. Und das haben Sie mir gegenüber ganz bewusst verschwiegen. Sie haben sogar gesagt, Sie seien nach Hause gegangen. Ich frage mich, warum Sie mich belügen.«

Isabels Antwort kam umgehend. »Es gab keinen Grund, Ihnen das zu sagen. Es hatte mit dem Vorfall überhaupt nichts zu tun.«

»Wirklich nicht?« spöttelte McManus. »Und wenn ich Ihnen sage: Ich glaube, dass Sie mehr über diesen Vorfall wissen, als Sie zugeben. Meinen Sie nicht, dass ich mittlerweile zu diesem Schluss kommen muss?«

Isabel ging vor bis zur Tür und öffnete sie demonstrativ. »Das muss ich mir in meinem eigenen Haus nicht gefallen lassen«, sagte sie. »Wenn Sie jetzt bitte gehen würden.«

McManus stand gemächlich auf. »Selbstverständlich«, sagte er. »Es ist Ihr Haus. Und ich verspüre nicht den Wunsch, Ihre Gastfreundschaft über Gebühr zu strapazieren.«

Isabel betrat die Diele und machte die Haustür auf. McManus folgte ihr, hielt einen Moment inne, um auf dem Weg dorthin ein Gemälde zu betrachten.

»Sie besitzen ein paar schöne Sachen«, sagte er. »Geld?«

4

Kochen mit Wut im Bauch verlangte eine gewisse Vorsicht bei der Verwendung von Pfeffer. Es konnte passieren, dass man zu viel hineintat und aus lauter Ärger das Risotto verdarb. Isabel fühlte sich durch die Begegnung mit McManus irgendwie beschmutzt, wie immer, wenn sie mit jemandem Kontakt hatte, dessen Lebenseinstellung absolut amoralisch war. Es gab erstaunlich viele solcher Menschen, dachte sie, und sie verbreiteten sich rasend schnell: Menschen, denen die Vorstellung eines moralischen Empfindens vollkommen fremd war. Was sie bei McManus am meisten abgestoßen hatte, war die Tatsache, dass er beabsichtigte, mit den Eltern zu reden, deren Trauer für ihn weniger zählte als die Gier der Öffentlichkeit, sich am Leid anderer zu ergötzen. Ihr schauderte. An niemanden, so schien es, konnte man sich wenden, niemand schien bereit zu sagen: Lassen Sie die armen Leute in Ruhe.

Sie rührte das Risotto um, probierte mit einem Löffel, ob es nötig war nachzuwürzen. Der Sud aus den eingelegten Steinpilzen hatte sein Aroma an den Reis abgegeben, er war perfekt. Bald konnte sie das Gericht in den Backofen stellen und es dort stehen lassen, bis sie mit Cat und Toby am Tisch saß. In der Zwischenzeit gab es noch einen Salat anzurichten und eine Flasche Wein zu öffnen.

Als es an der Haustür klingelte und sie ihre Gäste einließ, hatte sie sich wieder beruhigt. Es war kühl geworden abends, und Cat trug einen braunen knöchellangen Mantel, den Isabel ihr mal vor Jahren zum Geburtstag geschenkt hatte. Sie zog ihn aus, was den Blick auf ihr langes rotes Kleid freigab, und legte ihn auf einen Stuhl in der Diele. Toby, ein großer junger Mann, der ein, zwei Jahre älter als Cat war, trug ein dunkelbraunes Tweedjackett, darunter einen Rollkragenpulli. Isabel warf einen knappen Blick auf seine Hose, eine erdbeerrote Cordhose, genau das, was sie von ihm erwartet hatte. In dieser Hinsicht hatte er sie nie überrascht. Ich muss mir Mühe geben, dachte sie. Ich muss mir Mühe geben, ihn zu mögen.

Cat hatte einen Teller mit Räucherlachs mitgebracht, den sie mit Isabel in die Küche trug, während Toby unten im Salon wartete.

»Geht's dir wieder besser?« fragte Cat. »Heute Morgen kamst du mir ziemlich elend vor.«

Isabel nahm ihrer Nichte den Teller mit Fisch ab und riss die darüber ausgelegte Schutzfolie weg.

»Ja«, sagte sie. »Es geht mir schon viel besser.« Den Besuch des Journalisten erwähnte sie nicht; einerseits wollte sie nicht, dass man dachte, sie würde auf dem Thema herumreiten, andererseits wollte sie die ganze Sache auch mal vergessen dürfen.

Sie drapierten den Lachs und kehrten zurück in den Salon. Toby stand am Fenster, die Hände auf dem Rücken verschränkt. Isabel bot ihren Gästen etwas zu trinken an, das sie an ihrer Hausbar in Gläser goss. Als sie Toby sein Glas reichte, prostete er ihr mit dem gälischen Trinkspruch zu.

»*Slange.*«

Isabel hob matt ihr Glas. *Slange*, da konnte man sicher sein, war Tobys einziges gälisches Wort, und Isabel mochte es nicht, wenn man eine Sprache mit Wörtern aus einer anderen Sprache würzte; *pas du tout.* Deswegen murmelte sie leise »*Brindisi*«.

»Brin was?« fragte Toby.

»Brindisi«, sagte Isabel. »Der italienische Trinkspruch.«

Cat sah sie an. Sie hoffte, dass Isabel es nicht böse meinte; sie war durchaus in der Lage, Toby zur Weißglut zu bringen.

»Isabel spricht ganz gut Italienisch«, sagte Cat.

»Praktisch«, sagte Toby. »Ich bin nicht so gut in Sprachen. Ein paar Worte Französisch, Überreste aus dem Schulunterricht vermutlich, und ein paar Brocken Deutsch. Sonst nichts.«

Toby nahm sich ein Stück Toast mit Räucherlachs. »Ich kann diesem Zeug nicht widerstehen«, sagte er. »Cat holt es immer bei jemandem in Argyll. Archie Soundso, oder, Cat?«

»Archie MacKinnon«, sagte Cat. »Er räuchert in seinem eigenen Garten, in einer richtigen Räucherkammer. Erst tränkt er ihn in Rum und dann hängt er ihn über Eichenscheite auf. Es ist der Rum, der ihm dieses tolle Aroma gibt.«

Toby nahm sich noch eins von den größten Stücken.

Rasch nahm Cat den Teller und bot Isabel an. »Bei Archie gehe ich immer vorbei, wenn ich nach Campbelltown unterwegs bin«, sagte sie und stellte den Teller neben Isabel ab. »Archie ist ein wunderbarer alter Mann, über achtzig. Aber er fährt immer noch raus mit seinem Boot. Er hat zwei Hunde, Max und Morris.«

»Nach den beiden Jungen benannt?«

»Ja«, sagte Cat.

Toby schielte hinüber zum Lachs. »Welchen Jungen?«

»Max und Moritz«, sagte Isabel. »Zwei deutsche Jungen. Die ersten literarischen Comicfiguren. Sie richten jede Menge Unheil an und werden zum Schluss von einem Bäcker geschrotet und zu Körnern verarbeitet.«

Sie sah Toby an. Max und Moritz waren in die Mehlkiste des Bäckers gefallen und anschließend in eine Schrotmühle gesteckt worden. Die Körner, die aus ihnen gemacht wurden, fraß am Ende das Federvieh. Eine durch und durch deutsche Geschichte, dachte sie, und für einen Moment stellte sie sich vor, dass Toby so etwas passieren würde, dass er in eine Maschine stolpern und zu Schrot verarbeitet würde.

»Du lachst ja«, sagte Cat.

»Unabsichtlich«, sagte Isabel rasch. Lachte man je absichtlich?

Sie unterhielten sich eine halbe Stunde lang vor dem Essen. Toby war mit einer Gruppe von Freunden Ski gefahren, und er erzählte von seinen Abenteuern abseits der Pisten. Es hatte einen unangenehmen Zwischenfall gegeben, als sie eine kleine Lawine ausgelöst hatten, aber sie waren mit heiler Haut davongekommen.

»Das war ziemlich knapp«, sagte er. »Wissen Sie, wie sich eine Lawine anhört?«

»Wie Brandung?« rief Isabel.

Toby schüttelte den Kopf. »Wie Donner«, sagte er. »Genau wie Donner. Und es wird immer lauter.«

Isabel stellte sich die Szene vor. Toby, in erdbeerfarbenem Skianzug, auf den eine Flutwelle aus Schnee zuraste, die Sonne auf den weißen Berggipfeln. Und dann, für den Bruchteil einer Sekunde, sah sie, wie die Schneemassen ihn überwältigten und seine fuchtelnden Glieder in einem weißen Wirbel verschwanden, dann Stille und dann nur noch die Spitze eines Skistocks, der die Stelle markierte. Es war ein unwürdiger Gedanke – genauso schlimm wie der, ihn sich zu Schrot verarbeitet vorzustellen –, und sie verbannte ihn aus ihrem Kopf. Doch warum war Cat nicht mitgekommen? Sie fuhr gerne Ski, aber vielleicht hatte Toby sie nicht eingeladen.

»Hattest du keine Lust mitzufahren, Cat?« fragte sie. Möglicherweise war diese Frage peinlich, aber die Selbstsicherheit des jungen Mannes hatte Isabels Boshaftigkeit provoziert.

Cat seufzte. »Der Laden«, sagte sie. »Ich kann nicht weg. Ich wäre liebend gerne mitgefahren. Aber es geht einfach nicht.«

»Was ist mit Eddie?« sagte Toby. »Eigentlich ist er doch alt genug, sich mal für eine Woche um alles zu kümmern. Traust du ihm nicht?«

»Natürlich traue ich ihm«, erwiderte Cat. »Eddie ist nur leicht… verwundbar.«

Toby sah sie von der Seite an. Er saß neben Cat auf dem Sofa am Fenster, und Isabel meinte, einen gewissen Hohn in seiner einleitenden Frage herausgehört zu haben. Das war interessant.

»Verwundbar?« sagte Toby. »So nennst du das also?«

Cat sah hinunter auf ihr Glas. Isabel beobachtete Toby. Seine Miene hatte einen Anflug von Grausamkeit, fand sie;

dicht unter der Oberfläche, unter dem blank geschrubbten, blassrosa Äußeren. Das Gesicht war irgendwie speckig, und in zehn Jahren würde seine Nase anfangen einzufallen... Sie rief sich zur Ordnung. Sie wurde nicht warm mit Toby, doch Nachsicht, deren Erfordernisse man niemals vergessen sollte, meldete sich milde zu Wort.

»Er ist ein netter Junge«, murmelte Cat. »Er hat eine schwere Zeit hinter sich. Und ich kann mich absolut auf ihn verlassen. Er ist sehr nett.«

»Natürlich«, sagte Toby. »Vom Typ her allerdings ein Schwächling, oder? Wenigstens ein bisschen.«

Isabel hatte diskret aber fasziniert zugeschaut, doch jetzt fand sie, dass sie eingreifen musste. Sie wollte nicht, dass Cat auf diese Weise in Verlegenheit gebracht wurde, auch wenn die Vorstellung, dass ihr jemand die Augen öffnete, durchaus etwas Anziehendes hatte. Was fand sie bloß an ihm? War es irgendwas anderes, außer der Tatsache, dass er ein perfekter Vertreter einer bestimmten Sorte gedankenloser Männlichkeit war? Die Sprache von Cats Generation war härter als die ihrer eigenen, und auch prägnanter: In deren Worten war Toby ein *geiler Typ*. Aber wieso, fragte sie sich, wollte man einen geilen Typen, wo doch *un*geile Typen um einiges interessanter waren?

Zum Beispiel John Liamor. Er konnte stundenlang frei reden, und jedes Wort war eine Offenbarung. Die Menschen saßen ihm zu Füßen, mehr oder weniger, und hörten ihm zu. Was machte es da schon, dass er dünn war und jene blasse, fast durchscheinende Haut hatte, die mit der keltischen Gesichtsfarbe einherging? In ihren Augen war er schön und interessant, und jetzt hatte jemand anderes ihn für sich, jemand, den sie nie kennen lernen würde, der weit weg wohnte, in

46

Kalifornien oder wo das war, dieser Jemand hatte ihn jetzt für sich.

Isabel hatte ihn in Cambridge kennen gelernt. Sie war damals am Newnham College, im letzten Studienjahr Philosophie. Er war Forschungsstipendiat, einige Jahre älter als sie, ein dunkelhaariger Ire, mit einem Abschluss vom University College in Dublin, dem im Anschluss an die Promotion ein Stipendium für das Clare College zugesprochen worden war und der ein Buch über Synge schrieb. Er hatte ein Zimmer im hinteren Teil des College bezogen, mit Blick über den Fellows' Garden am anderen Ufer des Flusses; er hatte Isabel auf dieses Zimmer eingeladen, hatte dort gesessen und geraucht und sie angeschaut. Sein Blick hatte sie ganz verwirrt, aber seltsamerweise fühlte sie sich von ihm angezogen. Sie wusste nicht, wie sie auf ihn reagieren sollte, da er absolut nicht ihrer Erfahrung mit anderen Männern in ihrem Leben entsprach, und dennoch sehnte sie sich nach seiner Gesellschaft. Er gab sich zufrieden, einfach nur mit ihr zusammen zu sein, und sie fragte sich, ob er in ihrer Abwesenheit genauso herablassend – und geistreich – über sie sprach wie über andere.

John Liamor fand die meisten Menschen in Cambridge provinziell – er selbst kam aus Cork, wo es augenscheinlich alles andere als provinziell zuging. Er verachtete die Sprösslinge teurer englischer Schulen – »lauter kleine Lords Fauntleroys« – und verhöhnte die Kleriker, die noch immer das College bevölkerten; Reverend, den Titel, den noch viele der Dons, Professoren in so unterschiedlichen Fächern wie Mathematik und Altphilologie, führten – änderte er um in *Referent*, was Isabel und auch andere witzig fanden, ohne eigentlich genau zu wissen, warum. Den Principal des College, einen milden Herrn, Wirtschaftshistoriker, der seinem irischen Gast gegenüber immer großzügig gewesen war und sich ihm stets gefällig erwiesen hatte, nannte er einen Erzkulturfeind.

John Liamor scharte Anhänger um sich. Studenten, die von seiner unbestrittenen Intelligenz ebenso angezogen waren wie von der Anrüchigkeit seiner Ideen. Es waren die siebziger Jahre, und die Seichtheit des vorherigen Jahrzehnts war abgeklungen. Woran sollte man noch glauben, oder was, im Gegenteil, verspotten? Ehrgeiz und persönlicher Profit, diese Götzen des nachfolgenden Jahrzehnts, standen auf Abruf bereit, hatten aber noch nicht die Bühne erobert – ein grüblerischer Ire mit Talent zum Bildersturm erschien da als eine faszinierende Wahl. John Liamor kam es nicht darauf an, woran man glaubte, entscheidend war die Fähigkeit zum Spott. Das machte seine Anziehungskraft aus; er konnte auch die Spötter verspotten, denn er war Ire, und die anderen waren, trotz ihrer Radikalität, immer noch Engländer, und daher, in seinen Augen, unweigerlich Teil des Unterdrückungsapparats.

Isabel passte nicht nahtlos in diesen Kreis, und man machte Bemerkungen über die Aussichtslosigkeit der sich entwickelnden Verbindung. Vor allem John Liamors Kritiker – er war alles andere als beliebt, weder in seinem College noch im Fachbereich Philosophie – fanden die Beziehung seltsam. Diese Menschen lehnten Liamors intellektuelle, gönnerhafte Art und das ganze Drum und Dran ab; er lehrte französische Philosophie und würzte seine Vorlesungen mit Zitaten von Foucault. Was blieb ihnen anderes übrig als Unbekümmertheit gegenüber den alarmierenden Nachrichten aus Paris und Kalifornien vorzutäuschen? Nur für die paar, denen er wirklich verhasst war, gab es noch einen anderen Punkt: Liamor war kein Engländer. »Unser irischer Freund und seine schottische Freundin«, bemerkte einer seiner Kritiker. »Was für ein höchst interessantes Paar. Sie ist nachdenklich, sie ist vernünftig, sie ist höflich; und er – er ist ein parvenühafter Brendan Beehan. Jeden Moment, denkt man, stimmt er ein Lied an. Man kennt das: *I could have cried with pride at the way he died*, und so weiter. Eine gehörige Portion Wut darüber, was wir ihnen vor Jahrzehnten angeblich angetan haben. So etwas in der Art.«

Manchmal war sie selbst erstaunt, dass sie sich so zu ihm hingezogen fühlte. Es war fast so, als könnte sie sonst nirgendwo hingehen, als wären sie und er zwei Menschen, die eine Reise zufällig zusammengeführt hätte, zwei Menschen, die das gleiche Zugabteil teilten und sich jeweils mit der Gesellschaft des anderen abgefunden hatten. Andere fanden eine viele nüchternere Erklärung. »Sex«, bemerkte einer von Isabels Freunden. »Der bringt alle möglichen Leute zusammen, oder? Schlicht und ergreifend. Sie müssen sich ja nicht mögen.«

»Die Pyrenäen«, sagte Isabel plötzlich.

Toby und Cat starrten sie an.

»Ja«, fuhr Isabel unbekümmert fort. »Die Pyrenäen. Wisst ihr, dass ich noch nie in den Pyrenäen war? Noch nie.«

»Ich war schon mal da«, sagte Toby.

»Ich noch nicht«, sagte Cat. »Aber ich würde gerne mal hinfahren.«

»Wir könnten zusammen fahren«, drängte Isabel weiter. »Und Toby auch, natürlich nur, wenn Sie mitkommen wollen, Toby. Wir könnten Bergsteigen. Toby würde vorangehen, und wir müssten uns alle anseilen. Da wären wir bestimmt sicher.«

Cat lachte. »Er würde ausrutschen, und wir würden in den Tod stürzen…« Mitten im Satz hielt sie inne. Die Bemerkung war ihr herausgerutscht, und jetzt warf sie Isabel einen entschuldigenden Blick zu. Der ganze Sinn und Zweck des Abends war ja, ihre Tante von dem Erlebnis in der Usher Hall abzulenken.

»Die Anden«, sagte Isabel strahlend. »Also, in den Anden, da war ich schon mal. Die sind einfach großartig. Nur habe ich kaum Luft gekriegt, weil die so hoch sind.«

»In den Anden war ich auch schon mal«, warf Toby ein. »Während des Studiums. Unser Kletterverein ist da hingefahren. Einer der Teilnehmer ist ausgerutscht und gefallen. Hundertfünfzig Meter tief, wenn nicht mehr.«

Schweigen trat ein. Toby schaute in sein Glas, erinnerte sich. Cat betrachtete die Zimmerdecke. In einer Ecke zeigten sich winzige Risse; Isabel sollte sich einen Fachmann holen, der sie sich mal ansah. Viktorianische Häuser, mochten sie noch so solide gebaut sein, litten unter Absenkung, was zu solchen Rissen wie denen an Isabels Decke führte.

Nachdem die Gäste gegangen waren, früher als erwartet, stand Isabel in der Küche und starrte die Teller an, die sich auf der Spülmaschine stapelten. Der Abend war kein glänzender Erfolg gewesen. Bei Tisch hatte die Unterhaltung etwas an Fahrt gewonnen, aber Toby hatte sich lang und breit über Weine ausgelassen – sein Vater war ein renommierter Weinhändler, und Toby arbeitete in dem Familienunternehmen. Isabel sah, wie er an dem Wein, den sie ihm eingeschenkt hatte, roch, unbemerkt, wie er wohl meinte – aber sie hatte es eben doch bemerkt. Es war bestimmt kein schlechter Wein; ein australischer Cabernet Sauvignon, nicht mal billig, aber

Weinkenner hatten Vorbehalte gegen Weine aus der Neuen Welt. Selbst wenn sie das Gegenteil behaupteten, in der Weinwelt herrschte ein unausrottbarer Snobismus vor, vornehmlich bei den Franzosen, und wahrscheinlich dachte Toby, dass man von Isabel eben nur einen Roten aus dem Supermarkt kredenzt bekam, was sollte man anderes von ihr erwarten. Dabei verstand sie mehr von Weinen als der Durchschnitt, und an dem, den sie einschenkte, gab es nichts auszusetzen.

»Australisch«, sagte er nur. »Südaustralien.«

»Ganz lecker«, sagte Cat.

Toby überhörte sie. »Ein bisschen viel Frucht.«

Isabel sah ihn freundlich an. »Natürlich sind Sie Besseres gewohnt.«

»Du liebe Güte«, sagte Toby. »Sie stellen mich als den letzten Snob hin. Das Zeug ist absolut... absolut in Ordnung. Nichts gegen zu sagen.«

Er stellte sein Glas ab. »Vorgestern hatten wir einen erlesenen Kabinett im Büro. Unglaublich. Der alte Herr hat ihn irgendwo aufgetan. Völlig verstaubt, die Flaschen. Er wurde sehr schnell fade, aber wenn man ihn vorher probiert hatte – mein Gott!«

Höflich hatte Isabel zugehört. Seine Vorstellung munterte sie ein bisschen auf, denn sie war sicher, dass solches Gerede Cat ziemlich bald ermüden würde und Toby gleich mit ihm. Langeweile würde sich einstellen, eher früher als später, und wenn das geschah, würde alles andere, was sie an ihm mochte, verblassen. War Cat tatsächlich verliebt in ihn? Isabel hielt das eher für unwahrscheinlich, denn sie entdeckte an ihr ein Gespür für seine Fehler – zum Beispiel an den leicht nach oben verdrehten Augen, immer dann, wenn er eine Bemerkung machte, die ihr peinlich war. Geliebte Menschen sind

51

uns nie peinlich; sie können etwas tun, das uns unangenehm ist, vorübergehend, aber es ist nie peinlich im eigentlichen Sinn. Wir vergeben ihnen ihre Makel, oder sie fallen uns unser Leben lang nicht auf. So wie sie natürlich auch John Liamor vergeben hatte, sogar als sie ihn eines Abends in seiner Wohnung im College mit einer Studentin erwischte, einem Mädchen, das kicherte und sich in sein zerknittertes Oberhemd hüllte, während John nur aus dem Fenster guckte und sagte: »Schlechtes Timing, Liamor.«

Einfacher wäre es, überlegte sie, erst gar nicht zuzulassen, dass man sich in jemanden verliebte, sondern nur man selbst zu sein, immun gegen die Verletzungen durch andere. Es gab viele solcher Menschen, die mit ihrem Leben zufrieden waren – oder doch nicht? Wie viele von diesen Menschen standen allein, weil sie sich aus freien Stücken dazu entschieden hatten, und wie viele waren allein, weil nie jemand in ihr Leben getreten war und sie aus ihrer Einsamkeit befreit hatte? Wenn es um Einsamkeit ging oder den freien Entschluss, allein zu sein, musste man unterscheiden zwischen Resignation und Akzeptanz.

Das größte Mysterium ist natürlich die Frage, warum wir uns überhaupt verlieben müssen. Die minimalistische Antwort lautet, dass alles einfach von der Biologie abhängt und dass die Liebe die motivierende Kraft bildet, die uns Menschen dazu ermuntert, Kinder aufzuziehen. Wie alle Argumente der Entwicklungspsychologie erschien auch dieses klar und einleuchtend, aber wenn mehr nicht dran ist – warum verlieben wir uns dann in Ideen, Dinge oder Orte? W. H. Auden deutet diese Möglichkeit an, wenn er sagt, er habe sich als Junge in eine Pumpe verliebt und gedacht, sie sei »genauso schön wie du«. Übertragung, würde der Soziobiologe sagen, und dann gab es da noch den alten Freud'schen Witz, nach dem Tennis ein Ersatz für Sex ist. Darauf gab es nur eine Antwort: dass Sex ebenso gut ein Ersatz für Tennis werden kann.

»Sehr witzig«, hatte Cat geantwortet, als Isabel ihr das einmal erzählt hatte. »Aber es stimmt natürlich. Unsere Gefühle sind alle so ausgerichtet, dass wir unversehrt bleiben, als Tiere, sozusagen. Angst und Flucht. Der Kampf ums Fressen. Hass und Neid. Alles sehr physisch, und alles hat irgendwie mit dem Überleben zu tun.«

»Aber lässt sich nicht mit dem gleichen Recht behaupten, dass unsere Gefühle bei der Herausbildung unserer höher entwickelten Fähigkeiten eine Rolle spielen?« hatte Isabel erwidert. »Unsere Gefühle erlauben es uns, uns in andere Menschen hineinzuversetzen. Wenn ich einen anderen Menschen liebe, dann weiß ich, wie es sich anfühlt, dieser andere Mensch zu sein. Wenn ich Mitleid empfinde – was ein wichtiges Gefühl ist, oder nicht? –, dann hilft es mir dabei, das Leid anderer Menschen zu verstehen. Unsere Gefühle lassen uns also moralisch wachsen. Wir entwickeln ein moralisches Vorstellungsvermögen.«

»Kann sein«, sagte Cat, doch dann sah sie weg, auf ein Glas eingelegte Zwiebeln – das Gespräch hatte in ihrem Spezialitätengeschäft stattgefunden –, und sie war mit den Gedanken woanders. Eingelegte Zwiebeln hatten nichts mit moralischem Vorstellungsvermögen zu tun, aber waren auf ihre eigene essigsaure Art auch wichtig.

Nachdem Cat und Toby gegangen waren, trat Isabel nach draußen in die kühle Nacht. Der große, mit einer Mauer eingefasste Garten hinterm Haus, den Blicken der Straße entzogen, lag im Dunkeln. Der Himmel war klar, und Sterne leuchteten, die durch das viele, von den menschlichen Behausungen aufgeworfene Licht in der Stadt normalerweise nicht zu sehen waren. Sie schlenderte über den Rasen zu dem Gewächshaus aus Holz, unter dem, wie sie neulich entdeckt hatte, ein Fuchs seinen Bau angelegt hatte. Sie hatte ihm den Namen Bruder Fuchs gegeben und ihn gelegentlich sogar gesehen – eine grazile Kreatur, die trittsicher auf dem Mauerfirst entlanglief oder nachts über die Straße flitzte, auf unergründlicher Pirsch. Sie hatte ihn begrüßt und eines Abends ein gekochtes Hühnchen für ihn hingelegt, als Gabe. Am nächsten Morgen war es verschwunden, und etwas später fand sie in einem Blumenbeet einen Knochen, abgenagt, das Mark entzogen.

Was wünschte sie Cat? Die Antwort war einfach: Sie wünschte ihr Glück. Das hörte sich abgedroschen an, aber es stimmte. In Cats Fall hieß das, dass sie den richtigen Mann finden sollte, weil Männer in ihrem Leben anscheinend wichtig waren. Sie lehnte Cats Freunde nicht ab, jedenfalls nicht aus Prinzip; wenn doch, dann hätte der Grund auf der Hand gelegen: Eifersucht. Aber das war es nicht. Sie akzeptierte das, was ihrer Nichte wichtig war, sie hoffte bloß, sie möge herausfinden, was sie *eigentlich* suchte, was sie *eigentlich* wollte. Ihrer Ansicht nach war das Hugo. Und sie selbst? Sie überlegte. Was wünsche ich mir?

Ich wünschte, John Liamor würde durch die Tür treten und sagen: Es tut mir Leid. All die Jahre, die wir vergeudet haben. Es tut mir Leid.

5

In den Blättern, die Isabel die »zweitklassigen Zeitungen«
nannte (das sind sie doch, verteidigte sie sich, man braucht
sich nur ihren Inhalt anzusehen), erschien nichts über den
Zwischenfall, und die, die sie als die »moralisch anspruchs-
volleren Zeitungen« bezeichnete, *The Scotsman* und *The Her-
ald*, schwiegen sich ebenfalls zu dem Thema aus. Isabel musste
davon ausgehen, dass McManus nichts weiter herausgefunden hatte, oder, falls er doch ein paar Details zusammengetra-
gen hatte, sein Redakteur das Ergebnis als zu belanglos ein-
gestuft hatte, um es zu drucken. Es war eben begrenzt, was
man aus einer einfachen Tragödie herausschlagen konnte,
mochte sie sich unter noch so ungewöhnlichen Umständen
zugetragen haben. Wahrscheinlich würde es eine Untersu-
chung geben, dachte sie, was immer der Fall war, wenn sich
ein plötzlicher oder unerwarteter Todesfall ereignet hatte, und
es würde bekannt gegeben, wann sie stattfand. Solche Unter-
suchungen waren in der Regel öffentliche Anhörungen vor
dem örtlichen Gericht, dem Sheriff, und in den meisten Fällen verliefen die Verfahren rasch und führten zu einem Ergebnis: Arbeitsunfälle, bei denen jemand vergessen hatte, dass
ein bestimmtes Kabel noch Strom führte; ein falsch ange-
schlossener Kohlenmonoxyd-Exhaustor; ein vermeintlich
nicht geladenes Gewehr. Meistens dauerte es nicht allzu lang,
den tragischen Verlauf zu klären, und der Sheriff fasste seinen
Beschluss, listete auf, was schief gelaufen war und was in Ordnung gebracht werden musste, sprach manchmal eine Warnung aus, hielt sich aber ansonsten mit Bemerkungen zurück.
Das Gericht ging zum nächsten Todesfall über, und die
Hinterbliebenen des vorherigen Opfers traten als kleiner

schmerzerfüllter Trauerkloß auf die Straße. Höchstwahrscheinlich würde man in diesem Fall zu dem Ergebnis kommen, dass ein Unfall vorlag. Da er vor den Augen der Öffentlichkeit passiert war, würde es einige Bemerkungen zu Fragen der Sicherheit in der Usher Hall geben, und der Sheriff würde ein höheres Geländer im Olymp anmahnen. Aber es konnten Monate vergehen, bis irgendetwas in diese Richtung geschah, und bis dahin, hoffte Isabel, hätte sie alles vergessen.

Sie hätte sich noch mal mit Grace besprechen können, doch ihre Haushälterin hatte anscheinend andere Dinge im Kopf. Eine Freundin steckte in einer Krise, und Grace gab moralischen Beistand. Es ging um mieses männliches Verhalten, erklärte sie; der Ehemann ihrer Freundin durchlief gerade eine Midlifecrisis, und seine Frau, Grace' Freundin, war mit ihrem Latein am Ende.

»Er hat sich eine ganz neue Garderobe zugelegt«, erklärte Grace weiter und verdrehte die Augen zur Decke.

»Vielleicht will er einfach mal was Neues ausprobieren«, gab Isabel zu bedenken. »Das habe ich auch schon ein, zwei Mal gemacht.«

Grace schüttelte den Kopf. »Er hat sich Teenagerklamotten gekauft«, sagte sie. »Enge Jeans. Sweater mit großen Buchstaben drauf. So in dem Stil. Und er hört Rockmusik. Er geht aus, in Clubs.«

»Oh«, sagte Isabel. Clubs, das ließ nichts Gutes ahnen. »Wie alt ist er?«

»Vierundvierzig. Ein gefährliches Alter bei Männern, heißt es.«

Isabel dachte einen Moment nach. Was konnte man in so einem Fall tun?

Grace lieferte die Antwort. »Ich habe ihn ausgelacht«, sagte sie. »Ich habe ihm ganz unverblümt gesagt, dass er lächerlich aussieht. Dass er kein Recht hätte, in Teenagerkleidung herumzulaufen.«

Das konnte sich Isabel gut vorstellen. »Und?«

»Er hat gemeint, das ginge mich nichts an«, sagte Grace in beleidigtem Ton. »Nur, weil ich darüber hinaus wäre, hieße das nicht, er wäre auch darüber hinaus. Dann habe ich ihn gefragt, worüber hinaus. Aber darauf hat er nicht geantwortet.«

»Unangenehm«, sagte Isabel.

»Arme Maggie«, fuhr Grace fort. »Ständig geht er in diese Clubs, und nie nimmt er sie mit. Aber sie würde sowieso nicht mitgehen. Sie hockt zu Hause und macht sich Sorgen, was er wohl wieder treibt. Da kann ich gar nichts machen. Ich habe ihm nur ein Buch in die Hand gedrückt.«

»Was denn für eins?«

»Ein altes Buch mit Eselsohren. Ich habe es in einer Buchhandlung im West Port entdeckt. *Womit sich ein Teenager beschäftigen kann. Hundert Vorschläge.* Leider versteht er keinen Spaß.«

Isabel prustete los. Grace war direkt, was daher kam, wie Isabel vermutete, dass sie auf einer kleinen Pachtfarm in Stirlingshire groß geworden war, wo es keine Freizeit gab, nur Arbeit, und wo die Menschen kein Blatt vor den Mund nahmen. Isabel war sich darüber bewusst, wie weit entfernt Grace' Erfahrungen von ihren eigenen waren; sie selbst hatte alle möglichen Privilegien genossen, ihr hatten alle Bildungsangebote zur Verfügung gestanden, während Grace sich mit dem hatte zufrieden geben müssen, was die mittelmäßige Schule am Stadtrand von Stirling zu bieten hatte. Manchmal schien es Isabel so, als hätte die ganze Bildung ihr nur Zweifel und Unsicherheit eingebracht, während Grace in den

Werten, die auf der Farm in Stirlingshire gepflegt wurden, bestätigt worden war. Da gab es keinen Raum für Zweifel, was Isabel zu der Frage führte, wer glücklicher war: diejenigen, die sich bewusst sind und zweifeln, oder diejenigen, die unerschütterlich sind in dem, was sie glauben und es niemals angezweifelt oder hinterfragt haben. Die Antwort lautete, so ihre Schlussfolgerung, dass das nichts mit Glück zu tun hatte; Glück ereilte einen wie das Wetter, abhängig vom Charakter des Menschen.

»Meine Freundin Maggie«, verkündete Grace, »meint, dass man ohne Mann nicht glücklich werden kann. Deswegen ist sie ja so in Sorge um Bill und seine Teenagerkleidung. Wenn er mit einer jüngeren Frau durchbrennt, steht sie allein da, mutterseelenallein.«

»Dann klären Sie sie auf«, sagte Isabel. »Klären Sie sie auf, dass man keinen Mann braucht.«

Sie machte diese Bemerkung ohne darüber nachzudenken, wie Grace sie vielleicht auffassen könnte, und plötzlich wurde ihr klar, dass sie meinen könnte, Isabel wolle ihr damit verklausuliert mitteilen, sie sei eine überzeugte Jungfer, die keine Chance habe, einen Mann zu finden.

»Was ich damit sagen wollte«, begann Isabel, »ist, dass man ganz allgemein keinen ...«

»Schon gut«, unterbrach Grace. »Ich weiß, was Sie meinen.«

Isabel blickte kurz zu ihr hinüber und fuhr dann fort: »Was rede ich überhaupt. Ich habe ja selbst keinen sonderlichen Erfolg bei Männern.«

Warum eigentlich nicht, fragte sie sich. Warum hatte sie keinen Erfolg? Der falsche Mann, der falsche Zeitpunkt oder beides?

Grace sah sie fragend an. »Was ist eigentlich aus ihm geworden, Ihrem Mann damals. John Soundso. Dem Iren. Das haben Sie mir nie erzählt.«

»Er war untreu«, sagte Isabel bloß. »Während der ganzen Zeit, als wir in Cambridge wohnten. Und dann, als wir nach Cornell gingen und ich mein Stipendium dort hatte, verkündete er mir, dass er mit einer anderen Frau nach Kalifornien gehen würde – eigentlich war sie noch ein Mädchen –, und das war's. Er hat mich von einem Tag auf den anderen verlassen.«

»Einfach so?«

»Ja, einfach so. Amerika hat ihm den Kopf verdreht. Er sagte, es hätte ihn befreit. Ich habe gehört, dass ansonsten normale Menschen da durchdrehen, weil sie sich frei fühlen von allem, was sie zu Hause gehalten hat. Bei ihm war es genauso. Er hat mehr getrunken, er hatte mehr Freundinnen, und er wurde impulsiver.«

Grace überlegte. Dann fragte sie: »Er ist wohl noch drüben, oder?«

Isabel zuckte die Schultern. »Das nehme ich an. Aber ich glaube, er ist mittlerweile längst mit einer anderen Frau zusammen. Ich weiß es nicht.«

»Würden Sie es gerne herausfinden?«

Natürlich wüsste sie es gern. Denn wider alle Vernunft, wider alle persönlichen Überzeugungen würde sie ihm verzeihen, wenn er zurückkehren und sie um Vergebung bitten würde. Selbstverständlich würde er das niemals tun, und daher konnte sie sicher sein vor dieser Schwäche: dass sie sich nie wieder von John Liamor bezirzen lassen würde, nie wieder würde sie sich dieser besonderen und großen Gefahr aussetzen.

Zwei Wochen später, sie war bereits auf dem besten Weg, den Zwischenfall in der Usher Hall zu vergessen, wurde sie aus Anlass einer Ausstellungseröffnung zu einer Party in einer Galerie eingeladen. Isabel kaufte Bilder, daher flatterten ihr ständig Einladungen zu Vernissagen ins Haus. Meistens mied sie die Eröffnungen, wo es beengt und lärmig zuging, aber wenn sie wusste, dass ein starkes Interesse an den ausgestellten Bildern bestand, dann konnte sie doch schon mal zu einer Eröffnung gehen, kam sogar etwas früher, um die Werke zu sehen, bevor die roten Punkte eines Konkurrenten unter den Etiketten klebten. Das hatte sie sich angewöhnt, seit sie einmal zu einer Retrospektive der Werke von Cowie zu spät gekommen war und feststellen musste, dass die wenigen Bilder, die zum Verkauf standen, innerhalb einer Viertelstunde weg waren. Sie mochte Cowie, der betörende Bilder von Menschen gemalt hatte, die sich scheinbar in eine Art altmodischer Stille eingesponnen hatten; ruhige Räume, in denen Schulmädchen mit traurigen Gesichtern in Zeichnen und Sticken vertieft waren; schottische Landstraßen und Wege, die nirgendwohin führten, nur zu noch mehr Stille; Faltenwürfe von Tüchern im Atelier des Künstlers. Sie besaß zwei kleine Ölgemälde von Cowie und hätte gern ein drittes erworben, aber sie war zu spät gekommen. Es war ihr eine Lektion.

Die Ausstellung, die heute Abend eröffnet wurde, zeigte Arbeiten von Elizabeth Blackadder. Isabel hatte mit dem Gedanken gespielt, ein großes Aquarell zu kaufen, wollte sich aber erst noch die anderen Bilder ansehen, ehe sie sich entschied. Sie fand sonst nichts, was sie ansprach, und als sie zurückkehrte, klebte ein roter Punkt unter dem Aquarell. Davor stand ein junger Mann, etwa Ende zwanzig, im Nadelstreifenanzug, in der Hand ein Glas. Sie sah sich das Bild an, das jetzt, da es verkauft war, noch reizvoller erschien, dann sah sie den jungen Mann an und versuchte, ihre Verärgerung zu verbergen.

»Ist das nicht wunderschön?« sagte er. »Für mich ist sie wie eine chinesische Malerin. Diese Zartheit. Diese Blumen.«

»Und auch Katzen«, sagte Isabel ziemlich mürrisch. »Sie malt auch Katzen.«

»Ja«, sagte der junge Mann. »Katzen in Gärten. Gemütlich. Nicht gerade sozialer Realismus.«

»Katzen existieren nun mal«, sagte Isabel. »Für Katzen müssen ihre Bilder der reinste soziale Realismus sein.« Wieder betrachtete sie das Bild. »Haben Sie es gekauft?« fragte sie.

Der junge Mann nickte. »Für meine Verlobte. Als Verlobungsgeschenk.«

Er sagte es mit Stolz in der Stimme – Stolz auf die Verlobung, nicht auf den Bildkauf –, und Isabel war gleich gerührt.

»Es wird ihr gefallen«, sagte sie. »Ich hatte auch überlegt, es zu kaufen, aber ich bin froh, dass Sie es haben.«

Der junge Mann setzte eine sorgenvolle Miene auf. »Das tut mir schrecklich Leid«, sagte er. »Man hat mir gesagt, es sei noch zu haben. Es gab keinen Hinweis, dass ...«

Isabel tat seine Bemerkung ab. »Natürlich nicht. Wer zuerst kommt, mahlt zuerst. Sie sind mir zuvorgekommen. Auf Ausstellungen herrscht ein Hauen und Stechen.«

»Da sind ja noch andere Bilder«, sagte er, auf die Wand hinter ihnen weisend. »Bestimmt finden Sie eins, das genauso schön ist wie dieses. Vielleicht sogar noch schöner.«

Isabel lachte. »Ganz sicher. Außerdem sind meine Wände zu Hause schon so voll, da müsste ich sogar ein Bild abhängen. Ich brauche nicht noch ein neues.«

Er lachte über ihre Bemerkung. Dann fiel ihm auf, dass ihr

Glas leer war; er bot ihr an nachzuschenken, und sie akzeptierte. Als er wiederkam, stellte er sich ihr vor. Paul Hogg, er wohne nur eine Straße weiter in der Great King Street. Er hätte sie schon mal auf einer der Ausstellungen in der Galerie gesehen, ganz bestimmt, aber Edinburgh sei ja ein Dorf, und immer würde man Leute treffen, die man irgendwo anders schon mal gesehen hätte. Ob es ihr nicht auch so ginge.

Isabel bejahte. Das hätte natürlich auch seine Nachteile, oder? Was wäre, wenn man zum Beispiel ein Doppelleben führen wollte? Ob das in Edinburgh nicht schwierig wäre? Müsste man nicht nach Glasgow ziehen, um es dort zu führen?

Paul fand das nicht. Er kannte mehrere Personen, ließ er durchblicken, die ein Doppelleben führten, und anscheinend ganz erfolgreich.

»Aber woher wissen Sie von deren Geheimnis?« fragte Isabel. »Haben die Ihnen persönlich davon erzählt?«

Paul überlegte einen Moment. »Nein«, sagte er. »Wenn sie es mir erzählt hätten, wäre es wohl kaum geheim.«

»Sie haben es also von selbst herausgefunden«, sagte Isabel. »Das bestätigt nur meinen Verdacht.«

Das musste er zugeben, und sie lachten. »Allerdings«, sagte er, »kann ich mir gar nicht vorstellen, was ich in einem Doppelleben so machen würde, wenn ich eins führen müsste. Was gibt es denn heutzutage noch, was die Menschen wirklich missbilligen? Liebesaffären? Da zuckt doch jeder nur noch mit der Schulter. Und verurteilte Mörder schreiben ihre Memoiren.«

»Da haben Sie wohl Recht«, sagte Isabel. »Aber taugen diese Bücher auch was? Sagen sie uns wirklich etwas? Nur die ganz Unreifen und die ganz Dummen lassen sich von den

Lasterhaften beeindrucken.« Sie schwieg einen Moment, dann fuhr sie fort: »Vermutlich gibt es doch noch etwas, dessen sich Menschen schämen und das sie nur im Geheimen tun.«

»Jungs«, sagte Paul. »Ich kenne jemanden, der steht auf Jungs. Nicht gerade minderjährige. Siebzehn-, Achtzehnjährige. Aber eigentlich noch kleine Jungs.«

Isabel sah sich das Bild an, die Blumen und die Katzen. Es war unendlich weit entfernt von der Welt der Elizabeth Blackadder.

»Jungs«, sagte sie. »Manche Menschen finden Jungs vermutlich – wie soll ich mich ausdrücken – interessant. Das möchte man vielleicht geheim halten. Obwohl, Catull hat das nicht getan. Er hat Gedichte darüber geschrieben. Es war ihm absolut nicht peinlich. Jungen sind ein anerkanntes Genre in der antiken Literatur, nicht wahr?«

»Ich glaube, mein Bekannter fährt meistens nach Calton Hill«, sagte Paul. »Er fährt allein dahin, und kommt immer mit einem Jungen im Auto zurück. Natürlich im Geheimen.«

Isabel zog die Augenbrauen hoch. »Na ja. Menschen tun die seltsamsten Dinge.« Dinge passierten an einem Ende von Edinburgh, davon hatte man am anderen keine Ahnung. Natürlich war Edinburgh, so hieß es, auf Scheinheiligkeit aufgebaut. Es war die Stadt David Humes, Heimat der schottischen Aufklärung – aber was war danach gekommen? Im neunzehnten Jahrhundert hatte der engstirnige Calvinismus seine Blütezeit, und das Licht der Aufklärung war weitergezogen, zurück nach Paris, nach Berlin und bis nach Amerika, nach Harvard und ähnlichen Orten, wo heute alles möglich war. Edinburgh war zu einem Synonym der Anständigkeit geworden, wo der Grundsatz galt: Das haben wir schon immer so gemacht, also machen wir es weiter so. Anständigkeit allerdings war anstrengend, und es gab Bars und Clubs, wo Menschen hingehen und sich so verhalten konnten, wie sie sich auch sonst gerne verhalten hätten, aber es in der Öffentlichkeit nicht wagten. Die Geschichte von Jekyll und Hyde war in Edinburgh niedergeschrieben worden, und es war absolut stimmig, dass sie hier angesiedelt war.

»Wissen Sie«, fuhr Paul fort. »Ich selbst führe kein Doppelleben. Ich bin schrecklich konventionell. Eigentlich bin ich Fondsmanager von Beruf. Nicht gerade sehr aufregend. Und meine Verlobte arbeitet in Charlotte Square. Wir sind also gar keine ... wie soll ich sagen?«

»Bohemiens?« griff Isabel lachend ein.

»Genau«, sagte er. »Wir sind eher ...«

»So wie Elizabeth Blackadder? Blumen und Katzen?«

Sie setzten ihre Unterhaltung fort. Nach etwa fünfzehn Minuten stellte Paul sein Glas auf einer Fensterbank ab.

»Haben Sie Lust, in die Vincent Bar zu gehen?« fragte er. »Ich bin um neun Uhr mit Minty verabredet, und erst noch zurück in die Wohnung, das will ich nicht. Wir könnten was trinken und uns weiter unterhalten. Natürlich nur, wenn Sie möchten. Vielleicht haben Sie ja was ganz anderes vor.«

Isabel nahm das Angebot gerne an. Die Galerie hatte sich jetzt gefüllt, und langsam wurde es warm. Der Lärmpegel war ebenfalls gestiegen, und die Gäste mussten sich anbrüllen, um sich zu verständigen. Wenn sie länger blieb, würde sie noch Halsschmerzen kriegen. Sie holte ihren Mantel, verabschiedete sich von den Galeristen und ging mit Paul zu Fuß zu der kleinen Bar am Ende der Straße.

Die Vincent Bar war praktisch leer, und sie suchten sich einen Tisch unweit der Eingangstür, wegen der frischen Luft.

»Ich gehe fast nie in Pubs«, sagte Paul. »Trotzdem fühle ich mich an Orten wie diesem wohl.«

»Ich weiß schon gar nicht mehr, wann ich zuletzt in einem Pub war«, sagte Isabel. »Das muss in einem anderen Leben gewesen sein.« Natürlich erinnerte sie sich an die Abende mit John Liamor, aber es war eine schmerzliche Erinnerung.

»Ich muss schon in meinem früheren Leben Fondsmanager gewesen sein«, sagte Paul. »Und höchstwahrscheinlich werde ich das auch in meinem nächsten sein.«

Isabel lachte. »Bestimmt hat Ihr Beruf auch seine guten Seiten«, sagte sie. »Märkte beobachten. Darauf warten, dass was passiert. So arbeiten Sie doch, nicht wahr?«

»Oh ja, er hat schon seine guten Seiten«, sagte er. »Man muss viel lesen. Ich sitze am Schreibtisch und lese die Wirtschaftszeitungen und die Unternehmensberichte. Eigentlich bin ich so eine Art Spion. Ich sammle Informationen.«

»Haben Sie einen schönen Arbeitsplatz?« fragte Isabel. »Sind Ihre Kollegen angenehme Zeitgenossen?«

Paul antwortete nicht gleich. Er hob sein Glas und trank einen großen Schluck Bier. Als er schließlich reagierte, sah er beim Sprechen hinunter auf den Tisch. »Im Großen und Ganzen, ja. Im Großen und Ganzen.«

»Also eigentlich nein«, sagte Isabel.

»Nein, das würde ich nicht sagen. Es ist nur ... na ja, ich habe jemanden verloren, der für mich gearbeitet hat. Vor ein paar Wochen. Ich habe – ich hatte – zwei Leute in meiner Abteilung unter mir. Er war einer von ihnen.«

»Ist er woanders hingegangen?« fragte Isabel. »Wurde er abgeworben? Ich vermute, dass heute jeder jeden abwirbt, wo er nur kann. So funktioniert das doch, oder?«

Paul schüttelte den Kopf. »Er ist gestorben«, sagte er. »Das heißt, er wurde getötet. Bei einem Sturz.«

Es konnte ein Kletterunfall gewesen sein, die passierten in den Highlands praktisch jede Woche; aber es war keiner, und Isabel wusste es gleich.

»Ich glaube, ich weiß, wer er war«, sagte sie. »War das in der …«

»In der Usher Hall«, sagte Paul. »Ja. Das war er. Mark Fraser.« Er stutzte. »Haben Sie ihn gekannt?«

»Nein«, sagte Isabel. »Aber ich habe gesehen, wie es passiert ist. Ich war da, im ersten Rang, unterhielt mich gerade mit einer Freundin, und da fiel er herunter, direkt an uns vorbei, wie ein … wie ein …«

Sie hielt inne und streckte die Hand nach Pauls Arm aus. Er klammerte sich an sein Glas, starrte auf den Tisch, entsetzt über ihre Worte.

6

Es passierte immer, wenn man sich mit Rauchern in einem Raum aufhielt. Irgendwo hatte sie mal gelesen, der Grund dafür sei, dass die Oberfläche der Kleidung von Nichtrauchern mit negativen Ionen bedeckt war, während Tabakrauch voller positiver Ionen war. Wenn also Rauch in der Luft hing, würde dieser umgehend von der negativ geladenen Oberfläche angezogen, deswegen blieb der Geruch an den Kleidern haften. Als sie die Bluse in die Hand nahm, die sie getragen hatte, und die Jacke, die sie gestern Abend über die Lehne ihres Schlafzimmerstuhls gehängt hatte, schlug ihr schaler, beißender Geruch von Tabakrauch entgegen. In der Vincent Bar waren auch Raucher gewesen, wie üblich in Bars, und obwohl Paul und sie in der Nähe des Eingangs gesessen hatten, hatte es gereicht, um Spuren zu hinterlassen.

Isabel schüttelte die Jacke einmal kräftig vor dem geöffneten Fenster aus, was immer half, dann hängte sie sie wieder in den Kleiderschrank. Sie kehrte zum Fenster zurück und überblickte den Garten, sah hinüber zu den Bäumen längs der Mauer, der hohen Platane und den beiden Birken, die sich bereitwillig im Wind wiegten. Paul Hogg. Es war ein Name aus der Borders-Region, und immer, wenn sie auf diesen Namen traf, fiel ihr James Hogg ein, der Schriftsteller, der als Ettrick Shepherd bekannt wurde, der Herausragendste unter den Hoggs; aber es gab auch noch andere Hoggs, sogar englische. Quinton Hogg, ein Lord Chancellor (und vielleicht ein klein wenig schweinisch in seiner Erscheinung, was das englische Wort hog – Schwein –, nahe legte, obwohl man, wie sie sich ermahnte, den Hoggs gegenüber nicht hartherzig sein sollte) und sein Sohn, Douglas Hogg. Und so weiter. Diese vielen Hoggs.

Sie hatten sich nicht lange in der Bar aufgehalten. Die Erinnerung an Mark Frasers Sturz hatte Paul sichtlich erschüttert, und obgleich er schnell das Thema gewechselt hatte, lag ein Schatten über dem Rest des Abends. Bevor sie austranken und ihrer Wege gingen, hatte er jedoch eine Äußerung getan, bei der sie aufhorchte. *Er wäre niemals gestürzt. Sie müssen wissen, er hatte ein Gespür für Höhen. Er war Bergsteiger. Ich bin mit ihm den Buchaille Etive Mhor hinaufgeklettert. Er ist stramm hochmarschiert. Er hatte ein absolutes Gespür für Höhen.*

Sie hatte ihn unterbrochen und gefragt, was er damit meinte. Ob sein Freund absichtlich gesprungen sei, wenn schon nicht gestürzt. Paul hatte den Kopf geschüttelt. »Das möchte ich bezweifeln. Menschen erstaunen einen immer wieder, aber ich kann mir nicht vorstellen, wieso er absichtlich gesprungen sein sollte. Ich war vorher stundenlang mit ihm zusammen, stundenlang, und er wirkte nicht im Geringsten niedergeschlagen. Im Gegenteil. Eines der Unternehmen, auf die er uns aufmerksam gemacht hatte und in die wir reichlich viel investiert hatten, hatte spektakuläre Zwischenergebnisse erzielt. Der Vorstand hatte ihm ein Memo geschickt, ihm zu seinem Scharfblick gratuliert, und er hatte sich darüber gefreut. Wie ein Schneekönig. Er hatte gelacht. Warum sollte er sich umbringen?«

Paul hatte den Kopf geschüttelt und dann das Thema gewechselt, sie mit ihren Fragen allein gelassen. Jetzt stellten sich diese Fragen erneut. Sie ging nach unten, um zu frühstücken. Grace war heute früher gekommen und kochte gerade ein Ei für sie. In der Zeitung standen Kommentare über einen Skandal: Ein Minister der Regierung hatte in der parlamentarischen Fragestunde ausweichend geantwortet und sich geweigert, die von der Opposition verlangten Informationen herauszurücken. Schon als sein Bild das erste Mal in der Zeitung aufgetaucht war, hatte Grace ihn als Lügner abgestempelt, jetzt wurde der Beweis geliefert. Auffordernd sah sie die Hausherrin an, der Einschätzung zu widersprechen, doch Isabel nickte nur.

»Schockierend«, sagte sie. »Ich weiß gar nicht genau, ab wann es üblich wurde, in der Öffentlichkeit zu lügen. Wissen Sie es noch?«

Grace wusste es. »Präsident Nixon hat damit angefangen. Er hat gelogen, was das Zeug hielt. Dann ist die Sitte über den Atlantik zu uns herübergeschwappt, und unsere Leute haben auch gelogen. So hat es angefangen. Jetzt ist es übliche Praxis.«

Isabel musste ihr Recht geben. Anscheinend hatten die Menschen ihren moralischen Kompass verloren, und das war nur ein weiteres Beispiel. Grace würde zum Beispiel nie lügen, weder im Kleinen noch im Großen, und Isabel vertraute ihr bedingungslos. Andererseits war Grace keine Politikerin und würde auch nie eine sein. Vermutlich wurden die ersten Lügen bereits im Ausschuss für die Kandidatenwahl geäußert.

Natürlich war nicht jede Lüge schlecht; und nicht nur in dieser Hinsicht, dachte Isabel, hatte Kant Unrecht. Es gäbe eine Pflicht, dem Mörder, der sein Opfer suche, die Wahrheit zu sagen. Es war das Lächerlichste, was er je von sich gegeben hatte. Wenn der Mörder an die Tür klopfte und fragte: *Ist er da?* sei man verpflichtet, wahrheitsgemäß zu antworten, sogar dann, wenn es zum Tod eines unschuldigen Menschen führte. So ein Blödsinn; sie erinnerte sich sogar an den genauen Wortlaut der anstößigen Passage: *Wahrhaftigkeit in Aussagen, die man nicht umgehen kann, ist formale Pflicht des Menschen, gegen Jeden, es mag ihm oder einem Andern daran auch noch so großer Nachtheil erwachsen.* Kein Wunder, dass Benjamin Constant sich dadurch getroffen fühlte, obgleich Kant antwortete – wenig überzeugend – und hervorhob, dass der Mörder, bevor er mit dem Wissen, das er aus der wahrhaftigen Antwort gewonnen hätte, zur Tat schritt, ja vielleicht festgenommen werden würde.

Die Antwort lautete natürlich, dass Lügen *im Allgemeinen* falsch ist, aber dass manche Lügen, ausdrücklich als Ausnahmen markiert, erlaubt sind. Es gab also gute Lügen und schlechte Lügen, wobei gute Lügen aus Gründen der Barmherzigkeit geäußert wurden (um zum Beispiel die Gefühle anderer Menschen zu schonen). Wenn man nach seiner Meinung zu einer – geschmacklosen – Neuerwerbung gebeten wurde und man eine ehrliche Antwort gab, konnte das die Gefühle des anderen verletzen und ihm die Freude über den neuen Gegenstand verderben. Deswegen log man und würdigte ihn, was sicher genau das Richtige war. Oder nicht? Vielleicht verhielt es sich doch nicht so einfach. Wenn man sich unter solchen Umständen das Lügen angewöhnte, konnte mit der Zeit die Grenze zwischen Wahrheit und Unehrlichkeit verwischen.

Eines Tages würde sie diese Frage ausführlich behandeln, dachte Isabel, und einen Aufsatz über das Thema schreiben. *Lob der Heuchelei* wäre ein passender Titel, und den Anfang hatte sie auch schon im Kopf: »Eine Person einen Heuchler nennen, soll üblicherweise einen angeblichen moralischen Makel anprangern. Jedoch: Ist Heuchelei unweigerlich schlecht? Manche Heuchler haben durchaus eine genauere Betrachtung verdient...«

Es gab noch andere Auslegungen. Heuchelei bezog sich nicht nur auf Lügen, bei Heuchelei ging es auch darum, das eine zu sagen und etwas anderes zu tun. Normalerweise wurden Menschen, die so handelten, schlankweg dafür verurteilt, aber auch hier verhielt es sich nicht ganz so einfach wie manche es gerne hätten. Wäre es heuchlerisch, wenn ein Alkoholiker anderen Menschen vom Alkohol abraten würde, ein Vielfraß eine Diät empfehlen würde? Der Beratene konnte in so einem Fall durchaus den Vorwurf der Heuchelei erheben, doch nur, wenn der Beratende behauptete, selbst nicht zu viel zu trinken oder zu essen. Hielt er seine eigenen Schwächen nur geheim, konnte man ihn immer noch einen Heuchler nennen, allerdings war seine Heuchelei nichts Schlimmes. Jedenfalls schadete sie keinem, ja, vielleicht war sie sogar ganz nützlich (vorausgesetzt, sie blieb unentdeckt.) Es wäre ein Thema, so recht geeignet für den Club der Sonntagsphilosophen. Vielleicht würde sie tatsächlich einmal versuchen, Menschen für eine Diskussion über genau dieses Thema zusammenzutrommeln. Wer konnte der Einladung, über Heuchelei zu diskutieren, schon widerstehen? Die Mitglieder des Clubs, so ihr Verdacht.

Das gekochte Ei vor sich auf dem Tisch, ließ sie sich mit dem *Scotsman* und einer frischen Tasse Kaffee nieder, während Grace ging und sich um die Wäsche kümmerte. In der Zeitung stand nichts von Bedeutung – sie mochte sich nicht dazu durchringen, einen Bericht über die Aktivitäten des schottischen Parlaments zu lesen –, deswegen ging sie rasch zu dem Kreuzworträtsel über. Vier, waagerecht: *He conquers all, a nubile tram* – er erobert alle, eine mannbare Tram. Tamburlaine, natürlich. Tamerlan. Das war ein beliebtes Stichwort, und es bildete auch die Schlusszeile eines Gedichts von Auden. *WHA*, wie sie ihn bezeichnete, schätzte das Kreuzworträtsel und hatte sich die *Times* zu diesem Zweck sogar nach Kirchstetten nachschicken lassen. Dort hatte er gelebt, in seiner legendären häuslichen Unordnung, mit Manuskripten und Büchern und überquellenden Aschenbechern, und hatte jeden Tag – neben sich, aufgeschlagen auf einem Stuhl, ein halb zerfleddertes Exemplar des großes Oxford-Wörterbuchs – das Kreuzworträtsel der *Times* gelöst. Wie gerne hätte sie ihn kennen gelernt, sich mit ihm unterhalten, und wenn es nur gewesen wäre, um ihm ihren Dank für alles, was er geschrieben hatte, auszusprechen (die letzten beiden Bücher ausgenommen), aber man musste befürchten, dass er sie nur als eine seiner vielen Emanzen-Bewunderinnen abgetan hätte. Sechs, senkrecht: *Ein schlicht gestrickter Dichter, ein Schwein, das*

71

Schafe weidet. (Vier Buchstaben) Hogg, natürlich. Trotzdem, ein Zufall.

Sie beendete das Kreuzworträtsel im Frühstückszimmer, ließ die zweite Tasse Kaffee vor dem Trinken aber erst noch etwas abkühlen. Aus irgendeinem Grund war ihr nicht wohl, fast ein bisschen übel, und sie fragte sich, ob sie am Abend zuvor nicht vielleicht zu viel getrunken hatte. Eigentlich nicht, wenn sie es sich recht überlegte. Bei der Vernissage hatte sie zwei kleine Gläser Wein getrunken, und dann, in der Vincent Bar, noch mal ein Glas, wenn auch ein etwas größeres. Das reichte kaum aus für eine Magenverstimmung oder für Kopfschmerzen. Nein, ihr Unwohlsein war nicht körperlich bedingt, sie war einfach nur durcheinander. Sie hatte gedacht, sie hätte sich von dem schrecklichen Ereignis erholt, aber das hatte sie keineswegs, sie litt noch immer unter den seelischen Auswirkungen. Sie legte die Zeitung ab, sah zur Decke und fragte sich, ob es sich hierbei um das handelte, was allgemein als posttraumatische Stressstörung bezeichnet wurde. Soldaten im Ersten Weltkrieg litten darunter, nur hatte man das damals Kriegsneurose genannt und die Soldaten wegen Feigheit erschossen.

Sie dachte an die Morgenstunden, die vor ihr lagen. Sie hatte Arbeit zu erledigen, mindestens drei Zeitschriftenartikel mussten zu Rezensenten geschickt werden, und die mussten noch heute Morgen rausgehen. Dann galt es für eine Sondernummer, die noch dieses Jahr erscheinen sollte, einen Index zu erstellen. Es war eine Aufgabe, die ihr keinen sonderlichen Spaß machte, und sie hatte sie immer wieder verschoben. Jedoch musste der Index vor Ende der Woche zur Ansicht an den Verlag geschickt werden, was bedeutete, dass sie entweder heute, spätestens morgen damit anfangen musste. Sie sah auf die Uhr, fast halb zehn. Wenn sie jetzt drei Stunden arbeitete, würde sie den größten Teil des Index schaffen, wenn nicht den ganzen. Dann wäre es halb eins, vielleicht schon eins. Danach konnte sie sich mit Cat, wenn die sich freimachen konnte, zum Lunch verabreden. Der Gedanke heiterte sie auf: ein gutes Arbeitspensum, gefolgt von einem entspannten Plausch mit ihrer Nichte. Genau das, was sie brauchte, um über ihre vorübergehende melancholische Stimmung hinwegzukommen, die ideale Therapie gegen posttraumatische Stressstörung.

Cat war frei, aber erst um eins, da Eddie sie gebeten hatte, heute früher in die Mittagspause gehen zu dürfen. Sie würden sich in dem Bistro gegenüber von Cats Spezialitätengeschäft treffen; Cat ging zur Mittagspause lieber woandershin, statt einen der wenigen Tische in ihrem eigenen Laden zu besetzen. Außerdem wusste sie, dass Eddie ihrem Gespräch lauschen würde, und das störte sie.

Isabel kam gut voran mit dem Index, um kurz nach zwölf hatte sie die Arbeit erledigt. Sie druckte die Seiten aus und steckte sie in einen Umschlag, den sie auf dem Weg nach Bruntsfield in den Briefkasten werfen würde. Dass die Arbeit getan war, hatte ihre Laune beträchtlich verbessert, aber das Gespräch mit Paul ging ihr dennoch nicht aus dem Kopf. Es beschäftigte sie immer noch, und ständig dachte sie an die beiden, Paul und Mark, wie sie den Buchaille Etive Mhor hinaufkletterten, möglicherweise angeseilt, wie Mark sich umdrehte und zu Paul unter ihm sah, die Sonne auf seinem Gesicht. Das Bild von ihm, das in der Zeitung abgedruckt war, hatte einen sehr gut aussehenden Mann gezeigt, was alles nur umso trauriger machte, obwohl das keine Rolle spielen durfte. Wenn schöne Menschen starben, dann war das nicht anders, als wenn mit weniger Schönheit gesegnete Menschen starben, das war klar. Aber warum erschien es einem tragischer als bei anderen jungen Männern, wenn ein Rupert Brooke, oder von ihr aus auch ein Byron, den Tod fand? Vielleicht kam es daher, dass wir die Schönen mehr lieben, oder weil der flüchtige Sieg des Todes umso größer ist. Niemand, sagt er lächelnd, ist zu schön, als dass ich ihn mir nicht nehmen kann.

Um halb zwei, als sie das Bistro betrat, war die Schar der Mittagsgäste bereits kleiner geworden. Hinten waren zwei Tische besetzt, an einem saß eine Gruppe Frauen mit Einkaufstüten zu ihren Füßen, an dem anderen drei Studenten, die die Köpfe zusammensteckten und einer Geschichte zuhörten, die einer von ihnen erzählte. Isabel ließ sich an einem freien Tisch nieder und las sich die Speisekarte durch, während sie auf Cat wartete. Die Frauen an dem Tisch aßen fast schweigend, machten sich mit Löffeln und Gabeln über ihre langen Bandnudeln her, während die Studenten ihre Unterhaltung fortsetzten. Zwangsläufig schnappte Isabel einige Gesprächsfetzen auf, besonders als einer der Studenten, ein junger Mann in einem roten Trikot, plötzlich lauter wurde.

»…und da hat sie zu mir gesagt, wenn ich nicht mit ihr nach Griechenland fahre, dürfte ich das Zimmer in der Wohnung nicht behalten, und ihr wisst ja, wie wenig ich dafür zahle. Was sollte ich machen? Was hättet ihr an meiner Stelle gemacht?«

Ein kurzes Schweigen, dann sagte einer der drei, eine junge Frau, etwas, das Isabel nicht verstand, und man lachte.

Isabel blickte auf, widmete sich dann wieder prüfend der Speisekarte. Der junge Mann wohnte in einer Wohnung, die offenbar jener ungenannten Sie gehörte. Sie wollte, dass er mit ihr nach Griechenland fuhr, und zu diesem Zweck war ihr scheinbar jedes Druckmittel recht. Aber wenn sie ihn mit solchen Mitteln dazu nötigte, würde er wohl kaum einen angenehmen Reisegefährten abgeben.

»Ich hab ihr gesagt, dass ... « Den Rest verpasste Isabel, aber dann ging es weiter: »Ich hab ihr gesagt, dass ich nur mitkäme, wenn sie mich in Ruhe ließe. Ich hab mir gedacht, ich sag's ihr gleich ins Gesicht. Ich hab ihr gesagt, ich wüsste genau, was sie im Schilde führte ... «

»Du bildest dir was ein«, sagte das Mädchen.

»Nein«, sagte der andere junge Mann. »Du kennst sie nicht. Die Frau ist mannstoll. Frag Tom. Der kann's dir bestätigen.«

Isabel hätte am liebsten dazwischengefunkt. »Und, sind Sie gefahren? Sind Sie nach Griechenland gefahren?« Aber das ging natürlich nicht. Der junge Mann war genauso schlimm wie die Frau, die mit ihm verreisen wollte. Sie alle waren irgendwie unangenehm, wie sie dasaßen und abfällig tratschten. Über die sexuellen Avancen anderer sollte man nie reden, fand sie. Keine Enthüllungsgeschichten. Aber dafür hatten diese Studenten kein Gespür.

Sie las wieder in der Speisekarte, fest entschlossen, die Unterhaltung auszublenden. Doch zum Glück kam in diesem Moment Cat, und sie konnte die Speisekarte beiseite legen und ihre ungeteilte Aufmerksamkeit ihrer Nichte widmen.

»Ich bin spät dran«, sagte Cat außer Atem. »Es gab ein kleines Problem. Jemand hat Ware zurückgebracht, deren Haltbarkeitsdatum längst überschritten war. Er hat gesagt, er hätte das Zeug bei uns gekauft, was wahrscheinlich stimmt. Ich weiß auch nicht, wie das passieren konnte. Jedenfalls hat sich der Kunde beim Gesundheitsamt beschwert. Du kannst dir vorstellen, was das mit sich bringt. Diese Leute machen einen irren Aufstand.«

Isabel zeigte sich mitfühlend. Sie wusste, dass Cat niemals vorsätzlich Risiken eingehen würde. »Hast du eine Lösung gefunden?«

»Ich habe mich entschuldigt«, sagte Cat. »Und mit einer Flasche Champagner gratis nachgeholfen.«

Cat nahm die Speisekarte, warf einen kurzen Blick darauf und stellte sie zurück in den Ständer. Mittags hatte sie immer nur wenig Hunger, mit einem kleinen Salat war sie gut bedient. Isabel glaubte, dass der Grund hierfür wahrscheinlich der ständige Umgang mit Lebensmitteln war.

Sie erzählten sich kurz, was es Neues gab. Toby war mit seinem Vater auf einer Wein-Einkaufstour, er hatte gestern Abend aus Bordeaux angerufen. Er würde in einigen Tagen zurückkommen, und übers Wochenende würden sie nach Perth fahren, wo Freunde von ihm wohnten. Isabel hörte höflich zu, aber begeistern konnte sie sich nicht. Was würden die beiden an ihrem Wochenende in Perth tun, fragte sie sich, oder war das eine naive Frage? Es war schwierig, sich in die Zeit zurückzuversetzen, als man selbst Anfang zwanzig war, aber das musste man wohl.

Cat beobachtete sie. »Du solltest ihm eine ehrliche Chance geben«, sagte sie leise. »Er ist ein netter Mensch. Wirklich.«

»Natürlich«, erwiderte Isabel rasch. »Natürlich ist er nett. Ich habe nichts gegen Toby.«

Cat lachte. »Du wirkst nicht gerade überzeugend, wenn du lügst«, sagte sie. »Es ist ganz offensichtlich, dass du ihn nicht magst. Du kannst es gar nicht verbergen.«

Isabel kam sich ertappt vor. *Ich bin eine wenig überzeugende*

Heuchlerin, dachte sie. Am Tisch mit den Studenten herrschte jetzt Schweigen, und sie war sich der Tatsache bewusst, dass sie ihrer Unterhaltung mit Cat zuhörten. Sie sah sie an, und ihr fiel auf, dass einer der Jungen einen kleinen Ohrstecker trug. Menschen mit Metallpiercings am Kopf wollten bewusst provozieren, hatte Grace einmal behauptet. Isabel hatte sie gefragt, wie sie darauf käme (hatten Menschen nicht schon immer Ohrringe getragen und waren ungestraft davongekommen?). Grace hatte geantwortet, Metallpiercings würden Blitze anziehen; sie hätte mal gelesen, ein Mann mit vielen Metallpiercings am Körper wäre bei einem Gewittersturm vom Blitz erschlagen worden, während die Umstehenden, die keine Piercings hatten, überlebt hätten.

Die Studenten sahen sich viel sagend an, und Isabel wandte sich ab. »Hier ist nicht der richtige Ort für solche Gespräche, Cat«, sagte sie mit gesenkter Stimme.

»Vielleicht nicht. Aber ärgern tut es mich trotzdem. Ich verlange ja nur, dass du ihm eine Chance gibst. Dass du über deine Spontanreaktion hinwegsiehst.«

»Meine Spontanreaktion war nicht durchweg negativ«, flüsterte Isabel. »Ich habe mich nicht gerade für ihn erwärmen können, aber das liegt nur daran, dass er nicht mein Typ ist. Mehr nicht.«

»Warum ist er nicht dein Typ?« erhob Cat abwehrend ihre Stimme. »Was stimmt nicht mit ihm?«

Isabel sah hinüber zu den Studenten, die jetzt lachten. Sie hatte es verdient, dass man ihr Gespräch mit Cat belauschte, überlegte sie. *Deine Handlungen werden auf dich zurückfallen, gewisslich, jede einzelne.*

»Ich würde nicht sagen, dass etwas nicht mit ihm stimmt«, fing sie an. »Es ist nur so: Bist du dir ganz sicher, dass er ... dass er dir intellektuell gewachsen ist? So etwas kann viel ausmachen.«

Cat runzelte die Stirn, und Isabel fragte sich, ob sie nicht zu weit gegangen war. »Dumm ist er jedenfalls nicht«, empörte sich Cat. »Immerhin hat er ein Diplom von St. Andrews. Und er ist ziemlich rumgekommen in der Welt.«

St. Andrews, ausgerechnet! »Da siehst du's. St. Andrews!« wäre Isabel beinahe herausgerutscht. Aber sie hielt sich zurück. St. Andrews stand in dem Ruf, eine besondere Anziehungskraft auf wohlhabende junge Leute auszuüben, die aus den höheren Schichten der Gesellschaft stammten und die eine entsprechende Umgebung suchten, um dort einige Jahre zu verbringen und Partys zu feiern. In Amerika hießen solche Bildungsanstalten Party-Universitäten. In diesem Fall war der Ruf ungerechtfertigt, wie häufig bei einem Ruf, aber ein Funken Wahrheit steckte schon darin. Toby hätte ganz gut in das Gesellschaftsbild von St. Andrews hineingepasst, aber es wäre unhöflich gewesen, das zu betonen, und ohnehin wollte sie das Gespräch darüber jetzt beenden. Sie hatte nicht die Absicht gehabt, sich auf einen Streit über Toby einzulassen; sie fand es nicht angebracht, sich einzumischen, und sie musste aufhören, sich in Konfrontation mit Cat zu begeben. Das würde den Kontakt mit ihr in Zukunft schwieriger gestalten. Außerdem würde er über kurz oder lang eine andere finden, und dann hätte sich das Thema von selbst erledigt. Es sei denn – noch ein erschreckender Gedanke –, Toby interessierte sich nur wegen des Geldes für Cat.

Isabel musste sich keine großen Gedanken über Geld machen, eine privilegierte Position, wie ihr durchaus bewusst war. Sie und ihr Bruder hatten von ihrer Mutter je eine Hälfte Anteile an der Louisiana and Gulf Land Company geerbt, wodurch sie beide, nach allem Ermessen, recht wohlhabend waren. Isabel war diskret in dieser Hinsicht, und sie nutzte ihr Geld umsichtig, was sie selbst betraf, und großzügig, was andere betraf. Das Gute, das sie tat, geschah im Verborgenen.

An Cats einundzwanzigstem Geburtstag hatte Isabels Bruder seiner Tochter so viel Geld überwiesen, dass sie sich eine Wohnung kaufen konnte, und, einige Jahre später, das Spezialitätengeschäft. Davon war zwar nicht viel übrig geblieben – eine kluge Politik von seiner Seite, dachte Isabel –, dennoch stand sich Cat extrem gut, gemessen am Durchschnitt ihrer Altersgruppe, von denen die meisten schon Mühe hatten, allein das Geld für die Anzahlung auf eine Wohnung zusammenzusparen. Edinburgh war teuer, und so etwas war für viele unerreichbar.

Toby stammte zwar selbst aus einem wohlhabenden Elternhaus, aber das Geld steckte wahrscheinlich im Geschäft, und wahrscheinlich zahlte ihm sein Vater auch kein üppiges Gehalt. Junge Männer wie er wussten sehr genau, wie wichtig Geld war, und sie hatten großes Talent darin, aufzuspüren, wo Geld drin steckte. Es bedeutete, dass er durchaus Interesse an dem Vermögen haben könnte, das Cat zur Verfügung stand, obwohl Isabel niemals eine Andeutung in diese Richtung machen würde. Wenn sich doch nur Beweise finden würden und sie es schwarz auf weiß hätte – wie die Lösung in einem trivialen Boulevardtheaterstück. Aber das war höchst unwahrscheinlich.

Sie streckte die Hand aus, um Cat zu beruhigen, und wechselte das Thema.

»Er ist vollkommen in Ordnung«, sagte sie. »Ich werde mir Mühe geben, und ich bin sicher, dass ich seine guten Seiten erkennen werde. Es ist mein Fehler, dass ich zu…zu fixiert bin in meinen Ansichten. Entschuldige.«

Cat schien besänftigt, und Isabel lenkte das Gespräch auf ihr Treffen mit Paul Hogg. Auf dem Weg zum Bistro hatte sie entschieden, wie sie nun weiter verfahren würde, und das wollte sie Cat jetzt erklären.

»Ich habe versucht zu vergessen, was ich gesehen habe«, fing sie an. »Es hat nicht funktioniert. Ich muss immer noch daran denken, und die Unterhaltung gestern Abend mit Paul Hogg hat mich erst recht durcheinander gebracht. Etwas Seltsames ist da in der Usher Hall passiert. Ich glaube nicht, dass es ein Unfall war. Bestimmt nicht.«

Cat sah sie fragend an. »Ich kann nur hoffen, dass du dich da nicht einmischst«, sagte sie. »Das hast du schon mal gemacht. Du mischst dich in Dinge ein, die dich eigentlich nicht das Geringste angehen. Lass das lieber bleiben.«

Cat war sich sehr wohl der Tatsache bewusst, dass es eigentlich keinen Zweck hatte, Isabel Vorwürfe zu machen: Sie würde sich niemals ändern. Sie hatte keinen Grund, sich in die Angelegenheiten anderer einzumischen, wurde aber scheinbar unwiderstehlich mit hineingezogen. Und jedes Mal, wenn das passierte, dann deswegen, weil sie sich einbildete, es würde ihr gegenüber eine moralische Forderung erhoben. Diese Sicht der Welt, mit ihrem schier unerschöpflichen Nachschub an möglichen moralischen Forderungen, führte dazu, dass jeder Problembeladene an Isabels Tür klopfen konnte und Unterstützung fand, aus dem einfachen Grund, weil die Voraussetzung moralischer Nähe – oder besser, ihrem Verständnis von moralischer Nähe – gegeben war.

Schon häufig hatten sie sich über Isabels Unfähigkeit, Nein zu sagen, nach Cats Ansicht die Wurzel des Übels, gestritten. Nachdem Isabel einmal dabei behilflich gewesen war, die Probleme einer Hotelbesitzerfamilie, die sich über die Weiterführung des Unternehmens zerstritten hatte, zu lösen, hatte Cat protestiert: »Du darfst dich einfach nicht dermaßen in die Belange anderer Leute hineinziehen lassen.« Isabel jedoch, die als Kind regelmäßig zum Sonntagslunch in das Hotel ausgeführt worden war, hatte gemeint, allein das berechtige sie zur Anteilnahme, was aus dem Hotel wurde, und war in eine unerfreuliche gerichtliche Auseinandersetzung hineingerutscht.

Cat hatte die gleiche Besorgnis geäußert, als es jetzt um den unglücklichen Mann in der Usher Hall ging. »Aber natürlich geht es mich etwas an«, sagte Isabel. »Ich habe alles beobachtet – jedenfalls das meiste. Ich war der Mensch, den der junge Mann als Letzten gesehen hat. Ich war der Letzte. Findest du nicht, dass der Mensch, den du in deinem letzten Moment auf Erden siehst, dir etwas schuldet?«

»Ich kann dir nicht folgen«, sagte Cat. »Ich verstehe nicht, was du meinst.«

Isabel lehnte sich in ihrem Stuhl zurück. »Ich will Folgendes damit sagen: Wir haben nicht gegenüber jedem einzelnen Menschen auf dieser Welt moralische Verpflichtungen. Wir haben moralische Verpflichtungen gegenüber denen, die unseren Weg kreuzen, die sozusagen unseren moralischen Raum betreten. Das heißt unseren Nächsten, Leuten, mit denen wir zu tun haben, und so weiter.«

Wer aber sind unsere Nächsten? würde sie den Club der Sonntagsphilosphen fragen. Die Mitglieder des Clubs würden ausführlich darüber nachdenken und zu der Auffassung gelangen – so vermutete Isabel jedenfalls –, dass das Konzept der Nähe der einzig richtige Maßstab hierfür wäre. Unsere

Nächsten im moralischen Sinn sind die, die uns nahe sind, räumlich oder in irgendeinem anderen Sinn. Forderungen aus der Ferne haben nicht dieses Gewicht wie die, die unmittelbar vor uns stehen. Diese Forderungen aus der Nähe sind lebendiger und daher wirklicher.

»Klingt vernünftig«, sagte Cat. »Aber in diesem Sinn bist du mit ihm gar nicht in Kontakt gekommen. Er ist nur, entschuldige, wenn ich das so sage – er ist nur vorbeigeflogen.«

»Er muss mich gesehen haben«, sagte Isabel. »Und ich habe ihn gesehen – in einem Zustand extremer Verletzlichkeit. Tut mir Leid, wenn sich das philosophisch anhört, aber meiner Ansicht nach schafft das ein moralisches Band zwischen uns. Wir sind, moralisch gesehen, keine Fremden.«

»Du hörst dich an wie die *Zeitschrift für angewandte Ethik*«, sagte Cat trocken.

»Ich bin die *Zeitschrift für angewandte Ethik*«, erwiderte Isabel.

Die Bemerkung brachte sie beide zum Lachen, und die Spannung, die sich zwischen ihnen aufgebaut hatte, ließ nach.

»Na ja«, sagte Cat, »offenbar kann ich dich von deinem Vorhaben nicht abbringen. Da kann ich dir auch gleich helfen. Was brauchst du?«

»Die Adresse seiner Mitbewohner«, sagte Isabel. »Mehr nicht.«

»Willst du sie sprechen?«

»Ja.«

Cat zuckte die Schultern. »Ich kann mir nicht vorstellen, dass du viel in Erfahrung bringen wirst. Seine Mitbewohner waren nicht dabei. Woher sollen sie wissen, was passiert ist?«

»Ich will einfach nur ein paar Hintergrundinformationen«, sagte Isabel. »Was für ein Mensch er war.«

»Also gut«, sagte Cat. »Ich werde sie für dich herausfinden. Das dürfte nicht allzu schwierig sein.«

Auf dem Heimweg nach dem Lunch mit Cat ging Isabel noch mal im Geiste ihre Unterhaltung durch. Cat hatte Recht mit ihrer Frage, warum sie sich in solche Dinge einmischte – eine Frage, die sie sich ruhig häufiger stellen sollte. Natürlich war es einfach nachzuvollziehen, warum wir anderen Menschen gegenüber moralische Verpflichtungen haben, aber darum ging es gar nicht. Die Frage, mit der sie sich auseinandersetzen sollte, lautete: Was trieb sie dazu an, so zu reagieren? Und wenn sie ehrlich war, dann war ein Grund darin zu sehen, dass sie es – schlicht und ergreifend – intellektuell spannend fand, sich einzumischen. Sie wollte wissen, warum bestimmte Dinge geschahen. Sie wollte wissen, warum Menschen so handelten, wie sie handelten. Sie war neugierig. Und was, fragte sie sich, sollte daran schlimm sein?

Neugier kann tödlich sein, dachte sie plötzlich und bereute den Gedanken umgehend. Aber jetzt hatte sie Cat mit ihrer Neugier angesteckt, und Cat bedeutete ihr alles, tatsächlich alles; sie war das Kind, das sie nie gehabt hatte, sie stand für ihre Unsterblichkeit.

7

Eigentlich hatte Isabel damit gerechnet, dass sie den Abend alleine verbringen würde. Mit dem Index war sie weit vorangekommen, sodass sie eine neue Arbeit, die sie bis jetzt auf die lange Bank geschoben hatte, in Angriff nehmen konnte – den Feinschliff eines Artikels, den ein Rezensent zurückgeschickt hatte, versehen mit endlosen, detaillierten Kommentaren und Korrekturen. Diese waren an den Rand gekritzelt worden und mussten eingearbeitet werden, eine Arbeit, die sich wegen der missverständlichen Abkürzungen und krakeligen Handschrift des Rezensenten schwierig gestaltete. Es würde das letzte Mal sein, dass sie diesen Mann in Anspruch genommen hatte, mochte er noch so berühmt sein.

Stattdessen kam Hugo, schellte um kurz vor sechs Uhr an ihrer Haustür. Sie begrüßte ihn herzlich und lud ihn gleich ein, zum Abendessen zu bleiben, natürlich nur, wenn er nichts anderes vorhätte. Sie wusste, dass er die Einladung annehmen würde, und so war es auch, nach einem kurzen Zögern, der Form halber. Und aus Stolz: Hugo war so alt wie Cat, vierundzwanzig, und es war Freitagabend. Alle anderen hätten etwas für diesen Abend geplant, und er wollte nicht, dass Isabel glaubte, er hätte keine Freunde zum Ausgehen.

»Also eigentlich«, sagte er, »hatte ich vor, mich mit jemandem zu treffen, aber wenn du mich schon bittest... Warum nicht?«

Isabel lachte. »Ich kann nur anbieten, was ich im Hause habe, wie üblich, aber ich weiß ja, dass du keine Umstände magst.«

Hugo zog den Mantel aus und legte ihn zusammen mit seiner Tasche im Flur ab.

»Ich habe Noten mitgebracht«, sagte er. »Vielleicht hast du Lust, mich zu begleiten. Ich meine, nachher.«

Isabel nickte. Sie spielte einigermaßen gut Klavier und konnte meist geradeso eben mit Hugo, der Tenor sang, mithalten. Er verfügte über eine ausgebildete Stimme und sang in einem bekannten Chor, noch ein Merkmal, das Cat hätte berücksichtigen sollen. Sie hatte keine Ahnung, ob Toby singen konnte oder nicht, aber es hätte sie gewundert. Aller Wahrscheinlichkeit nach beherrschte er auch kein Musikinstrument (außer Dudelsack vielleicht, oder, mit etwas Phantasie, Schlagzeug), wohingegen Hugo Fagott spielte. Cat verstand etwas von Musik und spielte selbst ziemlich gut Klavier. In der kurzen Zeit, als sie und Hugo eine Beziehung hatten, hatte sie ihn fabelhaft auf dem Klavier begleitet, dank ihr war er aus sich herausgegangen. Ihre Darbietung hatte sich ganz und gar natürlich angehört, dachte Isabel. Wenn Cat das nur begreifen würde! Wenn sie doch nur sehen würde, was sie aufgab! Aber natürlich verstand Isabel auch, dass es Objektivität in solchen Dingen nicht gab. Allerdings konnte man zwei Dinge überprüfen: das eigene Wohl und die zwischenmenschliche Chemie. In der Hinsicht war Hugo nur zu Cats eigenem Wohl, davon war Isabel fest überzeugt, aber was die Chemie zwischen beiden betraf, das stand auf einem ganz anderen Blatt.

Verstohlen musterte Isabel ihren Gast. Cat musste sich einigermaßen zu ihm hingezogen gefühlt haben, dachte Isabel, und als sie ihn jetzt betrachtete, verstand sie auch, warum. Cat mochte große Männer, und Hugo war mindestens so groß wie Toby, vielleicht sogar noch etwas größer. Er sah ohne Zweifel gut aus, hatte hohe Wangenknochen, dunkles Haar, meist im Bürstenschnitt, und eine Haut mit einem natürlichen Teint. Er hätte als Portugiese gelten können – jedenfalls beinahe – oder gar als Italiener, obwohl er mütterlicherwie väterlicherseits schottisch war. Was wollte Cat mehr? dachte Isabel. Also wirklich! Was konnte ein Mädchen mehr verlangen als einen Schotten, der südländisch aussah und auch noch singen konnte?!

Die Antwort kam ungebeten, wie eine unangenehme

Wahrheit, die im falschen Moment an die Tür klopft. Hugo war einfach zu nett. Er hatte Cat seine ganze Aufmerksamkeit geschenkt – und das war Cat nach einiger Zeit leid. Wir mögen solche Menschen nicht, die uns voll und ganz zur Verfügung stehen, die sich uns ganz und gar andienen. Sie bedrängen uns. Sie machen uns nervös.

Damit war die Sache klar. Hätte Hugo nur etwas Distanz gewahrt, einen gewissen Grad an Unnahbarkeit – das hätte Cats Interesse geweckt. Deswegen schien sie jetzt so glücklich und zufrieden zu sein. Toby, der immer ein wenig unnahbar wirkte, als würde er sie aus seinen Plänen ausschließen (was der Fall war, wie Isabel sich eingeredet hatte), konnte sie nicht besitzen. Es war falsch, in den Männern nur das Raubtier zu sehen: Frauen hatten genau die gleichen Absichten, wenn auch häufig verdeckt. Toby war angemessene Beute. An Hugo dagegen, der keinen Hehl daraus machte, dass sie seine ungeteilte, uneingeschränkte Aufmerksamkeit hatte, war Cats Interesse erlahmt. Eine düstere Einsicht.

»Du warst zu gut zu ihr«, murmelte sie.

Verwirrt sah Hugo sie an. »Zu gut?«

Isabel lachte. »Ich habe nur laut gedacht«, sagte sie. »Ich habe nur gedacht, dass du zu gut zu Cat warst. Deswegen hat es nicht funktioniert. Du hättest dich öfter mal zurückziehen sollen. Sie öfter mal abweisen sollen. Anderen Mädchen hinterhergucken sollen.«

Hugo sagte nichts. Sie hatten sich schon oft über Cat ausgetauscht – und er hegte noch immer die Hoffnung, Isabel sei seine Rückversicherung für Cats Zuneigung, jedenfalls glaubte Isabel das. Diese neue Sicht, die sie hier zum Ausdruck brachte, kam jedoch unerwartet. Warum hätte er Cat öfter mal abweisen sollen?

Isabel seufzte. »Entschuldige«, sagte sie. »Du willst bestimmt nicht noch mal alles durchkauen.«

Hugo hob die Hände. »Das macht mir nichts aus. Ich unterhalte mich gerne über sie. Ich will über sie reden.«

»Oh ja, ich weiß«, sagte Isabel. Sie machte eine Pause. Sie wollte etwas sagen, das sie ihm noch nie gesagt hatte, und sie wartete den richtigen Moment ab. »Du liebst sie immer noch, nicht? Du bist immer noch in sie verliebt.«

Verlegen sah Hugo auf den Teppichboden.

»Genau wie ich«, sagte Isabel leise. »Ich bin auch immer noch ein bisschen verliebt in jemanden, den ich vor langer Zeit einmal gekannt habe. Und du, du bist auch verliebt in jemanden, der dich anscheinend nicht liebt. Was sind wir doch für ein Paar, wir beide. Warum schlagen wir uns damit herum?«

Hugo schwieg einen Moment. Dann fragte er: »Wie heißt er? Dieser...dieser Mann damals.«

»John Liamor«, sagte sie.

»Und was ist aus ihm geworden?«

»Er hat mich verlassen«, sagte Isabel. »Und jetzt lebt er in Kalifornien. Mit einer anderen Frau.«

»Das muss schwer für dich sein«, sagte Hugo.

»Ja, es ist sehr schwer«, sagte Isabel. »Aber es ist auch meine eigene Schuld, oder nicht? Ich hätte mir jemand anderen suchen sollen, statt ständig nur an ihn zu denken. Und ich finde, das solltest du auch tun.« Der Rat war halbherzig dahergesagt, doch als sie ihn äußerte, merkte sie, dass es genau der richtige Rat war. Wenn Hugo eine andere fand, dann konnte es sein, dass Cat sich wieder für ihn interessierte, sobald sie Toby erst mal losgeworden war. Losgeworden! Das hörte sich so unheilvoll an. Als würden die beiden einen Unfall vortäuschen. Zum Beispiel ein Lawinenunglück.

»Kann man selbst eine Lawine auslösen?« fragte sie.

Hugo sah sie mit großen Augen an. »Was für eine komische Frage«, sagte er. »Natürlich geht das. Wenn der Schnee die richtige Konsistenz hat, dann braucht man nur kleine Schneemengen zu verschieben oder ein bisschen darauf herumzutrampeln, und schon tritt man das Ganze los. Manchmal reicht es auch schon, wenn man nur laut redet. Die Schwingungen der Stimme können den Schnee ins Rutschen bringen.«

Isabel lachte. Wieder stellte sie sich Toby in einem erdbeerroten Skianzug an einem Berghang vor, laut über Wein schwadronierend: »Ich kann dir sagen, neulich habe ich den wunderbarsten Chablis getrunken. Großartig! Kieselhart, herb …« Es würde eine Pause folgen, und die Worte *kieselhart, herb* würden quer über die Schneefelder hallen, sodass eine Flutwelle aus Schnee ins Rollen kam.

Sie rief sich zur Ordnung. Schon das dritte Mal stellte sie sich Toby in ein Unglück verwickelt vor, sie musste damit aufhören. Es war kindisch, lieblos und falsch. Wir haben die Pflicht, unsere Gedanken zu kontrollieren, sagte sie sich. Wir sind für unseren Geisteszustand verantwortlich, wie sie aus ihrer philosophischen Lektüre wusste. Ungebetene Gedanken dürfen aufkommen, das war dann eine Frage der moralischen Gleichgültigkeit, aber man sollte sich keiner schädlichen Phantasie hingeben, denn das verdirbt den Charakter, und außerdem könnte man auf die Idee kommen, *Phantasie in die Wirklichkeit zu übertragen*. Es war eine Frage der Pflicht gegenüber sich selbst, um mit Kant zu sprechen, und sie mochte von Toby halten, was sie wollte, einen Lawinentod oder zu Schrot verarbeitet zu werden, das hatte er nicht verdient. Niemand hatte das verdient, nicht mal die wirklich bösen Menschen oder ein Mitglied jener anderen, Nemesis, die Göttin der Vergeltung herausfordernden Gruppe der absolut egoistischen Menschen.

Wer waren diese Menschen, fragte sie sich, diese Praktiker des Hochmuts? Im Geist hatte sie sich eine Liste derer zurechtgelegt, die man warnen müsste, schon zu ihrem eigenen Schutz, wie kurz davor sie waren, die Aufmerksamkeit der Göttin Nemesis auf sich zu lenken – eine Liste, die ein Aufsteiger von atemberaubender Dreistigkeit anführte. Eine Lawine mochte seiner Selbstzufriedenheit einen Dämpfer verpassen, doch das war wenig nett; er hatte auch seine guten Seiten, und solche Gedanken musste man beiseite schieben. Sie waren der Herausgeberin der *Zeitschrift für angewandte Ethik* unwürdig.

»Musik vor dem Essen«, sagte Isabel knapp. »Zeig mal her. Was hast du für Noten mitgebracht?«

Sie begaben sich ins Musikzimmer, einem kleinen Raum im hinteren Teil des Hauses, lediglich mit einem restaurierten Notenständer aus der Zeit König Edwards und dem von ihrer Mutter geerbten Stutzflügel möbliert. Hugo klappte seine Notentasche auf und holte ein schmales Notenheft hervor, das er Isabel zur Begutachtung überreichte. Sie blätterte in dem Heft und lachte. Es war genau die Sorte von Musik, die er immer auswählte, Vertonungen von Burns-Gedichten, Arien von Gilbert und Sullivan und natürlich *O Mio Babbino Caro*.

»Genau richtig für deine Stimme«, sagte Isabel. »Wie immer.«

Hugo lief rot an. »Das neue Zeug kann ich nicht so gut«, sagte er. »Weißt du noch, den Britten damals? Den konnte ich einfach nicht.«

Isabel beeilte sich, ihn zu beruhigen. »Mir gefallen diese Stücke«, sagte sie. »Sie sind viel einfacher zu spielen als Britten.«

Wieder blätterte sie in dem Heft und wählte ein Stück aus. »Wie wäre es mit *Sieh nur dies Paar funkelnde Augen?*«

»Ist mir recht«, sagte Hugo.

Sie fing mit der Introduktion an, und Hugo, in Sängerpose, das Haupt leicht vorgereckt um den Kehlkopf nicht einzuquetschen, verlieh dem Lied seine Stimme. Isabel spielte mit Bestimmtheit – anders konnte man Gilbert und Sullivan nicht spielen, fand sie – und endete mit einer Arabeske, die eigentlich nicht in den Noten stand, die aber sehr wohl von Sullivan hätte stammen können, wenn er in Stimmung gewesen wäre. Dann kam Burns an die Reihe, *John Anderson, mein Lieb.*

Ja, ja, dachte sie, John Anderson. Eine Betrachtung über das Vergehen der Jahre und über eine Liebe, die überdauert. *Doch segne Gott dein schneeig Haupt, John Anderson, mein Lieb.* Eine unsägliche Traurigkeit lag in diesen Zeilen, bei der ihr jedes Mal der Atem stockte. Es war der Burns der sanfteren Stimmung, der hier eine Beständigkeit ansprach, die ihm in seinen eigenen Beziehungen zu Frauen abging. Was für ein Heuchler! Oder doch nicht? War es falsch, Qualitäten zu rühmen, an denen es einem selbst mangelte? Natürlich nicht. Menschen, die unter *Akrasia* litten (Willensschwäche, über die Philosophen bestens Bescheid wussten und über die sie endlos debattieren konnten), würden dennoch beteuern, dass es besser sei, das zu tun, was sie selbst nicht tun konnten. Man kann sagen, es ist schlimm, Schokolade oder Wein im Übermaß zu genießen oder irgendwelche anderen Dinge – und trotzdem selbst etwas im Übermaß genießen. Es kommt nur

90

darauf an, den eigenen übermäßigen Genuss nicht zu verbergen.

John Anderson war eigentlich für eine Frauenstimme gedacht, aber ein Mann konnte es natürlich auch singen, wenn er wollte. Irgendwie war es sogar anrührender, wenn ein Mann es sang, denn es konnte sich dabei ja auch um eine Freundschaft zwischen Männern handeln. Allerdings redeten Männer nicht gern über solche Dinge – geschweige denn sangen –, was Isabel schon immer gewundert hatte. Frauen gaben sich in ihren Freundschaften viel natürlicher und akzeptierten viel leichter, was diese Freundschaften ihnen bedeuteten. Männer waren da ganz anders: Sie hielten ihre Freunde auf Distanz und gestanden ihnen niemals ihre Zuneigung. Wie freudlos das sein musste, ein Mann zu sein, was für ein Krampf; und diese ganze Welt der Gefühle, die den Männern fehlte, als lebten sie in einer Wüste. Dennoch, wie viele Ausnahmen gab es, wie wundervoll es zum Beispiel sein musste, ein Mann wie Hugo zu sein, mit seinem auffallenden Gesicht, voller Gefühlsausdruck, wie das Gesicht junger Männer auf florentinischen Renaissancegemälden.

»John Anderson«, sagte Isabel, als sie den letzten Takt spielte und die Musik ausklang. »Gerade musste ich an dich und deinen John Anderson denken. Deinen Freund John Anderson.«

»Ich habe nie einen gehabt«, sagte Hugo. »So einen Freund habe ich nie gehabt.«

Isabel blickte von dem Notenblatt auf und sah aus dem Fenster. Draußen setzte allmählich die Dämmerung ein, und das Astwerk der Bäume zeichnete sich gegen den fahlen Abendhimmel ab.

»Keinen? Nicht mal als Junge? Ich dachte immer, Jungen

pflegten leidenschaftliche Freundschaften, so wie David und Jonathan.«

Hugo zuckte die Achseln. »Freunde hatte ich schon. Aber keinen, der sich über die Jahre gehalten hätte. Keinen, über den ich so ein Lied schreiben könnte.«

»Wie schade«, sagte Isabel. »Bedauerst du das nicht?«

Hugo überlegte kurz. »Ich glaube schon«, sagte er. »Ich hätte gerne viele Freunde.«

»Du könntest ohne weiteres viele Freunde haben«, sagte Isabel. »Leute in deinem Alter finden doch leicht Freunde.«

»Ich nicht«, sagte Hugo. »Ich will nur...«

»Natürlich«, sagte Isabel. Sie klappte den Klavierdeckel zu und stand auf.

»Ich schlage vor, wir gehen zum Abendessen über«, sagte sie. »Das wird das Beste sein. Aber zuerst...«

Sie setzte sich wieder ans Klavier und spielte noch einmal, Hugo lachte. *Soave sia il vento*, möge der Wind sanft wehen, der Wind, der dein Schiff auf Kurs bringt; mögen die Wellen ruhig gehen; eine Arie, göttlicher als alles, was je geschrieben wurde, wie Isabel fand, und die zudem eine so freundliche Gesinnung zum Ausdruck brachte, dass man sie jedem Menschen wünschte, sich selbst natürlich auch, obwohl man wusste, dass es manchmal nicht so war, dass es manchmal völlig anders war.

Nach dem Essen, das sie an dem großen alten Refektoriumstisch aus Fichtenholz in der Küche einnahmen, den Isabel für solche zwanglosen Angelegenheiten nutzte – in der Küche war es wärmer als im übrigen Haus –, bemerkte Hugo: »Du hast da eben im Musikzimmer etwas über einen Mann gesagt, John Soundso, wie hieß der doch gleich...«

»Liamor. John Liamor.«

Hugo versuchte sich an dem Namen. »Liamor. Gar nicht so leicht auszusprechen. Die Zunge muss sich für das *Li* bis an die Gaumenspitze heben, dann senkt sie sich bei dem *ah*, und zum Schluss werden die Lippen aktiv. Dalhousie ist viel leichter auszusprechen. Jedenfalls – was du gesagt hast, hat mich ins Grübeln gebracht.«

Isabel nahm ihre Kaffeetasse in die Hand. »Es freut mich, dass ich so stimulierend bin.«

»Ja«, fuhr Hugo fort. »Wieso lässt man sich auf jemanden ein, der einen nicht glücklich macht? Wie geht das? Er hat dich doch nicht glücklich gemacht, oder?«

Isabel sah hinunter auf ihr Platzdeckchen – eine Ansicht des Firth of Forth, von der falschen Seite aus gesehen, von Fife. »Nein, das kann ich nicht behaupten. Er hat mich sogar sehr unglücklich gemacht.«

»Hast du das nicht gleich am Anfang gemerkt?« fragte Hugo. »Ich will nicht aufdringlich erscheinen, ich bin einfach nur neugierig. War nicht abzusehen, wie es werden würde?«

Isabel sah zu ihm auf. Einmal hatte sie sich kurz mit Grace darüber unterhalten, aber eigentlich eignete sich diese Geschichte nicht, um leichtfertig darüber zu reden. Was sollte man auch schon sagen? Außer, dass man den Falschen liebte und weiterhin den Falschen lieben würde, in der Hoffnung, dass sich etwas änderte.

»Ich war vollkommen eingenommen von ihm«, sagte sie leise. »So sehr habe ich ihn geliebt. Er war der einzige Mensch, mit dem ich zusammensein wollte, den ich immerzu sehen wollte. Alles andere war mir fast egal, weil ich wusste, was für einen Schmerz es für mich bedeuten würde, wenn ich ihn aufgab. Deswegen blieb ich hartnäckig, wie man das so macht. Man bleibt hartnäckig.«

»Und dann …«

»Eines Tages, wir waren in Cambridge, hat er mich gefragt, ob ich mit ihm nach Irland fahren wollte, wo er herkam. Er wollte für ein paar Wochen zu seinen Eltern, die in Cork wohnten. Ich habe zugesagt, und da habe ich dann, glaube ich, einen echten Fehler gemacht.«

Sie hielt inne. Sie hätte nicht gedacht, dass sie je mit Hugo darüber reden würde, denn es hieß, etwas einzugestehen, das sie ihm gegenüber eigentlich lieber verschwiegen hätte. Doch er saß da, ihr gegenüber, sah sie erwartungsvoll an, und sie fuhr fort.

»Du warst noch nie in Irland, oder? Ich kann dir nur sagen, die Iren haben eine ziemlich genaue Vorstellung von sich, wie sie selbst sind, wie alle anderen sind und was der Unterschied ist. In Cambridge war John als der große Spötter aufgetreten – hat sich lustig gemacht über die Mittelstandsspießer um ihn herum. Hat sie engstirnig und kleingeistig genannt. Und als wir dann bei seinen Eltern in Cork ankamen, sehe ich, dass sie in so einem typischen Mittelstandshäuschen wohnen, mit Herz-Jesu-Bildchen an der Küchenwand. Seine Mutter hat sich alle Mühe gegeben, mich hinauszuekeln. Es war schrecklich. Wir hatten einen heftigen Streit, als ich sie unumwunden fragte, ob sie mich hasst, weil ich nicht katholisch bin oder weil ich keine Irin bin. Ich habe sie gefragt, was der Grund sei.«

Hugo lachte. »Und? Was war der Grund?«

Isabel zögerte. »Sie hat gesagt … diese furchtbare Frau, die ihren John völlig für sich in Beschlag genommen hatte, diese Frau sagt zu mir, ich wäre ein Flittchen.«

Hugo sah sie mit großen Augen an. Dann lachte er. »Was für eine …« Er verstummte.

»Ja, stimmt. Deswegen habe ich John dazu gedrängt, dass wir gehen. Wir sind nach Kerry gefahren und in einem Hotel abgestiegen, und da hat er mich dann gefragt, ob ich ihn heiraten will. Er sagte, als Verheiratete könnten wir ein College-Haus beziehen, wenn wir zurück nach Cambridge gingen. Ich dachte, er macht Witze, aber es war ihm ernst damit. Er meinte, es wäre das Bequemste. Deswegen habe ich Ja gesagt. Dann meinte er noch, dafür würden wir uns einen richtigen irischen Priester holen, einen *Referenten*, wie er sie immer genannt hat. Ich machte ihn darauf aufmerksam, dass er doch eigentlich nicht gläubig sei – wozu also ein Priester? Er erwiderte, der Priester würde doch auch nicht daran glauben.«

Sie hielt inne. Hugo nahm seine Serviette und faltete sie zusammen. »Das tut mir Leid«, sagte er nur. »Das tut mir alles sehr Leid. Ich hätte dich nicht danach fragen sollen.«

»Es macht mir nichts aus«, sagte Isabel. »Es zeigt nur, dass solche großen Entscheidungen manchmal eine ziemlich verkorkste Wendung nehmen. Und dass man vieles verkehrt machen kann. Mach nichts verkehrt in deinem Leben, Hugo. Mach nicht alles verkehrt.«

8

Den Anruf am Tag darauf hatte Grace entgegengenommen, Isabel war gerade im Garten. Die Adresse, die sie suchte, lautete Warrender Park Terrace 48, dritter Stock, rechts. Der Name an der Tür sei Duffus, der Name der Frau, mit der sich

Mark Fraser die Wohnung geteilt habe. Sie hieße Henrietta Duffus, kurz Hen; und der Mann, der andere der ursprünglich zwei Mitbewohner, sei Neil Macfarlane. Mehr hatte Cat nicht in Erfahrung bringen können, aber um mehr hatte Isabel ihre Nichte auch nicht gebeten.

Grace überbrachte die Nachricht mit einer fragenden Miene, doch Isabel beschloss, ihr nicht zu sagen, worum es sich handelte. Grace vertrat strenge Ansichten in puncto Wissbegier und war dementsprechend diskret in ihren Handlungen. Jede Nachforschung, die Isabel plante, hätte sie zweifellos als unbefugt betrachtet und sich eine Bemerkung in diese Richtung nicht verkneifen können. Deswegen schwieg Isabel.

Sie hatte beschlossen, die Mitbewohner heute Abend zu besuchen, da es sinnlos gewesen wäre, tagsüber, wenn sie arbeiteten, vorbeizuschauen. Bis dahin setzte sie ihre Arbeit an der Zeitschrift fort, las mehrere eingereichte Artikel, die mit der Post gekommen waren. Es war ein wichtiger erster Sichtungsprozess. Wie jedes andere Blatt erhielt auch die Zeitschrift Beiträge, die völlig unpassend waren und nicht einmal zur weiteren Lektüre an einen Experten geschickt zu werden brauchten. Heute Morgen jedoch waren fünf seriöse Artikel eingegangen, die alle aufmerksam gelesen werden wollten. Als Erstes ließ sie sich mit einem sehr sorgfältig geschriebenen, logisch argumentierenden Text über Regelutilitarismus im Gesetzgebungsverfahren nieder, hob sich den pikanteren »Ehrlichkeit in sexuellen Beziehungen: Eine Anfechtung Kants« für den späteren Vormittag auf. Es war ein Artikel für die Zeit nach dem Kaffee, fand sie; Kritik an Kant las sie immer mit Genuss.

Der Tag verging schnell. Der Artikel über Regelutilitarismus war tiefgründig, aber über weite Strecken unlesbar, was am Stil des Autors lag. Natürlich war er auf Englisch geschrieben worden, aber es war eine Spielart des Englischen, die Isabels Empfinden nach nur in bestimmten Kreisen der akademischen Welt vertreten war, wo eine gewisse vorgetäuschte Tiefgründigkeit als Tugend galt. Es las sich, als wäre das Englische aus dem Deutschen übersetzt; nicht, dass die Verben ans Ende der Sätze gerutscht wären, aber alles klang so *schwer*, so unglaublich ernst.

Es war schon eine Versuchung, den unverständlichen Artikel aus Gründen der grammatikalischen Verneblung zurückzuweisen und dem Autor – in schlichten Worten – zu schreiben, warum das geschah. Auf der Titelseite des Artikels hatte sie jedoch seinen Namen gelesen und den seiner Institution, und sie wusste, dass es Auswirkungen haben würde, wenn sie das tat. Harvard!

»Ehrlichkeit in sexuellen Beziehungen« war sprachlich eindeutiger, bot aber nichts sensationell Neues. Man sollte die Wahrheit sagen, forderte die Autorin, aber nicht die ganze Wahrheit. Es gab Situationen, da war Heuchelei durchaus angebracht, um die Gefühle des anderen zu schonen. (Es war, als würde die Autorin hier Isabels eigene, erst kürzlich geäußerte Überlegungen zu diesem Thema wiedergeben.) Man soll also seinen Liebhabern nicht sagen, dass sie unzulängliche Liebhaber sind – wenn dies zutrifft. Natürlich nur, wenn es zutrifft, dachte Isabel, wann sonst. Die Einschränkungen der Ehrlichkeit in diesen Belangen waren besonders gravierend, zu Recht.

Sie las den Artikel mit Vergnügen und fand, dass er den Abonnenten der Zeitschrift, die etwas *Aufmunterung* vertragen konnten, erfrischende Lektüre sein würde. Die Philosophie des Sex war ein ungewohntes Gebiet in der angewandten Ethik, aber es hatte seine Vertreter, die, wie sie wusste, alljährlich eine Konferenz in den Vereinigten Staaten abhielten. Die Zeitschrift hatte gelegentlich die Ankündigungen für diese Konferenzen abgedruckt, aber sie hatte sich immer gefragt, ob die wenigen spröden Sätze die Atmosphäre widergaben: *Morgensitzung: Sexuelle Semiotik und Privatsphäre; Kaffeepause; Perversion und Autonomie; Mittagspause* (es gab ja noch anderen Appetit zu stillen), und in dem Stil ging es weiter bis zum Nachmittag. Die Inhaltsangaben der Referate waren vermutlich einigermaßen zutreffend, aber was, fragte man sich doch, passierte *danach* auf so einer Konferenz? Die Leute waren nicht prüde, glaubte sie, immerhin waren sie praktizierende Ethiker.

Isabel selbst war auch nicht prüde, aber in sexuellen Dingen bevorzugte sie Diskretion. Vor allem hatte sie Zweifel, wann es, wenn überhaupt, angebracht war, Details über seine eigenen sexuellen Affären öffentlich zu machen. Sie fragte sich, ob der andere zugestimmt hätte; wahrscheinlich nicht, und in diesem Fall tat man einem anderen Menschen ein Unrecht an, indem man über Dinge schrieb, die im Wesentlichen eine Privatangelegenheit zwischen zwei Menschen waren. Es gab zwei Personengruppen, denen die Pflicht zu absoluter Vertraulichkeit auferlegt war: Ärzte und Liebhaber. Seinem Arzt sollte man alles sagen können, und man sollte das in dem gesicherten Wissen tun, dass nichts von dem Gesagten nach außen drang; das Gleiche sollte auch für seinen Liebhaber gelten. Genau dieser Gedanke geriet jedoch unter Beschuss: Der Staat verlangte von den Ärzten Informationen über Patienten (Gene, sexuelle Vorlieben, Erkrankungen in der Kindheit), und die Ärzte mussten sich dem widersetzen. Und das Heer der Vulgären und Neugierigen verlangte Informationen über sexuelle Gewohnheiten anderer und war bereit, großzügig dafür zu zahlen – vorausgesetzt, die Betreffenden waren einigermaßen berühmt. Dennoch hatten die Menschen ein Recht auf ihre Geheimnisse, in dem Sinn, dass es wenigstens einen Teil in ihrem Leben gab, den sie grundlegend und im Innersten als intim betrachten konnten. Wenn man ihnen diese Intimität absprach, wurde das eigene Ich herabgesetzt. Sollen Menschen ihre Geheimnisse haben, dachte Isabel – ganz unmodern.

Leider waren Philosophen bekennende Täter, was Selbstenthüllung betraf. Bertrand Russell hatte es mit seinen offenherzigen Tagebüchern getan, ebenso A. J. Ayer. Wer hatte diesen Philosophen bloß den Floh ins Ohr gesetzt, die Öffentlichkeit könnte sich dafür interessieren, ob sie mit jemandem ins Bett gingen oder nicht und wie oft? Wollten sie etwas damit beweisen? Mal ehrlich – hätte sie Bertrand Russell widerstehen können? Diese Frage konnte sie umgehend beantworten: Ja. Und A. J. Ayer auch.

Gegen sechs Uhr war der Überhang an Artikeln abgearbeitet und für die, welche die nächste Stufe des Sichtungsprozesses erreicht hatten, Begleitbriefe an die Rezensenten verfasst. Halb sieben wäre die beste Zeit für ihren Besuch in der Warrender Park Terrace 48, hatte sie beschlossen. Bis dahin wären die Mitbewohner zurück von der Arbeit (wo und was auch immer das sein mochte), und es würde nicht mit ihren Verabredungen zum Essen kollidieren. Sie verließ die Bibliothek, ging in die Küche und machte sich noch eine Tasse Kaffee, bevor sie aufbrach.

Der Fußweg war nicht weit bis Warrender Park Terrace, die gleich am Ende der Bruntsfield Avenue lag, hinter dem dreieckigen Park. Sie guckte sich erst noch die Schaufenster an, bevor sie den Rasen überquerte, bis zum Ende der Terrace. Obwohl es ein angenehmer Frühlingsabend war, hatte ein scharfer Wind eingesetzt, und die Wolken am Himmel jagten energisch dahin, Richtung Norwegen. Es war ein Nordlicht, das Licht einer Stadt, die ebenso zu den großen eisengrauen Weiten der Nordsee wie zu den sanften Hügeln ihres Hinterlandes gehörte. Das hier war nicht Glasgow mit seinem weichen westlichen Licht und seiner Nähe zu Irland und dem Gälischen der Highlands. Das hier war eine aus den schneidenden östlichen Winden erwachsene Stadtlandschaft, eine Stadt aus gewundenen Pflasterstraßen und edlen Säulen, eine Stadt der dunklen Nächte und des Kerzenscheins, eine Stadt des Geistes.

Sie erreichte Warrender Park Terrace und folgte der sich hinziehenden Biegung der Straße. Es war eine hübsche Anlage, die eine ganze Straßenseite einnahm, mit Blick über die Meadows bis zu den fernen Giebeln und Spitzen der alten Infirmary. Das Gebäude selbst, ein Mietshaus im viktorianischen Stil, erhob sich über sechs Geschosse aus behauenem Stein, gekrönt von einem hohen, stark geneigten Schieferdach. Manche Dachteile waren mit Türmchen gesäumt wie die schiefergedeckten Türmchen an französischen Schlössern, mit Rankwerk aus Eisen an der Spitze. Hier und da waren die Dachränder mit Zinnen versehen, gemeißelten Disteln, gelegentlich Wasserspeiern – was den ursprünglichen Bewohnern das Bewusstsein verliehen hatte, dass sie stilvoll lebten und sich ihre Behausung von der der Oberschicht einzig in der Größe unterschied. Trotz dieser Einschränkungen waren es gute Wohnungen, solide gebaut, und obgleich mal für das Kleinbürgertum gedacht, dienten sie jetzt quasi als Reservate für Studenten und junge Selbständige. Die Wohnung, die sie gleich zu sehen bekommen würde, musste typisch sein für viele solcher von Kleingruppen aus drei bis vier Leuten angemieteten Räumlichkeiten. Der großzügige Schnitt machte es möglich, dass jeder Mitbewohner ein eigenes Zimmer hatte, ohne dass das große Wohnzimmer und Esszimmer dran glauben musste. Ein bequemes Arrangement, das den Bewohnern entgegenkam, bis eine Heirat anstand oder das Zusammenleben mit Freund oder Freundin lockte. Und selbstverständlich waren solche Wohnungen auch die Wiege dauerhafter Freundschaften – und wohl auch Feindschaften, vermutete sie.

Die Wohnungen gruppierten sich um eine Steintreppe herum, zu der man durch eine pompöse Haustür Zugang fand. Normalerweise waren diese Türen verschlossen, ließen sich aber von den Wohnungen aus mit einem Türsummer öffnen. Isabel las sich die Reihen der Klingelschilder an der Haustür durch und fand eins, auf dem Duffus stand. Sie drückte und wartete. Nach einer Minute ertönte eine Stimme durch den kleinen Lautsprecher der Gegensprechanlage und fragte, was sie wünsche.

Isabel bückte sich, um in das winzige Mikrofon zu sprechen. Sie nannte ihren Namen und erklärte, sie würde gerne Miss Duffus sprechen; es ginge um den Unfall, fügte sie noch hinzu.

Es folgte eine kurze Pause, dann tönte der Summer. Isabel drückte gegen die Tür und stieg die Treppe hoch, bemerkte den schalen, leicht verstaubten Geruch, der anscheinend in allen Treppenhäusern in der Luft hing. Der Geruch von Stein, der nass gewischt worden war und jetzt trocknete, gepaart mit schwachen Küchendünsten, die aus den einzelnen Wohnungen herüberwehten. Es war ein Geruch, der sie an ihre Kindheit erinnerte, als sie jeden Nachmittag für ihre Klavierstunde bei Miss Marylin McGibbon genau so ein Treppenhaus erklommen hatte – Miss McGibbon, die immer von *gerührter* Musik sprach, wenn sie meinte, sie sei gerührt von der Musik. Isabel dachte immer noch an gerührte Musik.

Einen Moment hielt sie inne und dachte an Miss McGibbon, die sie als Kind sehr gemocht hatte, doch von der immer eine gewisse Traurigkeit ausging, der Eindruck, dass ihr etwas zu Schaffen machte, wie Isabel schon als Kind beobachtet hatte. Einmal war sie zur Stunde gekommen und hatte ihre Lehrerin aufgelöst vorgefunden, mit roten Augen, Tränenspuren im Puder, den sie aufgetragen hatte, und sie hatte Miss McGibbon angestarrt, bis die sich abwandte und murmelte: »Ich bin nicht ich selbst. Entschuldige. Ich bin heute Nachmittag nicht ich selbst.«

»Ist was passiert?« hatte Isabel sich erkundigt.

Miss McGibbon wollte gerade Ja sagen, änderte es aber doch in ein Nein um, schüttelte den Kopf, und sie hatten sich wieder den Tonleitern gewidmet, die Isabel gelernt hatte, und dem Mozart, und mehr wurde nicht gesagt. Später, als junge Erwachsene, hatte sie, eher durch Zufall, erfahren, dass Miss McGibbon ihre Freundin und Lebenspartnerin verloren hatte, eine gewisse Lalla Gordon, Tochter eines Strafrichters, die man gezwungen hatte, sich zwischen ihrer Familie – die Miss McGibbon missbilligte – und ihrer Beziehung zu entscheiden, und die sich für Erstere entschieden hatte.

Die Wohnung lag im dritten Stock, und als Isabel den Treppenabsatz erreichte, war die Tür angelehnt. Im Flur dahinter stand eine junge Frau, und als Isabel näher trat, öffnete sie die Tür ganz. Isabel begrüßte Hen Duffus mit einem Lachen und erfasste ihre Erscheinung mit einem Blick: groß, gertenschlank, mit weit aufgerissenen Augen, auf jene ansprechende Art eines Rehs, die Isabel immer mit Mädchen von der Westküste Schottlands in Verbindung brachte, was aber vermutlich überhaupt nichts damit zu tun hatte. Isabels Lachen wurde erwidert, als Hen sie jetzt bat einzutreten. Ja, dachte Isabel, als sie den Dialekt hörte: aus dem Westen, allerdings nicht Glasgow, wie Cat gesagt hatte, eher was Kleines, Ländliches, vielleicht Dunbarton, höchstens noch Helensburgh. Jedenfalls war sie ganz und gar keine Henrietta; Hen, ja, das passte viel besser.

»Entschuldigen Sie, dass ich so unangemeldet erscheine. Ich hatte gehofft, Sie wären vielleicht zu Hause. Sie und...«

»Neil. Ich glaube nicht, dass er da ist. Aber eigentlich müsste er bald kommen.«

Hen schloss die Wohnungstür hinter sich und zeigte auf eine Tür am Ende des Flurs.»Wir können da reingehen«, sagte sie. »Es ist leider etwas unordentlich. Wie üblich.«

»Sie brauchen sich nicht zu entschuldigen«, sagte Isabel. »Wir leben alle in Unordnung. So ist es bequemer.«

»Eigentlich wäre ich gerne ordentlich«, sagte Hen. »Ich gebe mir Mühe, aber was nicht geht, geht eben nicht.«

Isabel lachte, sagte aber nichts. Diese Frau besaß eine starke Körperlichkeit, strahlte förmlich...nun ja, sexuelle Energie aus. Das war unverkennbar, wie Musikalität oder Askese. Sie war wie geschaffen für unordentliche Zimmer und zerwühlte Betten.

Das Wohnzimmer, in das Hen Isabel führte, ging nach Norden hinaus, auf die Bäume, die den südlichen Rand der Meadows säumten. Tagsüber musste der Raum dank der großen viktorianischen Fenster lichtdurchflutet sein, selbst jetzt, am frühen Abend, brauchte man keine künstliche Beleuchtung. Isabel durchquerte den Raum, stellte sich ans Fenster und sah nach unten auf die Straße. Unter ihnen, auf dem Pflaster, zog ein Junge einen widerspenstigen Hund an der Leine. Der Junge bückte sich und schlug den Hund auf den Rücken, und das Tier, um sich zu verteidigen, drehte sich um. Der Junge trat den Hund in die Seite und zog wieder an der Leine.

»Ein Junge, der einen Hund gegen seinen Willen ausführt«, murmelte Isabel. »Normalerweise gehen Hunde gerne nach draußen. Es liegt in ihrer Natur. Sie fühlen sich zu Menschen hingezogen und gehen gerne raus.«

Hen trat zu ihr ans Fenster und sah auch hinunter. »Ein kleines Scheusal, der Junge. Ich habe ihn Soapy Soutar getauft. Er wohnt im Erdgeschoss mit seiner Mutter und ihrem Hausfreund. Ich glaube, der Hund kann keinen von denen ausstehen.«

Isabel lachte. Ihr gefiel der Hinweis auf Soapy Soutar. Früher kannte jedes schottische Kind Oor Wullie und seine Freunde Soapy Soutar und Fat Boab. War das heute auch noch so? Woher kamen heute die Bilder schottischer Kindheit? Jedenfalls nicht von den Straßen von Dundee, jenen warmen, geheimnisvollen Straßen, die die *Sunday Post* mit Unschuldigen und ihrem trockenen Humor bevölkerte.

Sie wandten sich vom Fenster ab, und Hen sah Isabel an. »Warum sind Sie hergekommen? Sie sind doch keine Journalistin, oder?«

Isabel schüttelte heftig den Kopf. »Ganz sicher nicht. Nein, ich war Zeuge. Ich habe gesehen, wie es passiert ist.«

Hen starrte sie an. »Sie sind dabeigewesen? Sie haben gesehen, wie Mark gefallen ist?«

»Ja, leider.«

Hen sah hinter sich, suchte einen Stuhl und setzte sich. Sie sah zu Boden, und eine ganze Weile sagte sie gar nichts. Dann hob sie den Blick. »Eigentlich möchte ich gar nicht mehr daran denken. Es ist erst wenige Wochen her, und ich bin schon dabei, es zu vergessen. Aber es ist nicht so leicht, wenn man auf diese Weise einen Mitbewohner verliert.«

»Natürlich. Das verstehe ich.«

»Wir hatten schon die Polizei hier. Sie ist gekommen und hat sich nach Mark erkundigt. Dann hatten wir seine Eltern hier. Sie sind gekommen, um seine Sachen zu holen. Sie können sich nicht vorstellen, wie das für uns war.«

»Das kann ich mir gut vorstellen.«

»Und es sind noch andere Leute gekommen«, fuhr Hen fort. »Marks Freunde. Jemand aus seinem Büro. Es war ein ständiges Kommen und Gehen.«

Isabel nahm auf dem Sofa Platz, neben Hen. »Und jetzt auch noch ich. Tut mir Leid, dass ich so hereinplatze. Ich kann mir vorstellen, wie das alles ist.«

»Warum sind Sie hier?« fragte Hen. Es klang nicht unfreundlich, aber es lag ein gereizter Ton in der Frage, der Isabel aufhorchen ließ. Vielleicht war es nur Erschöpfung, die Erschöpfung angesichts eines weiteren Fragestellers.

»Es gibt keinen richtigen Grund«, sagte Isabel leise. »Ich glaube, ich bin nur hergekommen, weil ich irgendwie darin verwickelt war, und es gab keinen, mit dem ich darüber hätte reden können – keinen sonstwie Beteiligten, wenn Sie verstehen, was ich meine. Ich habe diese Sache gesehen – diese schreckliche Sache –, und ich kannte niemanden, der etwas über ihn wusste, über Mark.« Sie unterbrach sich. Hen beobachtete sie mit ihren großen Mandelaugen. Isabel glaubte, was sie sagte, aber war es die ganze Wahrheit? Dennoch konnte sie ihrem Gegenüber kaum gestehen, dass der Grund, warum sie hier war, die pure Neugier war; sie wollte wissen, was passiert war; Neugier und der vage Verdacht, dass noch etwas anderes hinter dem Unfall steckte.

Hen schloss die Augen, dann nickte sie. »Das verstehe ich«, sagte sie. »Ich habe nichts dagegen. Eigentlich will ich sogar wissen, was genau passiert ist. Vorgestellt habe ich es mir oft genug.«

»Es macht Ihnen also nichts aus?«

»Nein. Wenn es Ihnen hilft, dann habe ich nichts dagegen einzuwenden.« Sie streckte die Hand aus und berührte Isabels Arm. Die mitfühlende Geste kam unerwartet, und Isabel fand, ungerechtfertigt, wie sie dachte, dass sie aus dem Rahmen fiel. »Ich koche uns Kaffee«, fuhr Hen fort und stand auf. »Dann können wir uns weiter unterhalten.«

Hen verließ das Zimmer, und Isabel lehnte sich in dem Sofa zurück und sah sich um. Das Zimmer war gut eingerichtet, im Gegensatz zu vielen anderen Mietwohnungen, die schnell ein abgewohntes Aussehen annahmen. An der Wand hingen Kunstdrucke – nach dem Geschmack des Vermieters, vermutlich gemischt mit dem der Mieter; eine Ansicht der Wasserfälle von Clyde. Der *Sprung* von Hockney und *Philosophen* von Vettriano (Mieter) und *Iona* von Peploe (Vermieter). Über den Vettriano musste sie lachen – die Kunstszene in Edinburgh lehnte ihn strikt ab, dennoch war er durchaus populär. Woher kam so etwas? Weil seine figurativen Gemälde etwas über das Leben der Menschen aussagten (jedenfalls über das Leben solcher Menschen, die in Abendkleidung am Strand tanzten), und sie erzählten Geschichten, so wie auf Edward Hoppers Bildern auch Geschichten erzählt wurden. Deswegen ließen sich so viele Dichter von Hoppers Bildern inspirieren, weil an allem, was er malte, die Aufforderung haftete: *Phantasieren Sie selbst.* Warum sind die Leute hier? Woran denken sie? Was werden sie jetzt machen? Hockney dagegen ließ nichts unbeantwortet. Auf Hockneys Bildern war immer klar, worum es den Leuten ging: Schwimmen, Sex und Narzissmus. Hatte Hockney nicht auch WHA gezeichnet? Ja, erinnerte sie sich jetzt, und Hockney hatte die geologische Katastrophe, die WHAs Gesicht darstellte, sogar ziemlich gut getroffen. *Ich bin wie eine Karte von Island.* Stammte das nicht von ihm? Eher nicht, aber es hätte von ihm sein können. Eines Tages würde sie ein Buch schreiben, eine Sammlung von Zitaten, die vollkommen apokryph waren, jedoch Personen zugeschrieben werden konnten, von denen sie gut hätten stammen können. *Den ganzen Nachmittag über habe ich regiert, und jetzt schneit es.* Queen Victoria.

Minutenlang hatte sie den Vettriano betrachtet, jetzt schaute sie weg, durch die Tür. Im Flur befand sich ein Spiegel – ein langer Garderobenspiegel, wie man sie normalerweise auf der Innenseite von Kleiderschranktüren findet. Von ihrem Platz aus hatte sie ungehindert Sicht darauf, und in diesem Moment sah sie einen jungen Mann aus einer Tür kommen, durch den Flur huschen und in einem anderen Zimmer verschwinden. Der junge Mann hatte Isabel nicht gesehen, obgleich es den Anschein hatte, als sei er sich ihrer Anwesenheit in der Wohnung bewusst. Aber sie hatte auch den Eindruck, dass sie ihn nicht sehen sollte – wenn nicht der strategisch günstig platzierte Spiegel gewesen wäre. Der Mann war splitterfasernackt.

Nach wenigen Minuten kehrte Hen mit zwei Tassen in der Hand zurück. Sie stellte sie auf den Sofatisch und setzte sich wieder neben Isabel. »Haben Sie Mark je kennen gelernt?«

Isabel war drauf und dran zu bejahen, denn es schien ihr so, als hätte sie ihn tatsächlich gekannt, aber sie schüttelte den Kopf. »Es war das erste Mal, dass ich ihn gesehen habe. An dem Abend.«

»Er war ein ziemlich netter Typ«, sagte Hen. »Einfach toll. Alle mochten ihn.«

»Das kann ich mir vorstellen«, sagte Isabel.

»Ich war mir anfangs unsicher, wie das wird, mit zwei Menschen zusammenzuwohnen, die ich nie im Leben gesehen hatte. Aber ich bin zum gleichen Zeitpunkt hier eingezogen wie die beiden. Von daher hatten wir alle drei die gleiche Ausgangssituation.«

»Hat es geklappt?«

»Ja, es hat geklappt. Ab und zu haben wir uns gestritten, was nicht ausbleibt. Aber es war nie was Ernstes. Es hat gut geklappt.« Hen nahm ihre Tasse und trank einen Schluck. »Er fehlt mir.«

»Was ist mit Neil, Ihrem Mitbewohner? Waren die beiden befreundet?«

»Natürlich«, sagte Hen. »Manchmal haben die beiden zusammen Golf gespielt, obwohl Neil viel besser spielt als Mark. Neil ist fast ein Scratch player. Er hätte Profi werden können. Er ist Referendar in einer Anwaltskanzlei in West End. Ziemlich steife Leute, aber das sind sie ja alle, oder? Schließlich sind wir hier in Edinburgh.«

Isabel nahm ihre Tasse Kaffee und trank einen ersten Schluck. Es war Instant-Kaffee, aber sie würde ihn trotzdem trinken, schon aus Höflichkeit. Schließlich waren sie hier in Edinburgh.

»Was ist passiert?« sagte sie leise. »Was meinen Sie, ist passiert?«

Hen zuckte die Achseln. »Er ist gefallen. Mehr ist nicht passiert. Einfach ein verrückter Unfall. Aus irgendeinem Grund hat er sich über das Geländer gelehnt und ist gefallen. Was sonst?«

»War er vielleicht unglücklich?« sagte Isabel. Sie äußerte den Verdacht mit Vorsicht, da er möglicherweise eine wütende Reaktion hervorrufen würde, aber es war gar nicht nötig.

»Meinen Sie Selbstmord?«

»Ja.«

Sie schüttelte den Kopf. »Auf keinen Fall. Das hätte ich gewusst. Ganz bestimmt. Er war nicht unglücklich.«

Isabel dachte über Hens Worte nach. »Das hätte ich gewusst.« Wieso hätte sie das gewusst? Weil sie mit ihm zusammengewohnt hat, deswegen. Man spürt die Stimmungen der anderen, mit denen man auf engem Raum zusammenlebt.

»Es gab also keine Anzeichen in die Richtung?«

»Nein. Keine.« Hen machte eine Pause. »Dazu war er einfach nicht der Typ. Selbstmord ist was für Drückeberger. Mark hat sich den Dingen gestellt. Er war … Man konnte sich auf ihn verlassen. Er war zuverlässig. Er hatte ein Gewissen. Verstehen Sie, was ich damit meine?«

Isabel beobachtete sie, während sie das sagte. Das Wort Gewissen wurde heute nicht mehr häufig in den Mund genommen, was eigentlich seltsam war und letztlich auch erschreckend. Es hatte damit zu tun, dass das Gefühl der Schuld aus dem Leben der Menschen verbannt worden war, was an sich nicht schlimm war, einerseits, denn Schuldgefühle erzeugten unermessliches Unglück. Bei moralischen Handlungen dagegen spielte das Gefühl der Schuld noch immer eine Rolle – als notwendige Abschreckung. Schuld unterstrich das Unrichtige, sie ermöglichte ein moralisches Leben.

Davon abgesehen, besaß das, was Hen gesagt hatte, noch einen anderen Aspekt. Die Worte waren mit Überzeugung vorgetragen worden, doch sie konnten nur von jemandem geäußert werden, der noch nie depressiv gewesen war oder eine Phase des Selbstzweifels durchlebt hatte.

»Manchmal sind Menschen, die nach außen sehr sicher auftreten, innerlich ganz unsicher … Sie können höchst unglücklich sein, würden es aber niemals zeigen. Sie sind …« Isabel verstummte. Hen war nicht aufgeschlossen für solche Gedanken, das war deutlich. »Entschuldigen Sie. Ich wollte Ihnen keine Predigt halten …«

Hen lachte. »Ist schon gut. Und wahrscheinlich haben Sie Recht – im Allgemeinen. In diesem besonderen Fall allerdings nicht. Ich glaube nicht, dass es Selbstmord war.«

»Bestimmt haben Sie Recht«, sagte Isabel. »Sie haben ihn offenbar gut gekannt.«

Einen Moment lang herrschte Schweigen. Hen trank ihren Kaffee, scheinbar in Gedanken versunken. Isabel betrachtete den Vettriano und fragte sich, was sie als Nächstes sagen sollte. Es hatte wenig Sinn, die Unterhaltung fortzusetzen; von Hen würde sie nicht viel mehr erfahren, sie hatte anscheinend alles gesagt, was sie hatte sagen wollen, und Isabels Ansicht nach war sie ohnehin nicht sonderlich scharfsichtig.

Hen stellte ihre Tasse auf dem Tisch ab, und Isabel wandte ihren Blick von dem irgendwie verstörenden Gemälde ab. Der große Mann, den sie im Flur gesehen hatte, betrat jetzt, angekleidet, das Zimmer.

»Das ist Neil«, sagte Hen.

Isabel erhob sich, um den jungen Mann mit einem Handschlag zu begrüßen. Die Innenseite der Hand war warm und etwas feucht, und Isabel dachte: Er war unter der Dusche.

Deswegen ist er nackt durch den Flur gehuscht. Wahrscheinlich war das heutzutage nichts Ungewöhnliches, dass Mitbewohner, lose Bekannte, unbekleidet herumliefen, im Zustand perfekter Unschuld, wie Kinder im Paradies.

Neil ließ sich in einem Sessel gegenüber dem Sofa nieder, während Hen erklärte, warum Isabel hier war.

»Ich wollte Sie nicht stören«, sagte Isabel. »Ich wollte nur darüber reden. Ich hoffe, Sie haben nichts dagegen.«

»Nein«, sagte Neil. »Ich habe nichts dagegen. Wenn Sie darüber reden wollen, bitte.«

Isabel sah ihn an. Seine Sprache unterschied sich deutlich von Hens; aus einer anderen Ecke des Landes, dachte Isabel, und sie verriet eine teure Schulbildung. Neil war in Hens Alter, dachte sie weiter, vielleicht etwas älter, und sah aus, als hielte er sich viel an der frischen Luft auf. Er war natürlich der Golfspieler, und was sie vor sich sah, war das Ergebnis vieler Stunden auf stürmischen schottischen Fairways.

»Ich werde Sie nicht weiter belästigen«, sagte Isabel. »Ich habe Sie kennen gelernt. Ich habe über das, was geschehen ist, geredet. Und ich werde Sie ab jetzt in Ruhe lassen.«

»Hat es Ihnen geholfen?« fragte Hen, die einen Blick mit Neil wechselte, wie Isabel auffiel. Die Bedeutung des Blicks war klar, dachte Isabel: Anschließend würde Hen zu ihm sagen: »Wieso ist die hier aufgekreuzt? Was sollte das Ganze für einen Sinn haben?« Und sie würde es deswegen sagen, weil sie ein Nichts für diese junge Frau war, sie war eine Person in den Vierzigern, draußen, irgendwie irreal, nicht von Interesse.

»Ich nehme Ihre Tasse«, sagte Hen plötzlich und stand auf. »Ich muss mich mal langsam um die Küche kümmern. Entschuldigen Sie mich.«

»Ich muss gehen«, sagte Isabel, aber sie blieb auf dem Sofa sitzen, als Hen längst aus dem Zimmer gegangen war, und sie sah Neil an, der sie beobachtete, die Hände locker auf den Armlehnen des Sessels abgelegt.

»Glauben Sie, dass er gesprungen ist?« fragte Isabel.

Seine Miene war gleichmütig, aber in seiner Art lag etwas Beunruhigendes, ein Unbehagen. »Gesprungen?«

»Ich meine, dass er Selbstmord begangen hat.«

Neil machte den Mund auf, um etwas zu sagen, schloss ihn aber gleich wieder. Er starrte Isabel an.

»Entschuldigen Sie, wenn ich Sie das frage«, fuhr sie fort. »Wie ich sehe, sind Sie der Meinung, die Antwort lautet Nein. Na ja, wahrscheinlich haben Sie Recht.«

»Wahrscheinlich«, sagte er leise.

»Darf ich Sie noch etwas fragen?« sagte sie, und bevor ihre Frage beantwortet werden konnte, »Hen hat gesagt, Mark sei beliebt gewesen. Gibt es nicht vielleicht doch jemanden, der ihn nicht gemocht hat?«

Die Frage war gestellt, und jetzt beobachtete sie Neil. Sie sah, dass sich seine Augen bewegten, er schaute zu Boden, dann blickte er wieder auf. Als er schließlich antwortete, sah er sie dabei nicht an, sondern er sah zur Tür hinaus, in den Flur, als hielte er Ausschau nach Hen, damit sie die Frage für ihn beantwortete.

»Das glaube ich nicht. Nein. Das glaube ich nicht.«

Isabel nickte. »Es gab also nichts … nichts Ungewöhnliches in seinem Leben?«

»Nein. Nichts Ungewöhnliches.«

Jetzt sah er sie an, und sie erkannte in seinem Blick die Ablehnung. Er fand – und wer konnte ihm das verübeln? –, dass es ihr schlecht stand, im Leben seines Feundes zu wildern. Sie hatte die Gastfreundschaft eindeutig überstrapaziert, wie Hen deutlich gemacht hatte, und jetzt sollte sie gehen. Sie stand auf, und er folgte ihrem Beispiel.

»Ich möchte mich nur gerne von Hen verabschieden«, sagte sie und trat in den Flur, gefolgt von Neil. Rasch sah sie sich um. Die Tür, aus der er gerannt gekommen war, als sie ihn zufällig im Spiegel erwischt hatte, musste die Tür gleich rechts sein.

»Sie ist in der Küche, oder?« sagte sie, wandte sich nach rechts und drückte die Tür auf.

»Das ist nicht die Küche«, rief er hinter ihr. »Das ist Hens Zimmer.«

Isabel war bereits eingetreten und sah das große Schlafzimmer mit der eingeschalteten Nachttischlampe, die zugezogenen Vorhänge und das ungemachte Bett.

»Oh«, sagte sie. »Entschuldigung.«

»Die Küche ist da drüben«, sagte er streng. »Diese Tür da.« Er sah sie scheel von der Seite an. Er ist nervös, dachte sie, nervös und feindselig.

Sie wich zurück und ging hinüber zu der Tür, auf die er gezeigt hatte. Sie fand Hen, der es peinlich war, dass Isabel sie, auf einem Stuhl sitzend, in einer Zeitschrift blätternd ertappte. Isabel bedankte sich dennoch überschwänglich und verabschiedete sich, verließ dann die Wohnung, hörte noch, wie Neil die Tür hinter ihr zuschloss. Sie hatte ihnen ihre Visitenkarte dagelassen und gesagt, sie könnten sich gerne bei ihr melden, wenn sie wollten, aber die beiden hatten sie nur fragend angeschaut, und sie konnte sich denken, was sie mit der Karte machen würden. Sie war sich blöd und komisch vorgekommen, verdientermaßen, wie sie jetzt fand. Immerhin war eines deutlich geworden.

Hen und Neil liebten sich. Deswegen war er in ihrem Zimmer gewesen, als Isabel unten an der Haustür geklingelt hatte. Hen hatte ihr gesagt, Neil sei noch nicht zu Hause, und somit hätte sie ihr, einer völlig fremden Person, kaum erklären können, dass er in ihrem Bett war, zu dieser Tageszeit. Natürlich bestätigte das ihren instinktiven Vorbehalt gegen Hen, aber es teilte ihr nichts darüber mit, wie ihr gemeinsames Leben ausgesehen hatte, zu dritt. Natürlich konnte es sein, dass sich Mark ausgeschlossen gefühlt hatte. Hen hatte angedeutet, dass sie die anderen beiden nicht gekannt habe, als sie in die Wohnung eingezogen war, was bedeutete, dass aus dem Zusammenleben zu irgendeinem Zeitpunkt eine intimere Beziehung erwachsen war. Das hatte die Dynamik ihres gemeinschaftlichen Lebens verändert, aus der Wohngemeinschaft von drei Freunden war ein Paar und ein gemeinsamer Freund geworden. Eine andere Variante war die, dass sich Hen und Neil nach Marks Tod in ihrem gemeinsamen Leid auf der Suche nach Trost und Halt in die Arme gefallen waren. Sie konnte sich vorstellen, dass es so gewesen war, aber auch das hätte ihr nicht dabei geholfen zu verstehen, was Mark an jenem Abend in der Usher Hall durch den Kopf gegangen sein könnte. Wenn sie ihn schon vor ihrem Besuch in der Wohnung in der Warrender Park Terrace nicht gekannt hatte, dann kannte sie ihn jetzt auch nicht viel besser. Er war ein netter junger Mann gewesen, beliebt, der nicht zu Selbstzweifeln neigte. Eigentlich kein Wunder, da Selbstzweifel eher das Gebiet der Teenager war, und, erst später wieder, der Gescheiterten, aber nicht der jungen Zwanzigjährigen. Wenn ihn etwas bedrückt hatte, dann musste er es vor denen, die ihm im Leben am Nächsten gestanden hatten, verborgen haben.

Gemächlich schlenderte sie nach Hause. Es war ein warmer Abend für diese Jahreszeit, ein Abend, der einen Hauch Sommer in sich barg, aber es waren noch andere Menschen unterwegs nach Hause. Die meisten hatten jemanden, zu dem sie gingen, den Ehemann, die Ehefrau, den Geliebten, die Eltern. Auf Isabel wartete ihr Haus, groß und leer, und sie wusste, dass dieser Umstand das Ergebnis einer Reihe von Entscheidungen war, die sie getroffen hatte, die jedoch nicht in Gänze ihr zur Last gelegt werden konnten. Sie hatte nicht freiwillig entschieden, sich zu verlieben, so total und so ausschließlich, dass ihr danach kein anderer Mann mehr genügte. Es war etwas, das ihr widerfahren war, und die Dinge, die uns widerfahren, sind nicht immer unser eigenes Werk. John Liamor war ihr widerfahren, wenn man so wollte, und das bedeutete, dass sie mit einem Urteil zu leben hatte. Sie erachtete es nicht als ungebührlich, und sie ließ sich anderen gegenüber nicht darüber aus – auch wenn sie, unvorsichtigerweise vielleicht, am Vorabend mit Hugo genau darüber gesprochen hatte. So standen die Dinge nun mal, und sie machte das Beste daraus. Ihrer Ansicht nach war es eine moralische Pflicht, wie sie jeder Mensch hatte, jedenfalls dann, wenn man an Pflichten sich selbst gegenüber glaubte, und das tat sie. Wer A sagte, musste auch B sagen. Aber warum nur?

9

Die Woche darauf verlief ereignislos. Es gab noch etwas für die Zeitschrift zu tun, aber da die Fahnen für die nächste Ausgabe erst kürzlich an den Drucker geschickt worden waren und zwei Mitglieder der Redaktion sich im Ausland aufhielten, war Isabel kaum ausgelastet. Die meiste Zeit verbrachte sie mit Lesen, und sie half Grace dabei, die Mansarde zu räumen, was seit langem überfällig war. Trotzdem fand sich Zeit zum Nachdenken, und es ließ sich gar nicht vermeiden, dass sie zu dem zurückkehrte, was sie von nun an als *das Ereignis* bezeichnete. Das Gefühl der Verwundung, das sich nach dem Abend eingestellt hatte, war eindeutig im Schwinden begriffen, doch schien es jetzt durch einen Mangel an Entschlusskraft ersetzt. Die Begegnung mit Hen und Neil war unbefriedigend verlaufen, und nun blieb ihr nichts weiter zu tun. Man würde in der Sache ermitteln; der Staatsanwalt hatte ihr mitgeteilt, an welchem Termin das geschehen sollte, und als unmittelbare Zeugin sei sie verpflichtet, eine Aussage zu machen, doch gleichzeitig hatte er durchblicken lassen, dass der Fall sonnenklar sei.

»Ich glaube nicht, dass es da irgendwelche Zweifel geben kann«, sagte er. »Wir haben festgestellt, dass die Höhe des Geländers absolut angemessen ist und dass man von da oben nur herunterfallen kann, wenn man sich zu weit über das Geländer beugt. Das muss er gemacht haben, aus welchem Grund auch immer – vielleicht hatte er dort unten jemanden gesehen. Damit wäre der Punkt jedenfalls erledigt.«

»Warum wird dann eine Ermittlung eingeleitet?« hatte sie gefragt, als sie vor dem Schreibtisch des Staatsanwalts in seinem spärlich eingerichteten Büro saß. Der Staatsanwalt hatte

Isabel vorgeladen, und sie hatte ihn in einem Büro mit dem Schild *Todesfälle* an der Tür vorgefunden, einen großen Mann mit einem ausgezehrten, traurigen Gesicht. An der Wand hinter ihm hing ein gerahmtes Foto. Zwei junge Männer und zwei junge Frauen saßen etwas steif auf Stühlen, vor einem Torbogen aus Granit. *Universität Edinburgh, Anwaltsvereinsausschuss* lautete die aufgedruckte Bildunterschrift. Einer der Herren war der Staatsanwalt, erkennbar an seiner schlaksigen Unbeholfenheit. Hatte er eine höhere Stelle als diese erwartet, sich mehr erhofft?

Der Anwalt sah Isabel an, dann schaute er weg. Er war der Beamte für Todesfälle in Edinburgh. Jeden Tag Todesfälle. Kleine und große Todesfälle. Ein Jahr würde er das machen, dann zurückkehren zu den *Verbrechen* in einer anderen Stadt, Airdree oder Bathgate. Jeden Tag Verbrechen, Grausamkeit, bis zur Rente. »Wie lautet der übliche Ausdruck doch gleich?« fragte er und mühte sich, seinen Überdruss zu verbergen. »Schluss der Debatte. Antrag auf Schluss der Debatte.«

Damit war die Sache vom Tisch. Ein absolut unerwarteter Unglücksfall, für den niemand verantwortlich gemacht werden würde. Zufällig war sie Zeuge geworden, und sie hatte getan, was sie konnte, um sich wenigstens selbst Klarheit zu verschaffen. Letztlich war es unerklärlich, und ihr blieb nichts anderes übrig, als die Situation zu akzeptieren.

Sie versuchte, sich auf ihre Lektüre zu konzentrieren, die – reiner Zufall – der anstehenden Frage angemessen war. Ein neues Werk über die Grenzen der moralischen Verpflichtung war erschienen; ein ihr vertrautes Thema, dem eine Gruppe Philosophen eine entscheidende Wendung gegeben hatte: Der Schwerpunkt bei der Frage der Moral sollte nicht darauf liegen, was wir tun, sondern darauf, was wir nicht tun. Eine möglicherweise beschwerliche Position, die für diejenigen, die ein ruhiges Leben anstrebten, mit Unannehmlichkeiten verbunden war. Sie verlangte Wachsamkeit und Aufmerksamkeit für die Bedürfnisse anderer, mehr, als Isabel meinte zu besitzen. Für jemanden, der etwas vergessen wollte, war es sogar die gänzlich falsche Position. Etwas aus dem Gedächtnis zu verbannen, das war, dieser Sicht zufolge, ein Akt der bewussten und schuldhaften Unterlassung.

Es war ein schwieriges Buch, frustrierend, alle fünfhundertsiebzig Seiten. Isabel kam in die Versuchung, es beiseite zu legen oder es ganz aufzugeben, aber damit hätte sie nur dem Autor das Wort geredet. *Mistkerl*, dachte sie. *Er hat mich in die Enge getrieben.*

Als sie das Buch endlich zu Ende gelesen hatte und es zurückstellte, durchlief sie gleich ein Schauder schuldbeladener Aufregung, da sie es in eine dunkle Ecke des hohen Regals verbannte. Es war Samstag Nachmittag, und sie beschloss, ihr Durchhaltevermögen bei diesem langweiligen Buch mit einem Gang in die Stadt zu belohnen, ein, zwei Galerien aufzusuchen und sich in einem Café in der Dundas Street eine Tasse Kaffee und ein Stück Kuchen zu gönnen.

Sie fuhr mit dem Bus in die Stadt. Als er sich ihrer Haltestelle näherte, gleich die nächste hinter Queen Street, sah sie Toby mit einer Einkaufstasche in der Hand den Hang hinuntergehen. Die erdbeerrote Cordhose war ihr als Erstes aufgefallen, und sie musste lachen bei dem Gedanken, dass es dieses Kleidungsstück war, das ins Auge springen sollte, und sie lachte noch immer, als sie aus dem Bus stieg. Toby war jetzt gute zwanzig Meter vor ihr. Er hatte nicht gemerkt, dass sie ihn vom Bus aus beobachtet hatte, wie Isabel erleichtert feststellte, denn sie hatte keine Lust, mit ihm zu reden. Doch jetzt, auf dem Weg den Hang hinunter, in sicherem Abstand zu Toby, fragte sie sich doch, was er wohl gerade gemacht hatte. Einkaufen, das war offensichtlich – aber wo ging er hin? Toby wohnte in Manor Place, am anderen Ende von New Town, das hieß, er ging nicht nach Hause.

Wie prosaisch, dachte sie. Wie prosaisch – mein Interesse an diesem ziemlich langweiligen jungen Mann. Welchen Grund hatte sie bloß, sich darüber Gedanken zu machen, wie er seine Samstagnachmittage verbrachte? Keinen. Allerdings beflügelte sie diese Antwort nur. Es wäre doch interessant, wenigstens etwas über ihn herauszufinden, und wenn man dabei nur erfuhr, dass er gerne Pasta bei Valvona and Crolla kaufte. Oder dass er die Angewohnheit hatte, in Antiquitätengeschäften zu stöbern (so unwahrscheinlich das auch sein mochte). Vielleicht würde sie sich mit ihm anfreunden, wenn sie mehr über ihn wusste. Cat hatte angedeutet, er besäße Leidenschaften, von denen sie sich keine Vorstellung machte, und vielleicht sollte sie sich wenigstens diesen gegenüber aufgeschlossen zeigen. (War das die moralische Pflicht, sich besondere Mühe zu geben, ihr Vorurteil zu überwinden? Nein. Fünfhundertsiebzig Seiten waren im Regal gebunkert, und dieses Thema stand auf diesem Ausflug nicht zur Diskussion.)

Toby ging einigermaßen schnell, und um gleichmäßigen Abstand zu halten, musste Isabel ihr Tempo erhöhen. Er überquerte die Heriot Row und ging dann weiter die Dundas Street hinunter. Sie verfolgte ihn jetzt regelrecht, und sie war sich der Lächerlichkeit ihres Tuns bewusst, hatte aber dennoch ihren Spaß daran. Er wird nicht in eine der Kunsthandlungen gehen, und für Bücher interessiert er sich bestimmt auch nicht, dachte sie. Was blieb da noch? Vielleicht das Reisebüro an der Ecke Great King Street – ein später Ski-urlaub?

Plötzlich blieb Toby stehen, und Isabel, in unstatthafte Ge-danken versunken, musste feststellen, dass sich der Abstand zwischen ihnen verringert hatte. Sofort hielt auch sie an. Toby war vor einem Schaufenster, guckte durch das Fensterglas, als wollte er irgendeine Kleinigkeit an einem ausgestellten Gegenstand erkennen oder die Zahl auf einem Preisschild. Isabel sah nach links. Sie stand vor einem Privathaus, kei-nem Geschäft, und das einzige Fenster, das zur Betrachtung in Frage kam, war ein Wohnzimmerfenster. Sie guckte starr, so dass Toby, sollte er sich umdrehen, nicht merken würde, dass sie ihn beobachtete.

Das Wohnzimmer war elegant und teuer möbliert, typisch für diesen Teil von New Town. Während Isabel so stand und guckte, drei Meter zwischen sich und dem Haus, tauchte im Fenster plötzlich das Gesicht einer Frau auf, die den Blick er-staunt erwiderte. Die Frau hatte in einem Armsessel gesessen, außer Sicht; jetzt schaute sie aus dem Fenster und sah, dass eine andere Frau hineinsah.

Für einen Moment trafen sich ihre Blicke. Isabel war starr vor Verlegenheit. Die Frau im Fenster kam ihr irgendwie be-kannt vor, aber sie konnte sie nicht unterbringen. Sekunden-lang taten beide nichts anderes, und dann, als die erstaunte Miene der Hausbesitzerin gerade einer verärgerten wich, riss sich Isabel los und sah auf die Uhr. Sie tat zerstreut: Auf halbem Weg die Dundas Street hinunter, blieb sie plötzlich stehen und versuchte sich daran zu erinnern, was sie bloß vergessen hatte. Sie stand da, blickte ins Leere, dann sah sie auf die Uhr, und es fiel ihr wieder ein.

Es klappte. Die Frau im Haus wandte sich ab, und Isabel

setzte ihren Weg den Hang hinunter fort, nachdem sie gesehen hatte, dass Toby weitergegangen war und gerade die Northumberland Street überquerte. Wieder blieb Isabel stehen, diesmal statthaft vor einem Schaufenster, und sah hinein, während Toby die andere Straßenseite erreichte.

Dies war der Moment der Entscheidung. Noch konnte sie diese alberne Verfolgung abbrechen, da sie eine Route einhielt, die sie ohnehin gegangen wäre, wie sie ehrlicherweise behaupten konnte, oder sie konnte Tobys Spur weiterverfolgen. Sie zögerte kurz, doch dann, wie beiläufig links und rechts nach Verkehr Ausschau haltend, schlenderte sie über die Straße. Noch im Gehen fiel ihr auf, wie lächerlich sie sich verhielt. Sie, die Herausgeberin der *Zeitschrift für angewandte Ethik*, schlich am helllichten Tag durch eine Straße von Edinburgh und verfolgte einen jungen Mann. Sie, die für die Privatsphäre des Menschen eintrat, sie, die das Ordinäre unseres neugierigen, klatschsüchtigen Zeitalters strikt ablehnte, führte sich auf wie ein verträumtes Schulmädchen. Warum ließ sie es bloß immer zu, sich in die Angelegenheiten anderer hineinziehen zu lassen, wie ein gemeiner Schnüffler?

Northumberland Street war eine der schmaleren Straßen von New Town; auf etwas bescheidenerem Niveau als die Straßen weiter nördlich oder südlich, hatte sie dennoch ihre Anhänger, die ihre »intimere Atmosphäre«, wie sie sie nannten, schätzten. Isabel dagegen fand sie zu düster – eine Straße ohne Perspektive, ohne jenen Sinn für Erhabenheit und Größe, die das Leben in New Town geradeso erfrischend machten. Nicht dass sie hier freiwillig wohnen würde, sie zog die Ruhe von Merchiston und Morningside und die Annehmlichkeiten eines eigenen Gartens vor. Sie sah an dem Haus zu ihrer Rechten hoch, das sie gekannt hatte, als John

Pinkerton hier gewohnt hatte. John, der Anwalt gewesen war, und der sich besser in der Architektur Edinburghs auskannte als die meisten, hatte ein Haus erschaffen, das in jeder Hinsicht makelloser georgianischer Stil war. John, der ein höchst unterhaltsamer Mensch gewesen war, mit seiner wunderlichen Stimme und dem Hang, wie ein Truthahn zu kollern, wenn er sich räusperte; der aber gleichzeitig großzügig war und gemäß dem Motto seiner Familie lebte, das einfach lautete: *Sei freundlich*. Kein Mensch war so sehr verbunden mit dieser Stadt wie er, kannte jeden Stein; und wie tapfer er in seinen frühen Tod gegangen war. Choräle, ausgerechnet, hatte er auf dem Sterbebett gesungen, erinnerte jedes Wort, so wie er immer alles behielt. Das Sterbebett: Jetzt fiel ihr das Gedicht ein, das Douglas Young für Willie Soutar geschrieben hatte: *Twenty year beddit, and nou/the mort-claith. / Was his life warth livin? Ay/siccar it was./He was eident, he was bly/in Scotland's cause.* – Zwanzig Jahre ans Bett gefesselt, und jetzt/ins Leichentuch. /Hat sich sein Leben gelohnt? Ja/sicher doch. /Er stritt emsig und laut/für Schottlands Sache. – Genau wie John. Schottlands Sache: *Sei freundlich*.

Toby hatte sein Tempo jetzt verlangsamt, ging im Spazierschritt. Isabel hatte Angst, dass er sich jeden Moment umdrehen könnte, und in dieser schmaleren Straße blieb es gar nicht aus, dass er sie sah. Natürlich brauchte das nicht unbedingt peinlich zu sein, schließlich gab es keinen Grund, warum sie an einem Samstagnachmittag nicht diese Straße entlanggehen durfte, er tat es ja auch. Der einzige Unterschied zwischen ihnen beiden, dachte sie, war der, dass er eindeutig ein Ziel hatte, während sie keine Ahnung hatte, wo sie landen würde.

Am östlichen Ende machte die Northumberland Street

eine scharfe Linkskurve und ging in die Nelson Street über, eine Straße, die Isabel immer viel versprechender vorgekommen war. Sie kannte mal einen Maler, der hier gewohnt hatte, im obersten Stockwerk, mit Dachluken, die nach Norden gingen, und die ein klares Licht hereinließen, das alle seine Gemälde überflutete. Sie hatte ihn gut gekannt, ihn und seine Frau, und war oft mit ihnen essen gegangen, bevor sie das Land verließen und nach Frankreich zogen. Dort hatte er aufgehört zu malen, wie sie erfuhr, und hatte angefangen, Wein anzubauen. Dann war er plötzlich gestorben, und seine Frau hatte ihren französischen Nachbarn geheiratet und war nach Lyon verzogen, wo ihr neuer Mann als Richter tätig war. Gelegentlich hörte sie von ihr, aber nach einigen Jahren kamen keine Briefe mehr. Der Richter, wurde ihr von dritter Seite berichtet, geriet dort in einen Korruptionsskandal, wurde verurteilt und kam ins Gefängnis nach Marseille. Die Witwe des Malers zog nach Südfrankreich, damit sie dort ihren Mann im Gefängnis besuchen konnte, denn sie schämte sich, ihren alten Freunden zu erzählen, was geschehen war. Mit der Nelson Street verband Isabel also höchst gemischte Gefühle.

Die Plastiktüte schlenkernd, ging Toby auf die andere Seite der Nelson Street, weiterhin diskret beobachtet von Isabel, die mittlerweile fast schlenderte. Toby sah an dem Mietshaus hoch, schaute dann kurz auf die Uhr. Jetzt stand er direkt vor einer fünfstufigen Steintreppe, die zur Haustür einer der Erdgeschosswohnungen führte. Isabel sah, dass er einen Moment zögerte, dann schritt er die Stufen hoch und drückte den großen Messingklingelknopf neben der Tür. Isabel hielt sich zurück, nutzte einen Kleinbus, der unweit der Straßenkreuzung parkte, als Deckung. Nach kurzer Zeit wurde die Tür aufgemacht, und sie sah eine junge Frau – in T-Shirt und Jeans, wie sie zu erkennen glaubte – aus dem dunklen Hausflur einen Augenblick lang ins Licht hervortreten, sich vorbeugen, die Arme um Tobys Schultern schlingen und ihn küssen.

Er taumelte nicht zurück, natürlich nicht. Er knickte leicht ein in ihrer Umarmung, stellte seine Einkaufstüte auf dem Boden ab, umarmte dann die junge Frau und schob sie sanft zurück in den Hausflur. Isabel stand stocksteif da. Das hatte sie nicht erwartet. Sie hatte gar nichts erwartet. Niemals jedoch hätte sie gedacht, dass ihre Entscheidung, die sie vor fünf Minuten aus einer Laune heraus getroffen hatte, zu einer unwiderlegbaren Bestätigung ihrer früheren intuitiven Einschätzung von Toby geführt hätte. Untreu.

Sie blieb noch ein paar Minuten stehen, den Blick starr auf die geschlossene Tür gerichtet. Dann wandte sie sich ab und ging die Northumberland Street hoch, fühlte sich irgendwie beschmutzt durch das, was sie beobachtet hatte, und durch das, was sie getan hatte. Derart und mit solchem Gewissen müssen sich Menschen aus Bordellen oder dem Ort eines heimlichen Stelldicheins davonstehlen: *sterblich, schuldig und voll Furcht*, wie WHA es in dem ernsten Gedicht über die Nachwirkungen der Fleischeslust ausgedrückt hatte, wenn *müde Häupter warm in schwachen Armen ruhen.*

10

Ich stehe an der Bushaltestelle und warte auf meinen Bus«, sagte Grace. »Eigentlich soll er alle zwölf Minuten kommen, aber das ist lächerlich. Lächerlich ist das. Auf der Straße ist eine Pfütze, und ein Auto fährt vorbei, durch die Pfütze, am Steuer ein junger Mann mit einer Baseballmütze auf dem Kopf, den Schirm nach hinten gedreht, und er spritzt die Frau nass, die neben mir steht. Das Wasser trieft nur so an ihr herab. Dabei hatte der Kerl die Pfütze gesehen! Und? Hält er etwa an, um sich zu entschuldigen? Natürlich nicht. Was haben Sie denn erwartet?«

»Ich erwarte gar nichts«, sagte Isabel, die ihre Hände wärmend um die Kaffeetasse legte. »Das ist der Niedergang der Höflichkeit. Oder sollte ich lieber sagen, die Abwesenheit von Höflichkeit?«

»Niedergang, Abwesenheit, ist doch das Gleiche«, erwiderte Grace.

»Nicht ganz«, sagte Isabel. »Niedergang bedeutet: weniger als vorher. Abwesenheit bedeutet: Es ist nicht vorhanden – war vielleicht nie vorhanden.«

»Wollen Sie etwa behaupten, früher hätten sich die Leute nicht entschuldigt, wenn sie andere nass gespritzt haben?« Grace' Entrüstung war deutlich zu hören. Ihre Arbeitgeberin, davon war sie überzeugt, war in solchen Dingen, junge Männer mit Baseballmützen eingeschlossen, viel zu liberal.

»Manche schon«, sagte Isabel besänftigend. »Andere nicht. Es lässt sich nicht feststellen, ob es früher mehr Entschuldigungen gegeben hat als heute. Polizeibeamte sind genauso alt wie früher, nur erscheinen sie einigen von uns heute jünger.«

Grace ließ sich mit dieser Antwort nicht abspeisen. »Ich

kann das schon beurteilen. Polizeibeamte sind heute auf jeden Fall jünger, und die Manieren gehen den Bach runter. Ganz klar. Man erlebt es doch täglich auf der Straße. Man müsste blind sein, wenn man es nicht sähe. Jungs brauchen einen Vater, der ihnen beibringt, wie man sich benimmt.«

Ihr kleiner Streit, der in der Küche stattfand, verlief wie alle ihre Diskussionen. Grace verteidigte eine Ansicht und bewegte sich keinen Millimeter, und meistens endete es damit, dass Isabel vage Zugeständnisse machte, das Thema sei sehr kompliziert, man müsse darüber nachdenken, aber selbstverständlich habe Grace – bis zu einem gewissen Punkt – Recht.

Isabel stand auf. Es war schon fast zehn Minuten nach neun, und das morgendliche Kreuzworträtsel rief. Sie nahm die Zeitung vom Küchentisch, ließ Grace mit dem Falten der Wäsche allein und begab sich ins Frühstückszimmer. Richtig und falsch. Jungs brauchten Väter, die ihnen den Unterschied zwischen richtig und falsch beibrachten. Stimmt. Aber wie die meisten von Grace' Beobachtungen stimmte sie nur halb. Was hatte sie gegen Mütter in dieser Rolle? Isabel kannte einige Mütter, die alleine Söhne großgezogen hatten, und sie hatten sie gut erzogen. Eine ihrer Freundinnen, der sechs Wochen nach der Geburt ihres Sohnes der Mann abgehauen war, hatte Großartiges geleistet, gegen alle Widrigkeiten, denen allein erziehende Mütter ausgesetzt sind. Er hatte sich gut entwickelt, der Sohn, so wie viele andere in einer ähnlichen Situation auch. Jungs brauchen einen Elternteil, hätte Grace sagen sollen.

Toby hatte einen Vater, und trotzdem: Toby betrog Cat. Hatte ihm sein Vater jemals beigebracht, wie man sich Frauen gegenüber verhielt? Eine interessante Frage, aber ob Väter mit ihren Söhnen über solche Dinge sprachen, das wusste Isabel nicht. Nahmen Väter ihre Söhne beiseite und sagten: Behandle Frauen mit Respekt. Oder war das altmodisch? Vielleicht sollte sie sich mal bei Hugo danach erkundigen, denn er wusste ganz bestimmt, wie man Frauen mit Respekt behandelte, im Gegensatz zu Toby.

Isabel glaubte, dass die Art und Weise, wie sich Männer gegenüber Frauen verhielten, von sehr viel komplizierteren psychologischen Faktoren abhing. Es war keine Frage des moralischen Wissens, fand sie, eher eine Frage des Vertrauens in einen selbst und die eigene sexuelle Identität. Ein Mann mit einem fragilen Ego, seiner selbst unsicher, würde eine Frau als Mittel betrachten, seine eigene Unsicherheit zu bekämpfen. Ein Mann dagegen, der sich selbst gut kannte, sich seiner Sexualität bewusst war, würde sensibel auf die Gefühle von Frauen reagieren. Er bräuchte nichts zu beweisen.

Toby allerdings besaß Selbstvertrauen, er strotzte förmlich vor Selbstvertrauen. In seinem Fall war es etwas anderes – vielleicht mangelnde moralische Phantasie. Moral war abhängig von dem Verständnis für die Gefühle anderer. Wenn man keine moralische Vorstellungskraft besaß – und es gab solche Menschen –, dann war man auch nicht in der Lage, sich in andere Menschen einzufühlen. Der Schmerz, das Leid, das Unglück anderer erschiene einem nicht als tatsächlich existent, denn es würde gar nicht wahrgenommen. All das war natürlich nichts Neues; Hume meinte das Gleiche, wenn er über Sympathie sprach und die Fähigkeit, die Gefühle anderer zu erfahren. Wäre es nicht möglich, fragte sich Isabel, Humes Einsichten den Menschen näher zu bringen, wenn man von »Vibrations« sprach, von Schwingungen? Der Begriff Vibrations stammte aus dem Vokabular des New Age. Vielleicht ließ sich Hume mit dem Konzept der Vibrations erklären, der Energiefelder; das würde ihn für Menschen, die ansonsten keine Ahnung hatten, was er meinte, verständlich machen. Es war eine interessante Idee, fand sie, aber wie für so viele Ideen fehlte auch hierfür die Zeit. All die Bücher, die man noch schreiben musste – die Ideen, die man entwickeln musste –, und für nichts hatte sie Zeit.

Viele glaubten, fälschlicherweise, Isabel hätte Zeit im Überfluss. Sie sahen ihre Situation, eine finanziell unabhängige Frau, die in einem großen Haus wohnte, um das sich eine fest angestellte Haushälterin kümmerte, und die halbtags als Herausgeberin einer obskuren Zeitschrift mit wahrscheinlich unregelmäßigem Erscheinungsdatum arbeitete.

Keine dieser Überlegungen, so relevant sie für die moralischen Themen, die ihr Leben durchdrangen, auch sein mochten, zielte jedoch auf die verzwickte Lage, in der sie sich augenblicklich befand. Ihrer ordinären Neugier folgend, hatte sie etwas über Toby herausgefunden, von dem Cat wahrscheinlich nichts ahnte. Die Frage, die sich ihr jetzt stellte, war die banalste Frage, die wahrscheinlich schon unzählige Spalten der Ratgeberrubrik in Zeitschriften gefüllt hatte: *Meine beste Freundin wird von ihrem Freund betrogen. Ich weiß es, sie nicht. Soll ich es ihr sagen?*

Es mochte ein bekanntes Problem sein, die Antwort darauf jedoch war alles andere als klar. Sie hatte schon einmal vor so einer Situation gestanden, das war lange her, und sie war sich überhaupt nicht sicher, ob sie damals die richtige Entscheidung getroffen hatte oder nicht. Seinerzeit ging es nicht um Untreue, sondern um eine Krankheit, von der sie wusste. Ein Mann, mit dem sie zusammengearbeitet und sich im Laufe der Jahre einigermaßen angefreundet hatte, wurde mit Schizophrenie diagnostiziert. Seiner Arbeit hatte er nicht mehr nachgehen können, aber er reagierte gut auf die Behandlung. Dann hatte er eine Frau kennen gelernt, der er einen Heiratsantrag machte, und sie hatte Ja gesagt. Isabel war zu dem Schluss gekommen, dass diese Frau unbedingt hatte heiraten wollen, aber nie hatte sie jemand gefragt. Von seiner Krankheit allerdings wusste sie nichts, und Isabel hatte überlegt, ob sie es ihr sagen sollte oder nicht. Am Ende hatte sie ihr nichts gesagt, und die Frau war entsetzt, als sie mit der Zeit herausfand, was mit ihrem Mann nicht stimmte. Sie hatte es dann einigermaßen verkraftet, und die beiden zogen in ein Haus am Rand von Blairgowrie, wo sie ein ruhiges, zurückgezogenes Leben führten. Nie hatte sie gesagt, sie hätte die Ehe bereut, aber hätte Isabel sie aufgeklärt, hätte die Frau eine fundiertere Entscheidung treffen können. Sie hätte Nein zu dem Heiratsantrag sagen können und wäre allein vielleicht glücklicher geworden, auch wenn dem Mann dadurch das Maß an Zufriedenheit und Sicherheit, das die Ehe mit sich brachte, vorenthalten geblieben wäre.

Sie hatte oft darüber nachgedacht, und sie war zu dem Schluss gekommen, dass sie in diesem Fall die richtige Strategie verfolgt hatte, nicht einzugreifen. Das Problem bestand darin, dass man einfach nicht genau wusste, was in der Folge passiert wäre, so oder so – hätte man sich nun eingemischt oder nicht. Die Lösung also wäre die, sich von solchen Situationen, an denen man nicht direkt beteiligt ist, fern zu halten. Doch in ihrem Fall wäre das ganz sicher falsch. Cat war keine Fremde, und eine enge Verwandte von ihr hätte doch wohl ein Recht, sie zu warnen. Was, wenn Toby überhaupt nicht Toby wäre, sondern irgendein Schwindler, ein Lebenslänglicher auf Freigang, der jetzt vielleicht gerade sein nächstes Verbrechen plante? Es wäre doch absurd zu sagen, sie dürfte Cat in so einem Fall nicht warnen. Sie hätte nicht nur das Recht zu reden, sie hätte die Pflicht.

Während sie im Frühstückszimmer saß, vor sich das blanke Kreuzworträtsel, und ihre Kaffeetasse in der etwas kühleren Luft des verglasten Zimmers dampfte, überlegte sie, wie sie es Cat beibringen sollte. Eins stand fest: Sie konnte ihr schlecht sagen, dass sie Toby verfolgt hatte; das würde ihr, zu Recht, nur den Vorwurf der ungerechtfertigten Einmischung in Tobys und Cats Angelegenheiten einbringen. Das hieß, sie musste die ganze Enthüllungsgeschichte auf der Grundlage einer Lüge, bestenfalls einer Halbwahrheit lostreten.

»Neulich war ich in der Nelson Street, und zufällig habe ich gesehen…«

Was würde Cat dazu sagen? Anfangs wäre sie geschockt, so wie jeder Mensch über die Nachricht eines solchen Verrats. Danach würde sie wütend werden, und ihre Wut würde sich gegen Toby richten, nicht gegen die andere Frau, wer immer das sein mochte. Irgendwo hatte Isabel mal gelesen, dass bei Untreue Frauen in der Regel ihren Partner attackierten, während Männer ihre Aggression direkt gegen den anderen Mann richteten. Einen Moment lang stellte sie sich die Szene vor: Toby, nichts ahnend, von einer zornigen Cat zur Rede gestellt; Toby, dessen Ausdruck der Selbstsicherheit angesichts dieses Ansturms schwindet und der bei der Enthüllung der Wahrheit rot anläuft. Danach, so hoffte Isabel, würde Cat aus dem Zimmer stapfen, und damit wäre Toby erledigt. Ein paar Wochen später, die Wunde wäre noch frisch, aber nicht mehr gar so frisch, dass Einsamkeit geboten wäre, würde Hugo Cat in ihrem Spezialitätengeschäft aufsuchen und sie zum Essen einladen. Er würde Mitleid zeigen, aber Isabel müsste ihm raten, etwas Distanz zu wahren und nicht übereilt zu versuchen, die emotionale Leere zu füllen. Danach würde man weitersehen. Wenn Cat auch nur etwas Grips hatte, würde sie merken, dass Hugo sie niemals enttäuschen würde und dass man um Männer wie Toby am besten einen Bogen machte. An diesem Punkt jedoch endete die Phantasie; aller Voraussicht nach würde Cat genau den gleichen Fehler noch mal machen, sogar mehr als ein Mal, Menschen neigen dazu. Unpassende Männer würden durch unpassende Männer ersetzt, das schien unvermeidlich. Die Menschen wiederholten ihre Fehler, weil die Wahl ihrer Partner von Faktoren abhing, die außerhalb ihrer Kontrolle lagen. Isabel hatte genug Freud studiert – Klein, genauer gesagt –, um zu wissen, dass die emotionalen Weichen in einem sehr frühen Alter gestellt wurden. Alles ging zurück auf die frühe Kindheit, auf die Psychodynamik der eigenen Beziehung zu den Eltern. Diese Dinge waren keine Frage der intellektuellen Bewertung oder vernunftmäßigen Berechnung, ihr Ursprung liegt in Ereignissen in der Kinderstube. Natürlich hatte nicht jeder Mensch eine Kinderstube, aber wenigstens etwas Entsprechendes – vielleicht einen *Raum*.

11

An diesem Abend, nach einem Tag, den sie als ganz und gar vergeudet betrachtete, erhielt Isabel Besuch von Neil, dem jungen Mann, mit dem sie in der Wohnung in Warrender Park Terrace erst neulich ein so unergiebiges Gespräch geführt hatte. Er kam unangemeldet, allerdings guckte Isabel in ihrem Arbeitszimmer gerade aus dem Fenster, als er den Weg zur Haustür heraufkam. Sie sah, wie er den Blick hob, die Größe des Hauses in sich aufnahm, und schon glaubte sie ein leichtes Zögern in seinem Schritt zu beobachten, doch dann ging er weiter und klingelte, und sie öffnete ihm die Haustür.

Er trug Anzug und Krawatte, und ihr fielen seine Schuhe auf, blank geputzte, schwarze Oxfords. Hen hatte gesagt, er arbeite in einer Kanzlei, ziemlich steife Leute, und seine Kleidung bestätigte das.

»Miss Dalhousie?« sagte er überflüssigerweise, als sie ihm die Tür aufmachte. »Hoffentlich erinnern Sie sich noch an mich. Sie waren neulich bei uns ...«

»Natürlich erinnere ich mich. Sie sind Neil, nicht?«

»Ja.«

Sie führte ihn durch die Diele in den Salon nebenan, bot ihm etwas zu trinken an, auch Tee. Er lehnte ab, aber sie goss sich ein kleines Glas Sherry ein und setzte sich ihm gegenüber.

»Hen sagte mir, Sie seien Anwalt«, begann sie das Gespräch.

»Referendar«, verbesserte er sie. »Ja. Ich arbeite in einer Kanzlei.«

»Wie jeder Zweite in Edinburgh«, sagte Isabel.

»Ja. Manchmal hat man den Eindruck.«

Ein Moment lang herrschte Schweigen. Isabel fiel auf, dass Neil die Hände gefaltet in den Schoß gelegt hatte und dass seine Haltung, ganz allgemein, alles andere als entspannt war. Er wirkte verkrampft, gereizt, genauso wie das letzte Mal, als sie mit ihm gesprochen hatte. Vielleicht war er immer so. Manche Menschen waren von Natur aus verkrampft, aufgewickelt wie eine Spule, misstrauisch ihrer nächsten Umgebung gegenüber.

»Ich bin hergekommen, weil ich Sie sprechen wollte...« Der Satz versiegte.

»Ja«, sagte Isabel strahlend. »Ich bin ganz Ohr.«

Neil setzte ein gewolltes Lächeln auf, aber es hielt sich nicht. »Ich bin hergekommen, weil ... wegen neulich. Ich habe Ihnen nicht die ganze Wahrheit gesagt. Das hat mir keine Ruhe gelassen.«

Isabel beobachtete ihn. Die Anspannung in seinem Gesicht machte ihn älter, zog Falten um die Mundwinkel herum. Die Handflächen waren wahrscheinlich feucht, dachte sie. Sie sagte nichts, wartete darauf, dass er fortfuhr.

»Sie haben mich gefragt – Sie haben mich ausdrücklich gefragt, ob es irgendetwas Ungewöhnliches in seinem Leben gegeben hätte. Wissen Sie noch?«

Isabel nickte. Sie sah hinunter auf das Sherryglas in ihrer Hand und trank einen kleinen Schluck. Er war sehr trocken, zu trocken, wie Toby bemerkt hatte. Zu trocken, sage ich Ihnen, und er wird bitter.

»Und ich habe gesagt, da wäre nichts«, fuhr Neil fort. »Das stimmte nicht. Da war doch etwas.«

»Und das wollen Sie mir jetzt sagen.«

Neil nickte. »Ich hatte ein schlechtes Gewissen, weil ich Sie irregeleitet habe. Ich weiß nicht, warum ich das gemacht habe. Es hat mich einfach nur genervt, dass Sie gekommen sind und uns sprechen wollten. Ich fand, die Geschichte ging Sie überhaupt nichts an.«

Da hatte er Recht, dachte Isabel, sagte aber nichts.

»Es ist nämlich so«, sagte Neil. »Mark hat mir gesagt, dass etwas passieren würde. Er hatte Angst.«

Isabel spürte, wie ihr Puls raste. Also doch, hatte sie also doch Recht. Da war doch etwas gewesen. Marks Tod war nicht das, was er auf den ersten Blick schien. Er hatte eine Geschichte.

Neil öffnete die Hände. Jetzt, wo er angefangen hatte zu reden, schien die Anspannung von ihm zu weichen.

»Sie wissen, dass Mark für ein Unternehmen gearbeitet hat, das Fonds verwaltet«, sagte er. »McDowell's. Mittlerweile eines der größten Unternehmen. Es befasst sich mit Rentenfonds, und es hat noch ein, zwei kleinere Büros. Eine ziemlich bekannte Firma.«

»Ich weiß«, sagte Isabel.

»In dem Job geht's um riesige Geldsummen, die hin- und hergeschoben werden. Man muss alles sehr genau im Auge haben.«

»Das glaube ich«, sagte Isabel.

»Und vor allem muss man aufpassen, wie man sich verhält«, sagte Neil. »Es gibt so etwas wie Insiderhandel. Haben Sie schon mal davon gehört?«

Isabel erklärte, sie sei dem Begriff schon mal begegnet, aber sie wisse nicht genau, was er bedeutete. Ob es dabei um Aktien ginge, die man aufgrund von Insiderinformationen erwerben würde.

Neil nickte. »Darauf läuft es mehr oder weniger hinaus. Man gelangt durch seine Arbeit an Informationen, mit denen sich die Entwicklung der Aktienpreise in etwa voraussagen lässt. Wenn man zum Beispiel weiß, dass ein Unternehmen von einem anderen übernommen wird, kann das den Aktienpreis in die Höhe treiben. Wenn man kauft, bevor die Nachricht öffentlich wird, macht man einen Gewinn. So einfach ist das.«

»Kann ich mir gut vorstellen«, sagte Isabel. »Und auch, dass es sehr verlockend ist.«

»Ja«, stimmte Neil ihr zu. »Es ist sehr verlockend. Ich war selbst auch einmal in der Situation. Ich war an einem Vertragsentwurf beteiligt, und ich wusste, dass er Auswirkungen auf den Wert der Aktien haben würde. Es wäre ein Leichtes für mich gewesen, jemanden dazu zu überreden, in meinem Namen Aktien zu kaufen. Ein Kinderspiel. Ich hätte Tausende verdienen können.«

»Aber Sie haben es nicht gemacht.«

»Wenn man erwischt wird, geht man acht Jahre ins Gefängnis«, sagte Neil. »Das wird sehr ernst genommen. Und zwar deswegen, weil man gegenüber denen, die einem die Aktien verkaufen, einen ungerechtfertigten Vorteil erhält. Man weiß etwas, das sie nicht wissen. Es untergräbt das Marktprinzip.«

»Und Sie wollen mir sagen, dass Mark so etwas beobachtet hat.«

»Ja«, sagte Neil. »Er hat's mir mal erzählt, als wir abends zusammen in einem Pub saßen. Er sagte, er hätte Insiderhandel in seiner Firma entdeckt. Er sagte, er sei sich der Fakten absolut sicher, und er hätte die Mittel, es zu beweisen. Aber dann sagte er noch etwas.«

Isabel stellte ihr Sherryglas ab. Sie hatte ein ungutes Gefühl, denn es war offensichtlich, worauf diese Enthüllung hinauslief.

»Er sagte, er müsse befürchten, dass diejenigen, die den Insiderhandel betrieben, bereits wüssten, dass er es herausgefunden hätte. Man habe sich ihm gegenüber merkwürdig verhalten, fast misstrauisch, und man habe ihn sich zur Brust genommen – von wegen Vertraulichkeit und Loyalität der

135

Firma gegenüber –, was er als versteckte Warnung interpretiert hat.«

Er schaute auf, Isabel ins Gesicht, und sie sah etwas in seinen Augen. Was hatte das zu bedeuten? War es ein Schrei nach Hilfe? Ausdruck eines intimen Schmerzes, einer Traurigkeit, die auszudrücken er nicht fähig war?

»War das alles?« fragte sie. »Hat er Ihnen gesagt, wer ihn sich zur Brust genommen hat? Wer ihn gewarnt hat?«

Neil schüttelte den Kopf. »Nein. Er meinte, viel mehr könne er dazu nicht sagen. Aber ich spürte, dass er Angst hatte.«

Isabel stand von ihrem Platz auf, ging quer durch den Raum zu den Fenstern, um die Vorhänge zu schließen. Der Stoff machte bei der Bewegung ein leises Geräusch, als würde sich eine kleine Welle am Strand brechen. Neil beobachtete sie von seinem Sessel aus. Dann kehrte sie an ihren Platz zurück.

»Was soll ich Ihrer Meinung nach damit anfangen?«, sagte sie. »Haben Sie schon mal daran gedacht, zur Polizei zu gehen?«

Bei ihrer Frage verkrampfte er sich gleich wieder. »Das kann ich nicht tun«, sagte er. »Die Polizei hat schon mehrere Male mit mir gesprochen, und diese Sache habe ich ihr gegenüber nicht erwähnt. Ich habe ihr nur das gesagt, was ich Ihnen beim ersten Mal auch gesagt habe. Wenn ich jetzt hinginge, würde das komisch aussehen. Im Grunde würde ich damit zu verstehen geben, dass ich die Polizei belogen habe.«

»Das dürfte ihr kaum gefallen«, sinnierte Isabel. »Sie könnte auf den Gedanken kommen, dass Sie etwas zu verbergen haben.«

Neil sah sie durchdringend an. Wieder lag dieser seltsame Ausdruck in seinen Augen. »Ich habe nichts zu verbergen.«

»Natürlich nicht«, sagte Isabel rasch, obwohl sie wusste, dass das nicht stimmte, dass er doch etwas vor ihr geheim hielt. »Es ist nur so: Wenn man einmal nicht die Wahrheit gesagt hat, könnten die Leute denken, dafür gäbe es einen Grund.«

»Es gab keinen Grund«, sagte Neil, jetzt mit etwas lauterer Stimme. »Ich habe es nicht erwähnt, weil ich kaum etwas darüber wusste. Ich dachte, es hätte nichts zu tun mit…mit dem, was passiert ist. Ich wollte nicht stundenlang von der Polizei verhört werden. Ich wollte, dass das alles vorbei wäre. Ich dachte, es wäre einfacher, wenn ich meinen Mund hielte.«

»Manchmal ist das einfacher«, sagte Isabel. »Und manchmal nicht.« Sie sah ihn an, und er senkte den Blick. Er tat ihr Leid. Er war ein sehr durchschnittlicher junger Mann, nicht sonderlich sensibel, nicht sonderlich helle. Dennoch, er hatte einen Freund verloren, jemanden, mit dem er sogar zusammengewohnt hatte, und er musste sehr viel stärkere Gefühle haben als sie, die nur Zeuge des Unfalls geworden war.

Sie sah ihn an. Er schien verletzlich, und sein Gebaren brachte sie auf den Gedanken, dass es noch etwas anderes gab, eine andere Möglichkeit. Vielleicht hatte diese Beziehung zu Mark eine Dimension gehabt, die für sie auf den ersten Blick nicht sichtbar war. Vielleicht hatten die beiden sich sogar geliebt; so außergewöhnlich ist das nicht, überlegte sie, Menschen, die fähig sind, sich sexuell auf beide Geschlechter einzulassen. Und obwohl sie ihn in Hens Zimmer erwischt hatte, musste das nicht heißen, dass es vorher nicht andere Konstellationen in der Wohnung gegeben hatte. Das würde Neils Gereiztheit erklären; vielleicht war er nicht in der Lage gewesen, ungezwungen über so etwas zu sprechen, auch wenn sich die gesellschaftliche Einstellung in dieser Frage geändert hatte. Ein junger Mann, der in einer Anwaltskanzlei arbeitete, steife Leute um sich herum, der sich seiner sexuellen Orientierung nicht sicher war, so einer empfand die Fragen von anderen vielleicht als unangenehm und peinlich. Wenn das der Fall war, dann hätte sie Verständnis für Neil; der Arme, der mit niemandem über den wahren Charakter seines Verlustes reden konnte, der gezwungen war, sich zu verstellen. Sie hätte ihn trösten können. Sie hätte sagen können: *Das ist völlig unwichtig. Sie haben ihn geliebt, nur darauf kommt es an.* Aber das konnte sie nicht sagen, denn vielleicht stimmte es ja gar nicht, es war sogar sehr wahrscheinlich, dass es gar nicht stimmte.

»Er fehlt Ihnen, nicht?« sagte sie leise und beobachtete die Wirkung ihrer Worte.

Er sah woanders hin, als würde er eines der Bilder an der Wand betrachten. Einige Augenblicke lang sagte er gar nichts, dann antwortete er: »Er fehlt mir sehr. Er fehlt mir jeden Tag. Ich denke immer an ihn. Die ganze Zeit.«

Er hatte ihre Frage beantwortet und ihre Zweifel zerstreut.

»Sie sollten nicht versuchen, ihn zu vergessen«, sagte sie.

»Das kriegt man oft zu hören. Man kriegt oft zu hören, man sollte die Menschen, die wir verlieren, vergessen. Aber ich finde, wir sollten das nicht tun. Ich finde, wir dürfen sie nicht vergessen.«

Er nickte und sah sie kurz an, bevor er den Blick wieder abwandte; betrübt, dachte sie.

»Es war sehr gut, dass Sie heute Abend gekommen sind«, sagte sie sanft. »Es fällt einem nie leicht, jemandem zu sagen, dass man etwas vor ihm verheimlicht hat. Vielen Dank, Neil.«

Das war nicht als Signal zum Aufbruch gemeint, aber so interpretierte er es. Er erhob sich und streckte die Hand aus, um sich von Isabel zu verabschieden. Sie stand ebenfalls auf und nahm die dargebotene Hand. Sie zitterte, wie ihr auffiel.

Nachdem Neil gegangen war, saß sie im Salon, vor sich das leere Sherryglas, und dachte über das nach, was er ihr soeben eröffnet hatte. Die unerwartete Begegnung hatte sie in mehrfacher Hinsicht verunsichert. Neil war durch das, was Mark zugestoßen war, verstörter, als sie gedacht hatte, und nicht in der Lage, seine Gefühle zu analysieren. Sie konnte ihm dabei nicht helfen, denn er war offensichtlich nicht bereit, über das zu sprechen, was ihn so quälte. Natürlich würde er sich wieder erholen, aber hier konnte nur die Zeit Heilung bringen. Viel verstörender war die Enthüllung, dass bei McDowell's Insiderhandel betrieben wurde. Das konnte sie nicht einfach ignorieren, jetzt, wo sie damit konfrontiert worden war; und obwohl es sie persönlich nicht betraf, ob das Unternehmen an dieser spezifischen Form der Unehrlichkeit (oder war es Raffgier) beteiligt war oder nicht – es wurde zu ihrer Angelegenheit, falls es in Zusammenhang mit Marks Tod stand. *In Zusammenhang mit Marks Tod*: Was genau bedeutete das? Bedeutete es, dass er ermordet worden war? Es war das erste Mal, dass sie es sich zugestand, diese Möglichkeit zu denken, sogar deutlich auszusprechen. Diese Frage ließ sich jetzt nicht mehr umgehen.

War Mark in den Tod geschickt worden, weil er damit gedroht hatte, schädliche Informationen über jemanden in dem Unternehmen öffentlich zu machen? Allein die Frage erschien ihr ungeheuerlich. Es handelte sich immerhin um die schottische Finanzbranche mit ihrem tadellosen Ruf der Ehrlichkeit und Integrität. Diese Leute spielten Golf, sie besuchten den New Club, und manche waren Kirchenälteste der Church of Scotland. Paul Hogg fiel ihr ein. Er war der typische Vertreter dieser Sorte Mensch, die in solchen Unternehmen arbeiteten. Er war von Grund auf anständig, traditionell, nach eigenem Bekunden, ein Mensch, den man bei Ausstellungen in Galerien traf und der Elizabeth Blackadder mochte. Diese Leute bedienten sich nicht der Praktiken, die man sonst nur mit einigen italienischen Banken in Verbindung brachte oder vielleicht noch mit dem eher lockeren Wandel der Londoner City. Und sie begingen keine Morde.

Aber mal unterstellt – nur einen Augenblick lang –, dass selbst der äußerst Aufrechte dazu fähig war, raffgierig zu handeln und die Regeln der Finanzwelt zu brechen (es ging immerhin nicht um Diebstahl, sondern nur um Missbrauch von Informationen) – würde so ein Mensch, angesichts einer drohenden Enthüllung, nicht auf ein letztes verzweifeltes Mittel zurückgreifen, um seinen Ruf zu wahren? In anderen, weniger kritischen Kreisen war es wahrscheinlich nicht so verheerend, als Betrüger dazustehen, aus dem einfachen Grund, weil es genug andere Betrüger gab und weil vermutlich fast jeder irgendwann mal selbst betrogen hat. In Süditalien, hatte sie gelesen, gab es Regionen, Neapel zum Beispiel, wo Betrug die Norm war und der Ehrliche der, der davon abwich. Hier in Edinburgh dagegen war die Aussicht, ins Gefängnis zu gehen, einfach undenkbar. Umso einleuchtender wäre es, Schritte zu unternehmen, um eben das zu vermeiden, selbst wenn einer dieser Schritte darin bestand, einen jungen Mann, der der Wahrheit zu nahe gekommen war, aus dem Weg zu räumen.

Sie sah zum Telefon. Sie wusste, dass sie Hugo nur anzurufen brauchte, und er würde kommen. Er hatte das vorher schon mal gesagt, bei mehr als einer Gelegenheit – *Du*

kannst mich jederzeit anrufen. Jederzeit. Ich komme gerne her.
Wirklich.

Sie stand von ihrem Sessel auf und ging hinüber zum Telefontischchen. Hugo wohnte in Stockbridge, in der Saxe-Coburg Street, in einer Wohnung, die er sich mit drei anderen teilte. Einmal war sie da gewesen, als er und Cat noch zusammen waren, und er hatte Essen für sie beide gekocht. Es war eine weitläufige Wohnung, mit hohen Decken und einem Steinfußboden im Flur und in der Küche. Hugo war der Eigentümer, der noch als Student die Wohnung mit Hilfe seiner Eltern gekauft hatte, und die Mitbewohner waren seine Mieter. Als Vermieter gestattete er sich selbst zwei Zimmer, ein Schlafzimmer und ein Musikzimmer, in dem er seine Musikstunden gab. Hugo, der einen Abschluss in Musik hatte, verdiente seinen Lebensunterhalt mit Fagottstunden. An Schülern herrschte kein Mangel, und mit einem Kammerensemble und gelegentlichen Auftritten als Fagottist für die Scottish Opera ergänzte er sein Einkommen. Eine ideale Existenz, fand Isabel, zudem eine, in die Cat bestens hineinpassen würde. Cat hatte das natürlich nicht so gesehen, und Isabel musste befürchten, dass sie es nie so sehen würde.

Hugo unterrichtete gerade, als sie anrief, und versprach, sie in einer halben Stunde zurückzurufen. Während sie auf den Anruf wartete, machte sie sich in der Küche ein Sandwich, weil sie für eine richtige Mahlzeit nicht genug Hunger hatte. Als sie fertig gegessen hatte, ging sie zurück in den Salon und wartete auf den Anruf.

Ja, er hatte Zeit. Sein letzter Schüler, ein begabter fünfzehnjähriger Junge, den er auf eine Prüfung vorbereitete, hatte brillant gespielt. Jetzt, nachdem er den Jungen nach Hause geschickt hatte, war ein Gang quer durch die Stadt zu Isabels

Haus genau das Richtige. Ja, er hatte Lust, ein Glas mit Isabel zu trinken, und danach vielleicht noch ein bisschen Gesang.

»Tut mir Leid«, sagte sie. »Ich bin nicht in der Stimmung. Ich will mit dir reden.«

Er hatte Verständnis für ihre Zurückhaltung, und der Plan, zu Fuß zu gehen, wurde zu Gunsten einer schnelleren Fahrt mit dem Bus aufgegeben.

»Alles in Ordnung sonst?«

»Ja«, sagte sie. »Ich muss nur unbedingt etwas mit dir besprechen. Ich sage es dir, wenn du hier bist.«

Die Busse, von Grace so beschimpft, waren pünktlich. Innerhalb von zwanzig Minuten war Hugo da und saß bei Isabel in der Küche, wo sie bereits angefangen hatte, ein Omelett für ihn zu machen. Sie hatte eine Flasche Wein aus dem Keller geholt und ihm und sich selbst ein Glas eingegossen. Dann hatte sie angefangen zu erzählen, über ihren Besuch in der Wohnung, ihre Gespräche mit Hen und Neil. Er hörte mit ernster Miene zu, und als sie die Unterhaltung rekapitulierte, die sie wenige Stunden zuvor mit Neil gehabt hatte, sah er sie mit besorgtem Blick an.

»Isabel«, sagte er, als sie aufgehört hatte zu reden. »Du weißt genau, was ich dazu sagen werde, oder?«

»Dass ich mich aus Sachen, die mich nichts angehen, raushalten soll.«

»Ja, genau.« Er unterbrach sich. »Aber aus Erfahrung weiß ich, dass du das sowieso nicht machst. Deswegen sollte ich es vielleicht nicht sagen.«

»Gut.«

»Auch wenn ich es denke.«

»Das sei dir erlaubt.«

Hugo verzog das Gesicht. »Und, was sollen wir machen?«

»Deswegen habe ich dich gebeten herzukommen«, sagte Isabel und schenkte ihm nach. »Ich musste mal mit jemandem über die ganze Geschichte reden.«

Sie hatte ununterbrochen erzählt, während sie das Omelett zubereitete. Jetzt war es fertig, und sie ließ es aus der Pfanne auf den Teller gleiten, den sie neben dem Ofen vorgewärmt hatte.

»Pfifferlinge«, sagte sie. »Sie machen das Omelett zu einem Genuss.«

Hugo sah dankbar auf das üppige Gericht und die Salatbeilage auf seinem Teller.

»Immer kochst du für mich«, sagte er. »Ich koche nie für dich. Nie.«

»Du bist ein Mann«, sagte Isabel in nüchternem Ton. »Der Gedanke kommt dir gar nicht in den Sinn.«

Im selben Moment wurde ihr klar, dass es unfreundlich und unangemessen war, was sie da von sich gegeben hatte. Zu Toby hätte sie so etwas sagen können, mit Berechtigung, da man bezweifeln durfte, dass er überhaupt je für einen anderen Menschen kochte. Aber Hugo gegenüber war es nicht richtig.

»Entschuldige«, sagte sie. »Das ist mir so rausgerutscht. Ich habe es nicht so gemeint.«

Hugo hatte Messer und Gabel neben dem Teller abgelegt. Er sah auf das Omelett. Und er hatte angefangen zu weinen.

12

Oh je. Tut mir Leid, Hugo. Das war gemein von mir, so etwas zu sagen. Ich hätte nie gedacht, dass du deswegen ... «

Hugo schüttelte heftig den Kopf. Er weinte nicht richtig laut, aber es waren Tränen zu sehen. »Nein«, sagte er und wischte sich die Augen mit einem Taschentuch. »Daran liegt es nicht. Nicht an dem, was du gesagt hast. Damit hat es gar nichts zu tun.«

Isabel seufzte erleichtert. Dann hatte sie ihn also doch nicht verletzt. Aber was bloß hatte diesen außergewöhnlichen Gefühlsausbruch ausgelöst?

Hugo nahm Messer und Gabel wieder in die Hand und fing an, das Omelett klein zu schneiden, dann legte er das Besteck wieder beiseite.

»Es ist der Salat«, sagte er. »Du hast rohe Zwiebeln reingetan. Meine Augen reagieren empfindlich darauf. Ich darf mich nicht mal in der Nähe von rohen Zwiebeln aufhalten.«

Isabel lachte schallend. »Da bin ich aber erleichtert. Ich dachte schon, es wären echte Tränen, und ich hätte was Schlimmes und Unsensibles gesagt. Ich dachte, es wäre meine Schuld.« Sie nahm den Teller weg, der vor ihm stand, kratzte den Salat herunter und stellte ihm den Teller wieder hin. »Dann also nur das Omelett. Omelett *nature*, sozusagen. Sonst nichts.«

»Perfekt«, sagte er. »Tut mir Leid. Ich glaube, das ist genetisch bedingt. Meine Mutter hatte genau das gleiche Problem und ein Vetter von ihr auch. Wir reagieren allergisch auf rohe Zwiebeln.«

»Im ersten Moment dachte ich, es hätte mit Cat zu tun ...

als du in der Wohnung in der Saxe-Coburg mal Abendessen für uns beide gekocht hast.«

Hugo, der gelacht hatte, wurde nachdenklich. »Ja, daran erinnere ich mich«, sagte er.

Isabel hatte gar nicht vorgehabt, die Rede auf Cat zu bringen, doch jetzt, da der Name gefallen war, wusste sie, wie seine nächste Frage lauten würde. Er stellte sie immer, wenn sie sich trafen.

»Was macht Cat?« fragte er. »Was treibt sie so?«

Isabel nahm sich ein Glas und goss sich Wein ein. Eigentlich hatte sie nach dem Sherry nichts mehr trinken wollen, doch jetzt, in der gemütlichen Küche, mit dem hefeartigen Pilzgeruch, der ihr in die Nase stieg, entschied sie sich um; *Akrasia*, Willensschwäche, wieder einmal. Sie würde sich aufgehoben fühlen, mit Hugo zusammensitzen, mit ihm reden, ein Glas Wein trinken. Sie wusste, dass ihr das gut tun würde.

»Cat« sagte sie, »macht das, was sie immer macht. Sie hat viel zu tun mit ihrem Laden. Sie hat es zu was gebracht.« Ihre Stimme wurde schwächer. Eine banale Antwort. Aber was sollte sie groß sagen? Allein so eine Frage zu stellen – es war das Gleiche, als würde man eine Freundin, die man zufällig trifft, fragen: *Wie geht es dir?* Man erwartet nur eine knappe Antwort, die beruhigende Bestätigung, dass alles gut ist, die später vielleicht durch eine Erklärung über die wirkliche Lage qualifiziert wird, sollte die wirkliche Lage so viel anders sein als die erste Antwort nahe legte. Zuerst Stoizismus, dann die Wahrheit, auf diese Formel konnte man es bringen.

»Und dieser Mann, mit dem sie jetzt zusammen ist?« sagte Hugo ruhig. »Was ist mit dem? Kommt sie mit ihm hier her?«

»Erst gestern«, sagte Isabel. »Ich habe ihn gestern gesehen. Aber nicht hier.«

Hugo nahm sein Glas in die Hand. Er runzelte die Stirn, als ringe er mit den Worten. »Wo denn?«

»In der Stadt«, sagte Isabel hastig. Hoffentlich würde die Befragung damit enden, dachte sie, aber das tat sie nicht.

»War er ... zusammen mit ihr? Mit Cat?«

»Nein«, sagte Isabel. »Er war allein.« Das heißt, dachte sie weiter, eigentlich ist er immer allein.

Hugo sah sie an. »Was machte er denn?«

Isabel lachte. »Du scheinst dich ja sehr für ihn zu interessieren«, sagte sie. »Dabei ist er überhaupt nicht interessant, fürchte ich.« Diese Nebenbemerkung würde ihn hoffentlich beruhigen, auf wessen Seite sie war, und man konnte das Gespräch fortsetzen. Ihre Bemerkung hatte genau die gegenteilige Wirkung. Hugo missverstand sie als Einladung zu weiterer Nachfrage.

»Und was machte er nun?«

»Er ging die Straße entlang. Mehr nicht. Er ging die Straße entlang, in dieser erdbeerroten Cordhose, die er so gerne trägt.« Der zweite Teil ihrer Antwort war nicht notwendig gewesen, es klang sarkastisch, und Isabel bereute es sofort. Jetzt hatte sie heute Abend schon zwei Mal unfreundliche Dinge gesagt. Das erste war die unberechtigte Bemerkung über Männer, die nicht kochen; das zweite die unschöne Bemerkung über Tobys Hose. Es geht schnell, rasend schnell, und nach wenigen Jahren ist man eine ältliche Jungfer mit einer bösen Zunge. Sie musste sich vorsehen. Deswegen fügte sie hinzu: »So schlimm ist sie auch wieder nicht, diese rote Cordhose. Vermutlich gefällt sie Cat. Sie muss ...«

Wieder unterbrach sie sich. Sie hatte sagen wollen, Cat musste rote Cordhosen attraktiv finden, aber das wäre taktlos gewesen. Implizierte es nicht, dass Hugo mit seinen Hosen nicht mithalten konnte? Sie hatte noch nie auf seine Hosen geachtet, hauptsächlich deswegen, weil es sie nicht interessierte, sie interessierte vielmehr sein Gesicht, seine Stimme. Ja, sie interessierte die ganze Person, und genau das war der Unterschied zwischen Toby und Hugo. Toby als ganze Person konnte man nicht mögen – es sei denn, man selbst hatte auch keinen Charakter –, ihn konnte man nur um seines Körpers willen mögen. Ja, dachte sie, nur deswegen. Toby war ein Sexualobjekt in roten Cordhosen, mehr war nicht dran an ihm. Hugo dagegen war ... Hugo war einfach nur schön, mit seinen hohen Wangenknochen, mit seiner Haut, mit seiner Stimme, bei der einem das Herz dahinschmelzen konnte. Sie fragte sich, wie die beiden wohl als Liebhaber waren. Toby war bestimmt der Vitale, während Hugo der Stillere war, sanft, zärtlich, eigentlich wie eine Frau. Vielleicht lag genau darin das Problem, aber dagegen konnte sie realistischerweise wenig ausrichten. Für einen Moment, einen kurzen Moment, erlaubte sie sich den unstatthaften Gedanken: *Ich könnte ihm was beibringen.* Solche Gedanken waren genauso inakzeptabel wie die Phantasievorstellung, dass Menschen von Lawinen erdrückt werden. Lawinen. Das Dröhnen. Das plötzliche erdbeerrote Gestöber. Die Flutwelle aus Schnee, und dann die unnatürliche Stille.

»Hast du mit ihm gesprochen?« fragte Hugo.

Isabel schüttelte den Gedanken ab. »Mit wem?«

»Mit ... Toby.« Offenbar kostete es ihn Mühe, sich dazu durchzuringen, seinen Namen auszusprechen.

Isabel schüttelte den Kopf. »Nein«, sagte sie. »Ich habe ihn nur gesehen.« Natürlich war das nur die halbe Wahrheit. Lügen und nur die halbe Wahrheit sagen, das war ein Unterschied, wenn auch nur ein geringfügiger. Sie selbst hatte mal, als Antwort auf Sissela Boks philosophische Monografie *Lügen,* einen kurzen Artikel darüber geschrieben. Sie hatte sich für eine weiter gefasste Interpretation stark gemacht, die einem die Pflicht auferlegte, Fragen wahrheitsgemäß zu beantworten, und nicht, Fakten zu verheimlichen, die ein anderes Licht auf eine Sache werfen konnten, doch nach reiflicher Überlegung hatte sie ihre Position revidiert. Zwar war sie noch immer der Meinung, man müsse Fragen ehrlich beantworten, doch erhob sich diese Pflicht nur da, wo es, auf einer vernünftigen Erwartung beruhend, eine Pflicht gab, die Wahrheit voll und ganz aufzudecken. Keineswegs war es Pflicht, auf eine beiläufig gestellte Frage von jemandem, der kein Recht auf die Information hatte, alles zu offenbaren.

»Du wirst ja rot«, sagte Hugo. »Du hast mir nicht alles gesagt.«

Na gut, dachte Isabel, damit wäre der Punkt also klar. Das ganze Gebäude der philosophischen Debatte über die feinen Nuancen der Wahrheitstreue wird letztlich durch einen simplen biologischen Prozess untergraben. *Wer schwindelt, wird rot im Gesicht.* Es hörte sich um vieles würdeloser an als auf den Seiten von Sissela Boks Buch, aber es stimmte. Alle großen Themen ließen sich reduzieren auf die schlichten Tatsachen des Alltagslebens und die abgedroschenen Metaphern, die Grundsätze, nach denen sich Menschen richten. Das internationale Wirtschaftssystem und was ihm zugrunde liegt: *Wer zuerst kommt, mahlt zuerst. Den Letzten beißen die Hunde.* Die Unsicherheit des Lebens: *Ein Mucks, und der böse Wolf kommt dich holen* (ein Spruch, an den sie als Kind so fest geglaubt hatte, dass sie aus Angst vor dem Wolf keinen Ton von sich gab, wenn sie mit ihrem Kindermädchen Fersie McPherson die Morningside Road entlangging).

»Wenn ich rot werde«, sagte sie, »dann deswegen, weil ich dir nicht die ganze Wahrheit sage. Dafür entschuldige ich mich. Ich habe dir deswegen nicht gesagt, was ich gemacht habe, weil es mir peinlich ist, und weil …« Sie zögerte. Es gab noch einen anderen Grund, warum sie ihm nicht erzählt hatte, was vorgefallen war, doch jetzt, da sie den Weg der Enthüllung einmal beschritten hatte, musste sie ihn auch zu Ende gehen und Hugo alles sagen. Er würde es merken, wenn sie es nicht täte, und sie wollte nicht, dass er dachte, sie würde ihm nicht vertrauen. Vertraute sie ihm? Ja. Natürlich vertraute sie ihm. Ein junger Mann wie er, mit seiner Bürstenschnittfrisur und seiner Stimme, so einer konnte nur vertrauenswürdig sein. Den Hugos der Welt konnte man vertrauen, den Tobys nicht.

Hugo schaute sie an, als sie jetzt weiterredete. »Aus dem einfachen Grund, weil du etwas Bestimmtes nicht wissen solltest. Nicht, weil ich dir nicht vertraue. Ich vertraue dir. Sondern weil ich glaube, dass es nichts mit uns zu tun hat. Ich habe etwas gesehen, das wir beide nicht ändern können. Deswegen habe ich gedacht, dass es keinen Grund gäbe, es dir zu sagen.«

»Was denn nur?« fragte er. »Jetzt musst du es mir sagen. So kannst du das nicht stehen lassen.«

Isabel nickte. Hugo hatte Recht. So konnte sie die Sache nicht stehen lassen. »Als ich Toby in der Stadt sah«, begann sie, »ging er gerade die Dundas Street entlang. Ich war im Bus und sah ihn vom Fenster aus. Ich beschloss, ihm nachzugehen – bitte, frag mich nicht, warum, weil ich nämlich nicht weiß, ob ich dafür eine angemessene Erklärung habe. Manchmal tut man einfach Dinge – lächerliche Dinge –, die man nicht erklären kann. Gut, ich beschloss also, ihm nachzugehen.

Er ging die Northumberland Street entlang. Er trug einen Einkaufsbeutel in der Hand, schlenkerte damit herum. So. Unbekümmert. Als wir zur Nelson Street kamen, überquerte er die Straße und klingelte an einer Wohnung im Erdgeschoss. Die Tür öffnete sich. Ich beobachtete ihn. Ein Mädchen machte ihm auf. Er umarmte sie, ziemlich leidenschaftlich, wie ich fand. Dann ging die Tür zu, und das war's.«

Hugo sah sie an. Einen Moment lang sagte er nichts, dann, ganz langsam, hob er sein Glas und trank einen Schluck Wein. Isabel fielen die zarten Hände auf, und, nur einen Augenblick, das sich im Weinglas spiegelnde Licht.

»Seine Schwester«, sagte er ruhig. »Seine Schwester wohnt in der Nelson Street. Ich habe sie sogar mal kennen gelernt. Sie ist die Freundin von einem Freund.«

Isabel saß regungslos da. Damit hatte sie nicht gerechnet. »Oh«, sagte sie. Und noch einmal: »Oh.«

13

Ja«, sagte Hugo. »Toby hat eine Schwester, die in der Nelson Street wohnt. Sie arbeitet bei derselben Immobiliengesellschaft wie mein Freund. Die beiden sind als Schätzer tätige Sachverständige, Taxatoren.« Er lachte. »Und du hast gedacht, deine Schnüffelei hätte zu Tage gefördert, dass Toby untreu ist. Ha! Schön wär's, Isabel, aber leider trifft das nicht zu. Das kommt davon, wenn man Leute verfolgt.«

Isabel hatte sich wieder so weit im Griff, dass sie über sich selbst lachen konnte. »Ich habe mich sogar hinter einem Kleinbus versteckt«, sagte sie. »Du hättest mich sehen sollen.«

Hugo lachte. »Muss spannend gewesen sein. Schade um das Ergebnis, aber so sieht's aus.«

»Na ja«, sagte Isabel. »Wenigstens hatte ich meinen Spaß. Das hat man davon, wenn man so gemein und misstrauisch ist wie ich.«

»Das stimmt doch gar nicht«, sagte Hugo. »Du bist nicht misstrauisch. Du bist absolut offen und ehrlich.«

»Das ist sehr nett von dir«, sagte Isabel. »Aber ich habe eine Unmenge Schwächen. So wie jeder andere Mensch auch. Eine Unmenge.«

Hugo hob wieder sein Glas. »Sie ist sogar ziemlich nett, die Schwester«, sagte er. »Ich habe sie mal auf einer Party kennen gelernt, die Roderick – das ist der Freund von dem Schätzer – vor ein paar Monaten gegeben hat. Ganz andere Leute als die, mit denen ich sonst zu tun habe, aber es war sehr lustig. Und ich fand sie ziemlich nett. Sehr attraktiv. Sehr groß, blond. Typ Fotomodell.«

Isabel erwiderte nichts. Sie schloss die Augen und stellte sich im Geist noch einmal für einen Moment an die Ecke der Nelson Street, halb verdeckt von dem Kleinbus, sah Toby vor dem Haus, die Tür, die sich öffnet. Jetzt hatte sie die Szene deutlich vor Augen; sie hatte sich schon immer sehr gut an bildliche Details erinnern können. Die Tür ging auf, und das Mädchen erschien. Sie war nicht groß, denn Toby musste sich zu ihr hinunterbücken, um sie zu umarmen, und sie hatte auch keine blonden Haare. Ihre Haare waren dunkel, ganz eindeutig. Schwarz oder braun. Jedenfalls nicht blond.

Sie schlug die Augen auf. »Es war nicht seine Schwester«, sagte sie. »Es war jemand anderes.«

Hugo schwieg. Isabel stellte sich den Konflikt vor, der in ihm tobte: Missfallen, vielleicht sogar Wut über die Tatsache, dass Cat hintergangen wurde, und Genugtuung über die Möglichkeit, dass Toby entlarvt werden konnte. Sicher dachte er auch daran, kam ihr in den Sinn, dass er Tobys Platz einnehmen könnte, woran sie selbst ja auch schon mal gedacht hatte. Allerdings wusste sie, dass es so einfach nicht werden würde. Hugo wusste das wahrscheinlich nicht. Er wäre optimistisch.

Isabel beschloss, die Initiative zu ergreifen. »Du darfst ihr das nicht sagen«, meinte sie. »Wenn du hingehst und es ihr sagst, wäre sie nur sauer auf dich. Und wenn sie dir glaubt – was durchaus nicht sein muss –, würde sie den Überbringer der schlechten Nachricht womöglich am liebsten erschießen. Du würdest es garantiert bereuen.«

»Aber sie sollte es unbedingt wissen«, entgegnete Hugo. »Es ist doch … ungeheuerlich, dass er mit einer anderen rummacht. Man sollte es ihr sagen. Das sind wir ihr schuldig.«

»Es gibt Dinge, die muss man selbst herausfinden«, sagte Isabel. »Manche Fehler muss man selbst begehen.«

»Das kann ich nicht akzeptieren«, widersprach Hugo. »Der Fall ist eindeutig. Toby ist ein Schwein. Wir wissen das, aber sie weiß es nicht. Wir müssen es ihr sagen.«

»Sieh doch: Wenn wir das machen, ist sie nur wütend auf uns. Sogar wenn sie auf eigene Faust losziehen und herausfinden würde, dass wir Recht haben, wäre sie immer noch wütend auf uns, dafür, dass wir es ihr gesagt haben. Ich will nicht, dass sie dich … dass sie dich abschreibt. Und wenn du es ihr sagst, wird sie das tun.«

Hugo dachte nach über das, was Isabel gesagt hatte. Sie wollte also, dass er zu Cat zurückkehrte. Deutlich ausgesprochen hatte sie es nie, aber jetzt war es klar, und es war das, was er sich erhofft hatte.

»Vielen Dank«, sagte er. »Ich verstehe, was du meinst.« Er zögerte. »Aber warum hintergeht er sie? Wenn er die andere Frau mag – wahrscheinlich die Mitbewohnerin seiner Schwester –, warum geht er dann nicht gleich ganz zu ihr? Wozu braucht er Cat dann noch?«

»Begreifst du nicht?« sagte Isabel.

»Nein. Vielleicht bin ich blind.«

»Cat ist wohlhabend«, sagte Isabel. »Cat besitzt ein Geschäft, und noch etwas darüber hinaus – nicht mal wenig, wie du vielleicht weißt oder auch nicht. Wenn man sich für Geld interessiert, und Toby ist so einer, glaube ich, dann nimmt man mit, was sich bietet.«

Hugo war ehrlich überrascht. »Er soll hinter ihrem Geld her sein?«

Isabel nickte. »Ich kenne einige solcher Fälle. Ich kenne Leute, die haben wegen des Geldes geheiratet und meinten dann, sie könnten machen, was sie wollten. Sie haben die Sicherheit des Geldes, und hinterm Rücken ihres Mannes oder ihrer Frau machen sie weiter wie vorher. So ungewöhnlich ist das nicht. Denk an die vielen jungen Frauen, die reiche alte Männer heiraten. Glaubst du vielleicht, die leben wie Nonnen?«

»Wahrscheinlich nicht«, sagte Toby.

»Siehst du. Natürlich ist das nur eine von vielen möglichen Erklärungen. Es kann auch sein, dass er einfach nichts anbrennen lassen will. Gut möglich, dass er Cat wirklich mag, aber dass er auch andere Frauen mag. Das ist durchaus möglich.«

Isabel füllte Hugos Glas nach. Sie leerten die Flasche ziemlich schnell, aber es war ein gefühlvoller Abend, und der Wein half dabei. Im Kühlschrank stand noch eine zweite Flasche, die konnten sie später köpfen, falls nötig. Solange ich nur nicht die Beherrschung verliere, dachte Isabel. Solange ich nur einen klaren Kopf behalte und Hugo nicht gestehe, dass ich selbst fast verliebt in ihn bin, wenn ich ehrlich sein sollte, und dass ich nichts lieber täte, als mit der Hand über seinen Igelschnitt zu fahren, seine Stirn zu küssen und ihn an mich zu drücken. Freuden, wie ich sie mir nur in der Phantasie ausmalen kann und die jetzt unerreichbar sind; denn jetzt ist es zu spät für mich, ich habe meine Chance verpasst, und ich kann den Rest meines Leben darüber nachdenken, was mir entgangen ist und was ich hätte haben können.

Am nächsten Morgen spekulierte Grace, die immer früh kam: zwei Gläser, eine leere Flasche. Sie ging zum Kühlschrank, entdeckte die zweite, entkorkte, halb leere Flasche und rechnete hinzu: anderthalb. Sie klappte die Spülmaschine auf und fand den Omelettteller, das Messer und die Gabel. Es hat nichts zu bedeuten, natürlich nicht, aber ich bin froh, dass sie diesen jungen Mann da hat. Sie mochte ihn, und sie kannte die Geschichte mit Cat. Und sie hatte einen Verdacht, was Isabel vorhatte: Sie plante, die beiden wieder zusammenzubringen. Das konnte sie getrost vergessen. Auf diese Weise näherten sich Menschen nicht wieder an. Hatte man erst mal vom anderen abgelassen, dann blieb es meistens auch dabei. Das war jedenfalls Grace' Erfahrung. Selten hatte sie jemanden rehabilitiert, nachdem sie einmal die Entscheidung getroffen hatte, ihn abzuschreiben.

Sie kochte Kaffee. Isabel würde bald nach unten in die Küche kommen, und sie hatte es gern, wenn der Kaffee dann bereitstand. Der *Scotsman* war gekommen, und Grace hatte die Zeitung von der Diele hereingebracht, wo sie auf den

Mosaikboden unter dem Briefkasten gelegen hatte. Jetzt war sie auf dem Tisch, die Titelseite oben, und Grace warf einen Blick darauf, während sie Kaffeepulver in die Kaffeemaschine löffelte. Ein Politiker aus Glasgow, des Betrugs verdächtigt, wurde zum Rücktritt aufgefordert. (Kein Wunder, dachte Grace, kein Wunder.) Darunter ein Foto von der Person, die Isabel ablehnte, dem Lackaffen, wie sie ihn nannte. Er hatte die Princess Street überquert, von The Mound kommend, und war auf der Straße zusammengebrochen und mit Blaulicht ins Krankenhaus gebracht worden. Grace las weiter: Zunächst vermutete man einen Herzinfarkt, doch nein – und das war nun wirklich erstaunlich –, man entdeckte eine klaffende Wunde an der Seite, die zum Glück umgehend behandelt und von einem erfahrenen Chirurgen genäht worden war. Der Mann hatte sich wieder voll und ganz erholt, und dann wurde die Diagnose genannt: *Er war vor Wichtigtuerei geplatzt.*

Grace legte den Kaffeelöffel weg. Nein. Das war unmöglich. Sie nahm die Zeitung zur Hand, um genauer zu lesen, und da sah sie das Datum. Erster April. Sie lachte. Kleiner Scherz vom *Scotsman* – wie lustig, aber auch wie passend.

14

Obwohl er bereits drei Gläser getrunken hatte und Isabel am Ende ihres zweiten Glases angelangt war, hatte Hugo zunächst Zweifel, was Isabels Vorschlag anging, doch dann hatte sie ihn überzeugt, hatte ihn beschwatzt, ihn überredet, dass sie es wenigstens versuchen sollten.

Was? Sich an Paul Hogg zu wenden, als ersten Schritt, um herauszufinden, was Mark Fraser entdeckt hatte und wen es betraf. Am Küchentisch, das Pfifferlingomelett verzehrt, hatte Hugo aufmerksam zugehört, während sie ihm von ihrem Gespräch mit Neil erzählte und dass sie nicht einfach ignorieren könne, was er ihr eröffnet habe. Sie wolle die Sache weiter verfolgen, aber sie wolle es nicht allein tun. Zu zweit, sagte sie, sei es sicherer, wiewohl sie sich über die Art der Gefahr nicht weiter ausließ.

Schließlich war Hugo einverstanden gewesen. »Wenn du darauf bestehst«, sagte er. »Wenn du wirklich darauf bestehst, dann bin ich bereit mitzugehen. Aber nur, weil ich nicht will, dass du auf eigene Faust losziehst. Nicht, weil ich es für eine gute Idee halte.«

Als Isabel ihren Gast abends zur Tür brachte, waren sie so verblieben, dass sie ihn irgendwann in den nächsten Tagen anrufen würde, um zu besprechen, wie sie bei Paul Hogg weiter vorgehen sollten. Immerhin waren sie miteinander bekannt, was es ihr erleichtern würde, ihn ausfindig zu machen. Wie genau das geschehen sollte, unter welchem Vorwand, das sollte noch ausgetüftelt werden.

Kaum hatte Hugo das Haus verlassen, kam Isabel ein Gedanke. Beinahe wäre sie hinter Hugo hergerannt, um ihn auszusprechen, aber sie ließ davon ab. Es war noch nicht ganz so spät, und einige Nachbarn gingen zu dieser Stunde mit ihrem Hund spazieren. Sie wollte nicht, dass man sie hinter jungen Männern herlaufen sah, jedenfalls nicht auf der Straße (auch wenn es ihr im übertragenen Sinn nicht weniger peinlich gewesen wäre). Es war eine Situation, in der niemand gerne gesehen wird – so wie Dorothy Parker einst verkündet hatte, dass sie bei dem Versuch, heimlich durch jemandes Fenster

zu klettern, nicht erwischt werden mochte – eingeklemmt
an den Hüften. Bei dem Gedanken musste sie lachen. Was
war daran witzig? Es war gar nicht so einfach zu erklären.
Vielleicht war es die Tatsache, dass jemand, der sonst niemals
durch ein Fenster klettern würde, trotzdem die *Möglichkeit* an-
deutete, dass er durch ein Fenster klettern *könnte*. Aber warum
sollte man darüber lachen? Vielleicht gab es gar keine Erklärung, so wie es keinen logischen Grund gegeben hatte für das
unbändige Gelächter, ausgelöst durch eine Bemerkung während eines Vortrags, den sie mal gehört hatte, von Domenica
Legge, einer Expertin auf dem Gebiet der anglonormanni-
schen Geschichte. Professor Legge hatte gesagt: »Man darf
nicht vergessen, dass die Edelleute der damaligen Zeit ihre
Nase nicht so putzten, wie wir unsere Nase heute putzen: *Sie
hatten keine Taschentücher.*« Das war mit schallendem Gelächter quittiert worden, und noch immer fand es Isabel ziemlich
witzig. Aber eigentlich hatte es überhaupt nichts Witziges an
sich. Kein Zweifel, es war ein ernstes Problem – keine Taschentücher! Trivial, sicher, aber dennoch ernst. (Was machten die Edelleute stattdessen? Die Antwort lautete: Sie benutzten Stroh. Scheußlich. Das musste doch kratzen. Und
wenn die Edelleute schon darauf angewiesen waren, Stroh zu
benutzen, was benutzten dann die niederen Stände? Die Antwort in diesem Fall war eindeutig: Sie schnäuzten sich in die
Finger – so wie viele Menschen das heute noch tun. Sie hatte
es selbst ein-, zweimal gesehen, allerdings nicht in Edinburgh.)
   Isabel dachte nicht an Taschentücher, auch nicht an feh-
lende Taschentücher, Isabel dachte an Elizabeth Blackadder.
Paul Hogg hatte das Bild von Blackadder gekauft, das sie selbst
gerne gehabt hätte. Die Ausstellung, auf der er es erworben

hatte, dauerte nicht lang, und denen, die Bilder gekauft hatten, hatte man sicher längst gestattet, sie an sich zu nehmen. Mit anderen Worten, jeder Kunstliebhaber, der sich das Bild noch einmal ansehen wollte, konnte das nur in Paul Hoggs Wohnung in der Great King Street machen. Sie konnte doch eine von diesen Kunstliebhabern sein. Sie konnte Paul Hogg anrufen und fragen, ob sie sich das Bild noch einmal ansehen dürfe, da sie vorhabe, Elizabeth Blackadder, die ihr Atelier noch immer im Grange hatte, zu bitten, ein ähnliches Bild für sie zu malen. Es wäre ein völlig berechtigter Wunsch. Eine bloße Kopie eines bestehenden Werks herzustellen, dazu wäre ein Künstler vielleicht nicht bereit, aber etwas Ähnliches zu schaffen, dazu schon eher.

Eine Lüge, dachte sie, aber eine Lüge nur in dieser Phase des Plans – aus Lügen konnten Wahrheiten werden. Tatsächlich hatte sie vor, ein Bild von Blackadder zu kaufen, und es gab keinen Grund, warum sie nicht eins in Auftrag geben sollte. Ja, genau, das war's: Sie würde eins in Auftrag geben, denn das bedeutete, dass sie Paul Hogg aus diesem Grund mit einem völlig reinen Gewissen aufsuchen konnte. Nicht einmal Sissela Bok, Autorin von *Lügen,* konnte etwas dagegen haben. Nachdem sie das Bild von Elizabeth Blackadder, stolz präsentiert an seiner Wand, betrachtet hätte, würde sie vorsichtig andeuten, Mark Fraser könnte im Zuge seiner Arbeit bei McDowell's etwas *Unschickliches* herausgefunden haben. Ob er, Paul Hogg, eine Ahnung hätte, was das wohl sein könnte. Wenn nicht, würde sie deutlicher werden und ihm sagen: Sollte er dem jungen Mann zugetan gewesen sein – und nach seiner Reaktion auf das, was sie ihm in der Vincent Bar gesagt hatte, zu urteilen, hatte er Mark eindeutig gern gemocht –, dann wäre er vielleicht auch bereit, Nachforschungen anzustellen, die, je nachdem, den quälenden Verdacht, auf den alles Bisherige hinausliefe, bestätigen oder entkräften würden. Man müsste Fingerspitzengefühl beweisen, aber es wäre möglich. Vielleicht willigte er ein. Und die ganze Zeit über, als Mutmacher, säße Hugo neben ihr auf Pauls schickem Sofa. *Wir* meinen, könnte sie sagen, *wir* fragen uns. Es würde sich sehr viel vernünftiger anhören, als alles in der ersten Person Singular zu erzählen.

Am nächsten Morgen, zum frühest möglichen zumutbaren Zeitpunkt – neun Uhr, ihrer Ansicht nach –, rief sie Hugo an. Isabel hielt sich an bestimmte Anstandsregeln am Telefon: Ein Anruf vor acht Uhr Morgens war ein Notfall, zwischen acht und neun eine Belästigung, danach durften Anrufe bis abends um zehn getätigt werden, obwohl alle Anrufe nach halb zehn einer Entschuldigung für die Störung bedurften. Nach zehn waren Anrufe wieder nur im Notfall erlaubt. Nahm man einen Anruf entgegen, sollte man, wenn eben möglich, seinen Namen nennen, doch erst, nachdem man einen Guten Morgen, Guten Tag oder Guten Abend gewünscht hatte. Keine dieser Konventionen, musste sie eingestehen, wurde weitgehend befolgt, nicht einmal von Hugo, der ihren Anruf an diesem Morgen mit einem schroffen »Ja« entgegennahm.

»Das hört sich ja nicht gerade einladend an«, sagte Isabel missbilligend. »Außerdem: Woher soll ich wissen, wer du bist? Ein Ja reicht nicht. Hättest du auch Nein gesagt, wenn du zu beschäftigt gewesen wärest, den Anruf entgegenzunehmen?«

»Isabel?« sagte er.

»Wenn du dich vorgestellt hättest, hätte ich dir nicht zu erklären brauchen, wer ich bin. Deine letzte Frage wäre müßig gewesen.«

Hugo lachte. »Wie lange soll das noch so gehen?« fragte er.

»Ich muss um zehn Uhr meinen Zug nach Glasgow kriegen. Wir proben für *Parsifal.*«

»Du Armer«, sagte Isabel. »Ihr armen Sänger. Ein wahrer Ausdauertest.«

»Ja«, stimmte Hugo ihr zu. »Bei Wagner kriege ich immer Kopfschmerzen. Aber ich muss jetzt wirklich los.«

Rasch setzte sie ihm ihren Plan auseinander und wartete seine Reaktion ab.

»Wenn du darauf bestehst«, sagte Hugo. »Dein Vorschlag hört sich plausibel an. Ich komme mit. Aber nur, wenn du darauf bestehst.«

Er hätte sich etwas entgegenkommender zeigen können, dachte Isabel, als sie aufgelegt hatte, aber wenigstens war er einverstanden. Jetzt galt es, Paul Hogg bei McDowell's anzurufen und ihn zu fragen, ob und wann ihm ein Besuch recht wäre. Sie war zuversichtlich, dass er auf ihren Wunsch eingehen würde. Sie hatten sich ganz gut verstanden, und abgesehen von dem Moment, als sie unbeabsichtigt eine schmerzliche Erinnerung in ihm ausgelöst hatte, war der Abend, den sie zusammen verbracht hatten, ein voller Erfolg gewesen. Schließlich war er es gewesen, der vorgeschlagen hatte, dass sie mal seine Verlobte kennen lernte, deren Name ihr entfallen war, die aber vorerst einfach nur als *die Verlobte* bezeichnet werden konnte.

Um Viertel vor elf rief sie Paul an. Zu diesem Zeitpunkt, rechnete sie sich aus, war die Chance, dass jemand, der in einem Büro arbeitete, gerade seinen morgendlichen Kaffee trank, am größten, und tatsächlich, so war es auch.

»Ja. Ich sitze gerade an meinem Schreibtisch mit der *Financial Times* vor mir. Eigentlich müsste ich sie lesen, stattdessen trinke ich Kaffee und gucke aus dem Fenster.«

»Bestimmt treffen Sie gleich schwerwiegende Entscheidungen«, sagte sie. »Und eine wird sein, ob Sie mir noch mal einen Blick auf Ihr Bild von Elizabeth Blackadder gestatten werden. Ich wollte die Künstlerin bitten, eins für mich zu malen, und da dachte ich, es wäre ganz hilfreich, sich Ihr Bild noch mal anzusehen.«

»Selbstverständlich«, sagte er. »Es ist für jedermann sichtbar. Es hängt nämlich immer in der Ausstellung. Sie dauert noch eine Woche.«

Im ersten Moment war Isabel überrascht. Sie hätte vorher in der Galerie anrufen und sich erkundigen sollen, ob die Ausstellung noch lief oder nicht, und wenn ja, hätte sie so lange gewartet, bis er sein Bild abgeholt hätte.

»Aber es wäre trotzdem nett, sich mal wiederzusehen«, half Paul Hogg ihr aus der Verlegenheit. »Ich besitze noch ein anderes Bild von Blackadder, das Sie sich vielleicht gern anschauen möchten.«

Sie machten einen Termin aus. Isabel würde morgen Abend kommen, um sechs, auf ein Glas. Ob er etwas dagegen hätte, wenn sie noch jemanden mitbrächte, einen jungen Mann, der sich für Kunst interessiere und den sie ihm gerne vorstellen möchte? Aber nein, überhaupt nicht, bringen Sie ihn mit, das wäre doch nett.

Es war so leicht, dachte Isabel. Alles war so leicht, wenn man mit Menschen umging, die gute Manieren hatten, so wie Paul Hogg. Sie wussten, wie man Liebenswürdigkeiten austauschte, die Liebenswürdigkeiten, die das Leben so angenehm machten, und um nichts anderes ging es bei Manieren. Sie sollten bezwecken, Reibung zwischen Menschen zu vermeiden, und das geschah, indem sie die Konturen einer menschlichen Begegnung regelten. Wenn beide Partner wussten, wie sich der andere verhalten sollte, dann waren Konflikte unwahrscheinlich. Es funktionierte auf allen Ebenen, von der kleinsten Transaktion zwischen zwei Menschen bis hin zu Verhandlungen zwischen Staaten. Was war das internationale Recht anderes als ein System von Umgangsformen im Großen?

Hugo hatte gute Manieren. Paul Hogg hatte gute Manieren. Ihr Automechaniker, Besitzer einer kleinen Hinterhofwerkstatt, zu dem sie ihren selten benutzten Wagen zur Inspektion brachte, hatte ausgesucht gute Manieren. Toby dagegen hatte schlechte Manieren; nicht oberflächlich, worauf es, wie er fälschlicherweise annahm, ankam, sondern innerlich, in seiner Haltung zu anderen Menschen. Gute Manieren hingen von der Zuwendung seiner moralischen Aufmerksamkeit für andere ab; sie war nötig, um seinen Mitmenschen mit voller moralischer Ernsthaftigkeit zu begegnen, um ihre Gefühle und Bedürfnisse zu verstehen. Manche Menschen, die Selbstsüchtigen, verspürten dazu keinerlei Neigung, was sich immer offenbarte. Sie waren ungeduldig mit denen, die in ihren Augen nicht zählten: die Alten, die Menschen, die sich nicht artikulieren konnten, die Benachteiligten. Eine Person mit guten Manieren dagegen hätte immer ein Ohr für solche Menschen und würde sie mit Respekt behandeln.

Wie kurzsichtig waren wir gewesen, denen zu glauben, die Manieren für eine bürgerliche Affektiertheit hielten, für etwas Irrelevantes, das nicht mehr hochgehalten zu werden brauchte. Die Folge war eine moralische Katastrophe, denn Manieren bildeten die Eckpfeiler einer zivilisierten Gesellschaft. Sie waren die beste Methode, die Botschaft moralischer Rücksichtnahme zu übermitteln. In dieser Hinsicht war einer ganzen Generation ein zentrales Stück des moralischen Puzzles abhanden gekommen, und das Ergebnis sahen wir jetzt: eine Gesellschaft, in der niemand dem anderen half; eine Gesellschaft, in der aggressive Sprache und Kaltschnäuzigkeit die Norm waren.

Sie rief sich zur Ordnung. Der Gedankengang hatte zwar seine Richtigkeit, dennoch kam sie sich alt dabei vor, so alt wie Cato, als er ausrief: *O tempora! O mores!* Allein diese Tatsache demonstrierte die subtile, ätzende Stärke des Relativismus. Den Relativisten war es gelungen, sich dermaßen in uns einzunisten, dass wir ihre moralischen Haltungen verinnerlicht haben, und Isabel Dalhousie – bei all ihrem Interesse an Moralphilosophie und ihrer Abneigung gegen die relativistische Position – schämte sich regelrecht, solche Gedanken zu haben.

Sie musste aufhören, über moralische Phantasie zu grübeln, dachte sie, und sich auf wichtigere, anstehende Dinge konzentrieren, zum Beispiel in der Post nachgucken, ob die *Zeitschrift für angewandte Ethik* da war, und herausfinden, warum der arme Mark Fraser aus dem Olymp in den Tod gestürzt war. Gleichzeitig war ihr klar, dass sie diese weiter gespannten Themen niemals aufgeben würde, es war ihr Schicksal. Warum sein Schicksal nicht annehmen? Sie funkte auf einer anderen Wellenlänge als die meisten Menschen, und die Senderwahl war kaputt.

Sie rief Hugo an, vergaß dabei, dass er längst in seinem Zug nach Glasgow saß und in diesem Moment höchstwahrscheinlich gerade in Queen Street Station einfuhr. Sie wartete das Ende seiner Ansage auf dem Anrufbeantworter ab und hinterließ dann folgende Nachricht:

Hugo, stell dir vor, gerade habe ich Paul Hogg angerufen. Er würde uns beide gerne morgen Abend um sechs Uhr treffen. Ich hole dich eine halbe Stunde vorher in der Vincent Bar ab. Und noch etwas, Hugo. Vielen Dank für alles. Du bist mir eine große Hilfe. Vielen herzlichen Dank.

15

Sie war etwas ängstlich, als sie in dem Pub auf Hugo wartete. Es war ein von Männern dominierter Ort, jedenfalls zu dieser Tageszeit, und sie fühlte sich nicht wohl in ihrer Haut. Selbstverständlich konnten Frauen allein einen Pub aufsuchen, dennoch kam sie sich fehl am Platz vor. Der Barkeeper, der ihr ein Glas Bitter Lemon mit Eis servierte, lachte ihr freundlich zu und machte eine Bemerkung über den schönen Abend. Die Zeit war gerade umgestellt worden, und die Sonne ging jetzt erst nach sieben Uhr unter.

Isabel stimmte ihm zu, aber es fiel ihr keine passende Erwiderung ein, deswegen sagte sie nur: »Es wird wohl Frühling.«

»Muss wohl«, sagte der Kellner. »Aber man kann nie wissen.«

Isabel war an ihren Tisch zurückgekehrt. *Man kann nie wissen.* Natürlich konnte man nie wissen. Alles Mögliche konnte passieren im Leben. Sie brauchte sich nur an die eigene Nase zu fassen: Sie, die Herausgeberin der *Zeitschrift für angewandte Ethik*, begab sich auf die Suche nach…nach einem Mörder, darauf lief es hinaus. Und bei dieser Aufgabe sollte ihr, wenn auch ein wenig widerwillig, ein schöner junger Mann zur Seite stehen, in den sie ein wenig verliebt war, der seinerseits jedoch in ihre Nichte verliebt war, die wiederum in jemand anderen verknallt war, der nebenher eine Affäre mit der Mitbewohnerin seiner Schwester hatte. Nein, nein, man konnte wirklich nie wissen, der Barkeeper wusste es nicht, und wenn sie es ihm gesagt hätte, er hätte ihr kaum geglaubt.

Hugo kam zehn Minuten zu spät. Er habe geübt, entschuldigte er sich, und erst um kurz vor halb sechs auf die Uhr geguckt.

»Aber jetzt bist du da«, sagte Isabel. »Das ist das Wichtigste.« Sie sah auf ihre Armbanduhr. »Wir haben noch zwanzig Minuten Zeit. Ich sage dir einfach mal, wie ich mir den Ablauf gedacht habe.«

Hugo hörte zu, warf ihr gelegentlich einen Blick über den Rand seines Bierglases zu. Er stand dem ganzen Projekt skeptisch gegenüber, aber er musste ihr zugestehen, dass sie gut vorbreitet war. Behutsam würde sie auf das Thema zu sprechen kommen, Hoggs Empfindlichkeiten in dieser Angelegenheit stets im Hinterkopf. Sie würde erklären, dass sie nicht die Absicht habe, sich einzumischen und McDowell's in irgendeine Verlegenheit zu bringen, daran sei sie absolut nicht interessiert. Aber sie seien es Mark schuldig und Neil, der sie überhaupt darauf gestoßen habe, die Sache ein bisschen weiter zu verfolgen. Was sie persönlich anginge, so sei sie davon überzeugt, dass da nichts dran sei, aber wenn sie weiter nachgeforscht hätten, könnten sie die Sache wenigstens ruhigen Gewissens ad acta legen.

»Gutes Drehbuch«, bemerkte Hugo, nachdem sie zum Ende gekommen war. »Deckt alles Wesentliche ab.«

»Ich kann nicht erkennen, dass er sich durch irgendetwas persönlich getroffen fühlen könnte«, sagte Isabel.

»Nein, ich auch nicht«, sagte Hugo. »Es sei denn, er selbst war es.«

»Was soll er sein?«

»Es sei denn, er selbst hat es getan. Er selbst hat die Insider-geschäfte abgewickelt.«

Isabel sah ihren Begleiter ungläubig an. »Wie kommst du denn darauf?«

»Na ja, warum nicht? Er ist derjenige, mit dem Mark am engsten zusammengearbeitet hat. Er war der Chef der Abtei-lung oder wie das bei denen heißt. Wenn Mark etwas gewusst hat, dann über einen Vorgang, an dem Paul Hogg gearbeitet hat.«

Isabel ließ sich das durch den Kopf gehen. Es war durch-aus möglich, überlegte sie, aber es war unwahrscheinlich. An der Echtheit seiner Gefühle, die er bei ihrer ersten Begeg-nung, als Marks Name fiel, gezeigt hatte, konnte kein Zwei-fel bestehen. Er war erschüttert über das, was passiert war, das war deutlich geworden. Wenn das der Fall war, dann konnte Paul unmöglich derjenige sein, der Vorkehrungen getroffen hatte, Mark aus dem Weg zu räumen, was wiederum bedeu-tete, dass er nicht derjenige war, der eine Bloßstellung be-fürchten musste.

»Verstehst du, was ich meine?« fragte sie Hugo.

Hugo verstand, aber er fand, es wäre klug, in alle Richtun-gen aufgeschlossen zu bleiben.

»Vielleicht irren wir uns ja«, sagte er. »Mörder empfinden auch Schuld. Manchmal trauern sie sogar um ihre Opfer. Paul Hogg könnte so gestrickt sein.«

»Sicher nicht«, sagte Isabel. »Du kennst ihn nicht. Er ist nicht so einer. Wir suchen nach jemand anderem.«

Hugo zuckte mit den Achseln. »Kann sein. Kann auch nicht sein. Wenigstens solltest du aufgeschlossen bleiben.«

Paul Hogg wohnte im ersten Stock eines Stadthauses im georgianischen Stil in der Northumberland Street. Es war eine der hübschesten Straßen in New Town, und auf dieser Seite, der Südseite, hatte man, wenigstens von den oberen Stockwerken aus, einen Blick auf Firth of Forth, einen blauen Streifen Meeres, gleich hinter Leith, und jenseits davon auf die Hügel von Fife. Der erste Stock war noch aus anderen Gründen empfehlenswert, auch wenn der Blick nur auf die gegenüberliegende Straßenseite ging. Diese Wohnungen hießen Salonwohnungen, da sich in ihnen der Hauptsalon der alten Häuser befand, als sie noch in Gänze von einer Partei bewohnt waren. Die Räume waren daher höher, und die Fenster reichten vom Boden bis zur Decke, riesige Glasflächen. Die Zimmer waren lichtdurchflutet.

Sie stapften das Treppenhaus hoch, eine breite, geschwungene Steintreppe, von der schwacher Katzengeruch ausströmte, und fanden die Tür mit dem Namen HOGG auf einem rechteckigen Messingschild. Isabel sah Hugo an, der ihr zuzwinkerte. Seine Skepsis war einem wachsenden Interesse an ihrem gemeinsamen Vorhaben gewichen, und jetzt war sie es, die Zweifel befiel.

Paul Hogg öffnete umgehend und nahm ihre Garderobe entgegen. Isabel stellte Hugo vor, und die beiden gaben sich die Hand.

»Irgendwo habe ich Sie schon mal gesehen«, sagte Paul Hogg. »Ich weiß nur nicht, wo.«

»In Edinburgh«, sagte Hugo, und sie lachten.

Er führte sie in den Salon, einen weitläufigen, elegant möblierten Raum, der von einem beeindruckenden, weißen Kamin beherrscht wurde. Isabel fielen sofort die Einladungskarten ins Auge – mindestens vier –, die auf dem Sims aufgereiht waren, und als Paul Hogg den Raum verließ, um Getränke zu holen, und sie beide sich noch nicht hingesetzt hatten, schlich sie sich an den Kamin und las die Karten. Es war statthaft, ausgestellte Einladungskarten waren quasi öffentliche Dokumente.

Mr. und Mrs. Humphrey Holmes, privat, Donnerstag, den 17., (Isabel war ebenfalls eingeladen). Dann: *George Maxtone gibt sich die Ehre, Miss Minty Auchterlonie zu einem Empfang am Dienstag, den 18.Mai um 18:00 Uhr in The Lothian Gallery einzuladen*; und *Minty: Peter und Jeremy, Cocktails im Garten (wenn das Wetter mitspielt, wahrscheinlich nicht), Freitag, den 21. Mai, 18:30 Uhr.* Und schließlich, *Paul und Minty: Wir möchten Euch zu unserem Hochzeitsempfang einladen, am Samstag, den 15. Mai, Prestonfield House. 20:00 Uhr Ceilidh-Dance. Agnes und Tattie. Abendgarderobe oder Highland-Dress erwünscht.*

Isabel lachte. Hugo sah sie vorwurfsvoll an, ganz so, als würde sie etwas Intimes lesen. Hugo stellte sich neben sie und warf nur einen kurzen Blick auf die Einladungen. »Man darf Privatpost anderer Leute nicht lesen«, flüsterte er. »Das ist unhöflich.«

»Pah!« zischte Isabel. »Deswegen stehen die Karten doch hier oben. Damit man sie liest. Ich habe schon Einladungskarten auf Kaminsimsen stehen sehen, die waren drei Jahre alt. Einladungen zur Garden Party im Holyroodhouse, zum Beispiel. Jahrealt, standen aber immer noch da.«

Sie führte ihn vom Kamin weg und stellte sich mit ihm vor ein großes Aquarell, das Mohnblumen in einem Garten zeigte. »Das ist sie«, sagte sie. »Elizabeth Blackadder. Mohnblumen. Gartenmauern mit Katzen obendrauf. Aber ziemlich gut gemacht, trotz des Themas.« Und durch den Kopf ging ihr: Ich habe keine Bilder mit Mohnblumen in meinem Haus, und, ich bin noch nie bei dem Versuch, durch ein Fenster zu klettern, mit den Hüften stecken geblieben.

Sie waren in die Betrachtung des Bildes versunken, und so fand Paul Hogg die beiden vor, als er mit Gläsern in der Hand zurückkehrte.

»Da haben Sie es ja schon gefunden«, sagte er gut gelaunt. »Weswegen Sie gekommen sind.«

»Es ist sehr schön«, sagte Isabel. »Wieder Mohnblumen. Sehr wichtig für sie.«

»Ja«, sagte Paul. »Ich mag Mohnblumen. Schade nur, dass sie auseinander fallen, wenn man sie pflückt.«

»Ein kluger Abwehrmechanismus«, sagte Isabel mit einem Seitenblick auf Hugo. »Das sollten sich Rosen auch ange-wöhnen. Ihre Dornen reichen offenbar nicht aus. Perfekte Schönheit sollte belassen werden, wie sie ist.«

Hugo erwiderte ihren Blick. »Oh«, sagte er. Dann schwieg er. Paul Hogg sah zu ihm hinüber, dann sah er Isabel an. Isa-bel, die das bemerkte, dachte: Er fragt sich, in was für einer Beziehung wir zueinander stehen. Wahrscheinlich denkt er, er ist mein Betthäschen. Und wenn schon – warum sollte ihn das überraschen? So etwas war doch üblich heutzutage.

Paul Hogg verließ noch einmal kurz den Raum, um sich sein eigenes Glas zu holen, und Isabel lachte Hugo an und legte in einer verschwörerischen Geste einen Finger an die Lippen.

»Ich habe doch noch gar nichts gesagt«, verteidigte sich Hugo. »Ich habe nur Oh gesagt.«

»Das reicht«, sagte Isabel. »Eine beredte Silbe.«

Hugo schüttelte den Kopf. »Ich weiß nicht, warum ich mich darauf eingelassen habe mitzukommen«, flüsterte er. »Du bist ja verrückt.«

169

»Vielen Dank auch, Hugo«, sagte sie leise. »Da kommt unser Gastgeber.«

Paul Hogg kehrte zurück, und sie prosteten sich gegenseitig zu.

»Das Bild habe ich vor einigen Jahren auf einer Auktion erstanden«, sagte er. »Von meiner ersten Prämie in der Firma. Ich habe es gekauft, weil es einen Grund zum Feiern gab.«

»Gute Idee«, sagte Isabel. »Immer wieder liest man von Aktienmaklern und anderen Finanzleuten, die so etwas mit diesen schrecklichen Lunches feiern, wo sie allein der Wein über zehntausend Pfund kostet. In Edinburgh passiert so etwas hoffentlich nicht.«

»Garantiert nicht«, sagte Hugo. »Vielleicht in New York oder London. Da schon eher.«

Isabel wandte sich zum Kamin. Über dem Sims hing ein großes Bild in einem Goldrahmen, und sie erkannte es sofort.

»Das ist ja ein hübscher Peploe«, sagte sie. »Herrlich.«

»Ja«, sagte Paul Hogg. »Der ist sehr schön. Ich glaube, es soll die Westküste von Mull darstellen.«

»Oder Iona?« fragte Isabel.

»Könnte auch sein«, antwortete Paul Hogg ausweichend. »Irgendwo in der Gegend jedenfalls.«

Isabel trat ein paar Schritte näher an das Bild heran und schaute zu ihm auf. »Und die Fälschungen vor ein paar Jahren?« sagte sie. »Hatten Sie deswegen keine Bedenken? Haben Sie es überprüfen lassen?«

Paul Hogg staunte nicht schlecht. »Fälschungen?«

»Hieß es jedenfalls«, sagte Isabel. »Peploes, Cadells. Ziemlich viele sogar. Es gab einen Prozess deswegen. Das hat für einige Unruhe gesorgt. Ich kannte jemanden, der eins erworben hatte – ein wunderschönes Gemälde. Leider war es erst ungefähr eine knappe Woche davor gemalt worden. Sehr geschickt, wie diese Fälscher ja meistens sind.«

Paul Hogg zuckte die Schultern. »Die Gefahr besteht wohl immer.«

Isabel sah sich das Bild noch einmal an. »Wann hat Peploe das gemalt?« fragte sie.

Paul Hogg tat die Frage mit einer Geste der Unwissenheit ab. »Keine Ahnung. Wahrscheinlich als er mal auf Mull war.«

Isabel beobachtete ihn. Es war eine Antwort von erschütternder Plattheit. Allerdings passte sie zu einem Eindruck, der sich immer rascher in ihr herauskristallierte: Paul Hogg verstand wenig von Kunst, überdies interessierte er sich auch nicht besonders dafür. Wie war es sonst möglich, dass man so einen Peploe bei sich hängen hatte – und sie war sich sicher, dass er echt war – wie also konnte man so einen Peploe bei sich hängen haben und nicht wenigstens über die wesentlichen Daten des Bildes Bescheid wissen?

Im Zimmer hingen mindestens noch zehn andere Bilder, alle interessant, wenn auch keines so spannungsreich wie der Peploe. Es gab zum Beispiel eine Landschaft von Gillies, einen kleinen McTaggert, und dann noch, am anderen Ende des Raums, einen typischen Bellamy. Wer immer diese Bilder gesammelt hatte, verstand entweder viel von schottischer Kunst oder war zufällig an eine repräsentative, in sich geschlossene Sammlung geraten.

Isabel schlenderte hinüber zu einem anderen Bild. Paul Hogg hatte sie eingeladen, sich das Bild von Blackadder anzusehen, deswegen war es durchaus erlaubt, ein wenig neugierig zu sein, wenigstens, was die Bilder in der Wohnung betraf.

»Das ist ein Cowie, nicht?« fragte sie.

Paul Hogg sah sich das Bild näher an. »Ich glaube, ja.«

Es war kein Cowie. Es war ein Crosbie, wie jeder unschwer erkennen konnte. Diese Bilder gehörten nicht Paul Hogg; das bedeutete, dass sie aus dem Besitz von Minty Auchterlonie stammten, seiner Verlobten, wie sie vermutete, die auf zwei der Einladungen separatim erwähnt war. Bezeichnenderweise waren diese beiden Einladungen von Galeriebesitzern. George Maxtown gehörte die Lothian Gallery, er war derjenige, an den man sich wandte, wenn man ein Bild von einem bedeutenden schottischen Maler aus der Zeit Anfang des zwanzigsten Jahrhunderts kaufen wollte. Peter Thom und Jeremy Lambert leiteten eine kleine Galerie in einem Städtchen außerhalb von Edinburgh, wurden aber ebenfalls häufig von Leuten beauftragt, die ganz bestimmte Bilder suchten. Die beiden besaßen besonderes Geschick darin, Menschen aufzuspüren, die bereit waren, Bilder zu verkaufen, dabei aber Diskretion gewahrt haben wollten. Zu den beiden Veranstaltungen kam vermutlich eine Mischung aus Freunden und Kunden oder solchen Personen, die beides in einem waren.

»Minty…«, fing Isabel an, die Paul Hogg nach seiner Verlobten fragen wollte. Sie wurde unterbrochen.

»Meine Verlobte, ja«, sagte er. »Sie kommt jeden Moment. Sie hat heute etwas länger gearbeitet, allerdings nicht so lange, wie sonst bei ihr üblich. Manchmal kommt sie erst gegen elf oder zwölf Uhr nach Hause.«

»Oh«, sagte Isabel. »Soll ich raten? Sie ist…sie ist Chirurgin, ja, genau. Sie ist Chirurgin…oder bei der Feuerwehr.«

Paul Hogg lachte. »Alles andere. Wahrscheinlich entflammt sie mehr Feuer als sie löscht.«

»Was für ein nettes Kompliment an seine Verlobte!« sagte

172

Isabel. »Daraus spricht viel Leidenschaft. Ich hoffe nur, du könntest das über deine Verlobte auch sagen, Hugo.«

Paul Hoggs Blick schoss hinüber zu Hugo, welcher Isabel wütend anfunkelte, doch dann, als würde er an eine Pflicht erinnert, seine böse Miene absetzte und lächelte:

»Hah!« sagte er.

Isabel wandte sich wieder an Paul Hogg. »Was macht Ihre Verlobte denn, dass sie noch so spät abends außer Haus ist?« Sie wusste die Antwort auf die Frage, noch ehe sie sie zu Ende formuliert hatte.

»Unternehmensfinanzierung«, sagte Paul Hogg. Isabel hörte einen Hauch von Resignation heraus, und sie folgerte, dass es Spannungen zwischen ihnen gab. Minty Auchterlonie, die sie schon bald kennen lernen würden, war keine anschmiegsame Verlobte, und sie würde auch keine pflegeleichte Hausfrau werden. Sie war hart, und sie war unbeugsam. Sie war diejenige, die das Geld einbrachte, die fleißig all diese teuren Bilder kaufte. Aber was noch entscheidender war: Isabel war der festen Überzeugung, dass diese Gemälde nicht aus Liebe zur Kunst angekauft worden waren, ihr Käufer verfolgte damit eine Strategie.

Sie standen neben einem der großen Vorderfenster, neben dem Cowie, der eigentlich ein Crosbie war. Paul sah nach draußen und klopfte sanft an die Glasscheibe. »Da ist sie«, sagte er und zeigte auf die Straße. »Da kommt Minty.« Stolz schwang in seiner Stimme mit.

Isabel und Hugo sahen jetzt auch aus dem Fenster. Unter ihnen, direkt vor dem Hauseingang, wurde ein schnittiger Sportwagen in eine Parklücke gesetzt. Der Wagen war im englischen Racing Green lackiert und hatte einen charakteristischen verchromten Kühlergrill, aber Isabel, die sich nur oberflächlich für Autos interessierte, kannte die Marke nicht. Vielleicht eine italienische, ein seltener Alfa Romeo – oder gar ein älterer Spider? Isabels Meinung zufolge das einzige gute Auto, das je in Italien gebaut wurde.

Wenige Minuten später öffnete sich die Tür zum Salon, und Minty trat ein. Isabel fiel auf, dass Paul Hogg Haltung annahm, wie ein Soldat bei Eintritt eines Vorgesetzten. Aber er lachte und freute sich offensichtlich, sie zu sehen. Das erkannte man immer, dachte sie. Die Miene hellt sich auf, wenn man sich wirklich über den Anblick eines anderen Menschen freut. Das war unverkennbar.

Sie sah Minty an, auf die Paul Hogg zugegangen war, um sie zu umarmen. Minty war eine große, ziemlich kantig wirkende Frau Ende zwanzig; so weit fortgeschritten, altersmäßig, dass sie auf Make-up achten musste, welches dick aber gekonnt aufgetragen war. Auch die Kleidung war sorgsam ausgewählt, sichtlich teuer und behutsam zusammengestellt. Sie gab Paul Hogg einen flüchtigen Kuss auf beide Wangen, dann gingen Paul und Minty auf Isabel zu. Die beiden Frauen gaben sich die Hand, und Mintys Blick huschte von Isabel (*abgewiesen*, dachte Isabel) rasch hinüber zu Hugo (*interessiert*, bemerkte sie). Isabel misstraute ihr umgehend.

16

Du hast ihn ja gar nicht nach Mark gefragt«, erregte sich Hugo, als sie die Haustür am Fuß der Treppe hinter sich zuzogen und auf die abendliche Straße traten. »Mit keinem einzigen Wort! Warum sind wir dann überhaupt hingegangen?«

Isabel hakte sich bei Hugo unter und führte ihn zur Kreuzung Dundas Street. »Immer mit der Ruhe«, sagte sie. »Es ist erst acht Uhr, und wir haben genügend Zeit, um essen zu gehen. Heute Abend lade ich dich ein. Um die Ecke ist ein gutes italienisches Restaurant, da können wir uns unterhalten. Ich werde dir alles erklären.«

»Aber was sollte das Ganze dann?« sagte Hugo. »Wir sitzen da und reden mit Paul Hogg und seiner grässlichen Verlobten, und worum geht es die ganze Zeit? Um Kunst! Hauptsächlich zwischen dir und dieser Minty. Paul Hogg sitzt da und stiert die Decke an. Er hat sich gelangweilt. Das habe ich gemerkt.«

»Sie hat sich auch gelangweilt«, sagte Isabel. »Das wiederum habe *ich* gemerkt.«

Hugo schwieg, und Isabel zwickte ihn in den Arm. »Keine Angst«, sagte sie. »Beim Essen erkläre ich dir alles. Ich brauche erst noch ein bisschen Zeit zum Nachdenken.«

Sie gingen die Dundas Street entlang, kreuzten die Queens Street, weiter über die Thistle Street, wo laut Isabel das Restaurant sein sollte. Die Straßen waren nicht geschäftig, und auf der Thistle Street war wenig Verkehr. Sie spazierten ein Stück die Straße hinein, ihre Schritte hallten von den Häuserwänden wider, und dann, zu ihrer Rechten, der unauffällige Eingang zum Restaurant.

Es war nicht groß – insgesamt acht Tische – und außer ihnen gab es nur wenige Gäste. Isabel erkannte ein Paar an einem anderen Tisch, sie nickte den beiden zu, sie lachten, dann sahen sie hinab auf das Tischtuch, diskret natürlich, aber sie waren neugierig geworden.

»Also«, sagte Hugo, als sie Platz nahmen. »Jetzt erzähl schon.«

Isabel breitete die Serviette auf ihrem Schoß aus und nahm

die Speisekarte. »Du kannst es dir als Verdienst anrechnen«, sagte sie. »Jedenfalls zum Teil.«

»Ich?«

»Ja, du. In der Vincent-Bar hast du zu mir gesagt, ich sollte mich darauf einrichten, dass Paul Hogg die Person sei, hinter der wir her wären. Das hast du gesagt. Und das hat mich ins Grübeln gebracht.«

»Du hast also beschlossen, dass er es war«, sagte Hugo.

»Nein«, sagte Isabel. »Sie war es. Minty Auchterlonie.«

»Gepanzerte Kuh«, murmelte Hugo.

Isabel lachte. »Könnte man so sagen. Ich würde es vielleicht anders ausdrücken, aber widersprechen würde ich dir nicht.«

»Ich hatte vom ersten Moment an, als sie ins Zimmer kam, eine Abneigung gegen sie«, sagte Hugo.

»Das ist komisch, denn ich glaube, sie mochte dich. Ich bin mir sogar ziemlich sicher, dass sie − wie soll ich sagen? − dass du ihr *aufgefallen* bist.«

Ihre Bemerkung machte Hugo verlegen. Er sah hinunter auf die Speisekarte, die der Kellner vor ihn hingelegt hatte. »Habe ich nicht gemerkt . . .«, sagte er.

»Natürlich nicht«, sagte Isabel. »So etwas fällt nur einer anderen Frau auf. Aber sie zeigte Interesse an dir. Allerdings hat sie das nicht davon abgehalten, sich nach kurzer Zeit mit uns beiden zu langweilen.«

»Ich weiß nicht«, sagte Hugo. »Jedenfalls ist sie der Typ Frau, den ich nicht ausstehen kann. Wirklich nicht.«

Isabel sah ihn nachdenklich an. »Ich frage mich, wieso wir − wir beide − sie gleich so hinterfotzig fanden.« Sie benutzte das schottische Wort *bizz,* das wie so viele schottische Begriffe nur ungenügend übersetzt werden kann. Bizz bezeichnete ein Gefühl der Antipathie, aber es hatte viele Bedeutungsnuancen.

»Dafür steht sie nun mal«, bot Hugo als Erklärung an. »Eine Mischung, oder? Aus Ehrgeiz und Rücksichtslosigkeit und Materialismus und ...«

»Ja«, unterbrach ihn Isabel. »So ungefähr. Eine Definition ist vielleicht schwierig, aber wir wissen genau, was gemeint ist. Und das Interessante ist, dass sie all das verkörpert und er nicht. Siehst du das auch so?«

Hugo nickte. »Ihn mochte ich eigentlich ganz gerne. Zum Busenfreund würde ich ihn mir nicht gerade aussuchen, aber er war einigermaßen nett.«

»Ganz genau«, sagte Isabel. »Ohne Fehl und Tadel, und ohne Eigenheiten.«

»Und keiner, der einen anderen, der ihn bloßzustellen droht, aus dem Weg räumen würde.«

Isabel schüttelte den Kopf. »Auf gar keinen Fall.«

»Wohingegen sie ...«

»Lady Macbeth«, sagte Isabel streng. »Nach ihr sollte man ein Syndrom benennen. Vielleicht gibt es das ja schon. Wie das Othello-Syndrom.«

»Was ist das denn?« fragte Hugo.

Isabel nahm ein Brötchen und brach es über dem Beistellteller. Ein Brötchen würde sie selbstverständlich niemals mit einem Messer aufschneiden, obwohl Hugo das machte. In Deutschland zum Beispiel galt es als unfein, eine Kartoffel mit einem Messer durchzuschneiden, eine seltsame Sitte, die sie nie verstanden hatte. Als sie einen deutschen Freund mal um eine Erklärung gebeten hatte, erhielt sie eine kuriose Antwort, von der sie nur vermuten konnte, dass sie nicht ernst gemeint war. »Eine Sitte aus dem neunzehnten Jahrhundert«, hatte er gesagt. »Vielleicht hatte der Kaiser ein Gesicht wie eine Kartoffel, und es wurde als respektlos betrachtet, eine Kartoffel mit dem Messer durchzuschneiden.« Sie hatte lachen müssen, doch als sie wenig später ein Porträt des Kaisers sah, dachte sie, dass vielleicht doch ein Körnchen Wahrheit darin steckte. Er sah tatsächlich wie eine Kartoffel aus, so wie Quinton Hogg, Lord Hailsham, schweinische Züge hatte. Sie stellte ihn sich beim Frühstück vor, wie ihm Schinkenspeck serviert wird: Er legt Messer und Gabel beiseite und seufzt: »Wirklich, ich kann das nicht…«

»Das Othello-Syndrom bezeichnet krankhafte Eifersucht«, sagte Isabel und nahm das Glas mit sprudelndem Mineralwasser, das der aufmerksame Kellner ihr eingeschenkt hatte. »Für gewöhnlich betrifft es Männer, und es lässt sie glauben, ihre Frau oder ihr Partner sei ihnen untreu. Der Gedanke lässt sie nicht mehr los, und nichts, aber auch gar nichts kann sie vom Gegenteil überzeugen. Schließlich können sie sogar gewalttätig werden.«

Hugo hörte aufmerksam zu, wie ihr auffiel, und es kam ihr der Gedanke in den Sinn: *Irgendwas beschäftigt ihn.* War er eifersüchtig auf Cat? Natürlich. Allerdings hatte Cat gerade eine Affäre mit einem anderen, jedenfalls stellte es sich für ihn so da.

»Keine Sorge«, beruhigte sie ihn. »Du gehörst nicht zu der Sorte Mensch, die krankhaft eifersüchtig wird.«

»Natürlich nicht«, erwiderte er, allzu rasch, wie sie fand. Und er fügte hinzu: »Wo kann man mehr darüber erfahren? Hast du irgendwo was darüber gelesen?«

»Ich habe ein Buch zu Hause«, sagte Isabel. »*Ungewöhnliche psychiatrische Syndrome*, da stehen einige absonderliche Dinge drin. Zum Beispiel etwas über Frachtkulte. Das betrifft Gruppen von Menschen, die glauben, dass jemand irgendwelche Güter auf sie herabwirft. Fracht. Manna. Alles das Gleiche. In der Südsee soll es erstaunliche Fälle gegeben haben. Ganze Inseln, deren Bewohner glaubten, wenn sie nur lange genug warteten, kämen irgendwann Amerikaner und würden Kisten mit Lebensmitteln abwerfen.«

»Gibt es noch andere?«

»Das Syndrom, bei dem man sich einbildet, dass man Menschen wiedererkennt. Man glaubt, dass man sie kennt, aber in Wahrheit kennt man sie gar nicht. Das ist nervlich bedingt. Das Paar da drüben zum Beispiel – ich bin mir sicher, dass ich die beiden kenne, aber wahrscheinlich stimmt das gar nicht. Vielleicht leide ich ja unter diesem Syndrom.« Sie lachte.

»Paul Hogg hat es jedenfalls auch«, sagte Hugo. »Er hat gesagt, er hätte mich schon mal irgendwo gesehen. Es war das Erste, was er sagte.«

»Vielleicht stimmt es ja. Du fällst deinen Mitmenschen eben auf.«

»Das glaube ich nicht. Warum sollte ich?«

Isabel sah ihn an. Wie charmant, dass er es selbst nicht wahrnahm. Vielleicht war es ja besser so. Es könnte ihn verderben. Sie sagte nichts, sondern lachte nur. Ach, Cat, du bist auf dem Holzweg!

»Was hat denn nun Lady Macbeth damit zu tun?« fragte Hugo.

Isabel beugte sich vor.

»Eine Mörderin«, flüsterte sie. »Sie ist eine gerissene, berechnende Mörderin.«

Hugo saß regungslos da. Der lockere Ton der Unterhaltung war zu einem abrupten Ende gekommen. Ihm war kalt. »Sie?«

Isabel lachte nicht. Ihre Stimme war ernst. »Mir war sehr schnell klar, dass die Bilder in dem Raum nicht ihm gehören, sondern ihr. Die Einladungen von den Galerien richteten sich an sie. Er wusste so gut wie nichts über die Bilder. Sie ist diejenige, die die ganzen Farbklecksereien gekauft hat.«

»Na und? Vielleicht hat sie Geld?«

»Ja, und ob sie Geld hat. Aber siehst du nicht? Wenn man große Geldsummen hat, die nicht einfach auf irgendwelchen Bankkonten verschimmeln sollen, dann ist der Ankauf von Bildern eine gute Investition. Man bezahlt bar, wenn man will, und verfügt über eine hübsche mobile Kapitalanlage. Vorausgesetzt, man kennt sich aus, und das tut sie.«

»Ich verstehe nicht, was das mit Mark Fraser zu tun hat. Paul Hogg hat mit ihm zusammengearbeitet, nicht Minty.«

Isabel nahm eine Gabel in die Hand und gravierte ein paar Kreise in das Tischtuch. »Das hier ist Paul Hogg«, sagte sie. »Und das hier ist Mark Fraser. Paul Hogg bekommt irgendeine Information, hier, über die Mark Fraser ebenfalls verfügt, weil er ja auch hier ist, in dem gleichen Kreis wie Paul Hogg. Hier drüben allerdings«, sie zeichnete eine Schlängellinie auf das Tuch, »sitzt unsere Freundin Minty Auchterlonie, die, wie man sieht, durch diese Linie, die zu Paul Hogg führt, verbunden ist. Minty Auchterlonie ist eine gepanzerte Kuh, wie du so treffend festgestellt hast, die in einer Kreditbank im Bereich Unternehmensfinanzierung tätig ist. Paul Hogg kommt von der Arbeit nach Hause, und sie fragt ihn: Na Paul, was hast du heute im Büro so gemacht? Paul sagt, ach, dies und das, erzählt ihr, was er gemacht hat, denn sie ist in der gleichen Branche wie er. Einige dieser Informationen sind höchst sensibel, aber Bettgeflüster muss ehrlich sein, wenn es interessant sein soll, und sie saugt alles in sich auf. Sie kauft die Aktien auf ihren Namen – oder beauftragt jemanden als Strohmann – und, oh Wunder, ein großer Gewinn wird erzielt, und alles aufgrund einer Insiderinformation. Sie streicht den Gewinn ein und steckt ihn in Bilder, das hinterlässt weniger Spuren. Oder aber sie hat irgendein Arrangement mit einem Kunsthändler. Er bekommt die Information von ihr, und er tätigt den Aktienkauf. Nach außen gibt es keine Möglichkeit, die beiden in Beziehung zueinander zu setzen. Er bezahlt sie in Bildern, macht vermutlich noch einen Schnitt dabei, aber offiziell sind die Bilder nicht verkauft, sodass in seinen Geschäftsbüchern kein steuerpflichtiger Gewinn ausgewiesen ist.«

Hugo saß mit offenem Mund da. »Und das hast du alles heute Abend herausgefunden? Auf dem Weg hierher?«

Isabel lachte. »Da gibt es nichts groß herauszuarbeiten. Als mir klar war, dass er der Gesuchte nicht sein konnte, und als wir dann seine Verlobte kennen lernten, da fügte sich alles zu einem Bild. Natürlich ist das nur eine Hypothese, aber sie könnte wahr sein.«

Bis dahin konnte Hugo ihr folgen – aber warum sollte Minty versucht haben, sich Mark vom Hals zu schaffen? Isabel konnte ihm auch das erklären. Eine Ehe mit Paul Hogg, einem Aufsteiger bei McDowell's, würde ihr gut in den Kram passen. Er war ein angenehmer, willfähriger Mann, und wahrscheinlich war sie froh, ihn zum Verlobten zu haben. Stärkere, herrschsüchtigere Männer hätten sie als zu schwierig empfunden, zu große Konkurrenz. Paul Hogg passte ihr also in den Kram. Aber käme heraus, dass Paul Hogg Informationen an sie weitergegeben hatte – auch wenn es unabsichtlich geschehen wäre –, würde ihn das seine Stelle kosten. Er selbst hätte zwar nicht mit Insiderinforma-

181

tionen gehandelt, das wäre sie gewesen. Und wenn das heraus käme, würde sie nicht nur ihren Job verlieren, sie fände auch keinen neuen im Bereich Unternehmensfinanzierung. Es wäre das Ende ihrer Welt, und dies ließ sich nur abwenden, indem irgendetwas Tragisches passierte, also musste etwas eingefädelt werden. Leute wie Minty Auchterlonie besaßen kein ausgeprägtes Gewissen. Sie hatten keine Vorstellung von einem Leben danach, von irgendwelchen Werten, und ohne diese Werte gab es nur noch eins, was sie von einem Mord abhalten konnte: ein inneres Gespür für das, was richtig und falsch war. Und was das betraf, sagte Isabel, sah selbst ein Blinder mit Krückstock, dass Minty Auchterlonie Defizite hatte.

»Unsere Freundin Minty«, erklärte Isabel schließlich, »hat eine Persönlichkeitsstörung. Die meisten Menschen würden das nicht erkennen, aber der Fall ist eindeutig.«

»Sprichst du vom Lady Macbeth-Syndrom?« fragte Hugo.

»Das vielleicht auch«, sagte Isabel. »Wenn es so etwas gibt. Ich hatte eher an etwas viel Verbreiteteres gedacht. Sie ist psychopathisch, oder soziopathisch – wie du willst. Sie empfindet keinerlei Gewissensbisse dabei, einzig und allein das zu tun, was in ihrem Interesse ist. So einfach ist das.«

»Leute vom Olymp in der Usher Hall hinunterzuschubsen inbegriffen?«

»Ja, inbegriffen«, sagte Isabel.

Hugo überlegte einen Moment. Isabels Erklärung klang plausibel, und er war bereit, sich ihr anzuschließen – aber hatte sie eine Idee, wie sie nun weiter verfahren sollten? Sie hatte Mutmaßungen geäußert, mehr nicht. Wenn etwas geschehen sollte, brauchte es doch wohl einen Beweis in irgendeiner Form. Aber sie hatten keinen Beweis, keinen einzigen.

Sie hatten nur eine Theorie bezüglich des Motivs. »Also?« sagte er. »Was jetzt?«

Isabel lachte. »Keine Ahnung.«

Hugo konnte seinen Ärger über ihre Unbekümmertheit nicht verhehlen. »Ich sehe nicht ein, dass wir es dabei bewenden lassen sollen. Jetzt, nachdem wir so weit gekommen sind. Wir können die Sache nicht einfach auf sich beruhen lassen.«

Isabels Antwort klang beschwichtigend. »Ich meine ja gar nicht, dass wir irgendwas wobei bewenden lassen sollen. Es ist auch nicht weiter schlimm, dass ich im Moment keine Ahnung habe, wie wir jetzt weiter verfahren sollen. Eine Phase des Nichtstuns ist genau das, was wir brauchen.«

Hugo sah sie verdutzt an, und Isabel fuhr mit ihren Erklärungen fort. »Ich glaube, dass Minty Bescheid weiß«, sagte sie. »Ich glaube, dass sie weiß, warum wir da waren.«

»Hat sie sich in die Richtung geäußert?«

»Ja. Als ich mich mit ihr unterhielt – du hast gerade mit Paul Hogg geplaudert –, hat sie gesagt, sie hätte von ihrem Verlobten gehört, dass ich mich für Mark Fraser interessierte – wörtlich, *interessierte*. Sie wartete darauf, dass ich etwas erwiderte, aber ich habe nur genickt. Ein paar Minuten später hat sie noch mal davon angefangen und gefragt, ob ich ihn gut gekannt hätte. Wieder bin ich ihrer Frage ausgewichen. Das hat sie nervös gemacht. Das konnte man sehen. Überraschen tut mich das nicht.«

»Glaubst du, sie weiß, dass wir sie in Verdacht haben?«

Isabel trank einen Schluck Wein. Aus der Küche wehte der Duft von Knoblauch und Olivenöl herüber. »Riech mal«, sagte sie. »Köstlich. Ob Minty Bescheid weiß? Vielleicht. Aber ganz egal, was sie denkt – ich bin mir ziemlich sicher, dass wir zu irgendeinem Zeitpunkt noch von ihr hören werden.

Sie wird schon noch auf uns zukommen. Geben wir ihr ein paar Tage Zeit.«

Hugo wirkte wenig überzeugt. »Was ist mit diesen Soziopathen?« wollte er wissen. »Wie fühlen die sich? Innerlich?«

Isabel lachte. »Ungerührt«, sagte sie. »Sie sind ungerührt. Man braucht sich nur eine Katze anzugucken, wenn sie was Falsches gemacht hat. Dann sieht sie auch ungerührt aus. Katzen sind zum Beispiel Soziopathen. Das ist quasi ihr natürlicher Zustand.«

»Aber ist es auch ihr Makel? Kann man ihnen die Schuld dafür geben?«

»Katzen kann man keine Schuld dafür geben, dass sie Katzen sind«, sagte Isabel. »Deswegen kann man ihnen auch keine Schuld dafür geben, dass sie das tun, was Katzen eben so tun, Singvögel jagen oder mit ihrer Beute spielen. Dafür können Katzen nichts.«

»Und wie ist das bei Menschen? Können die was dafür?« fragte Hugo.

»Das ist eine komplizierte Frage, ob man ihnen die Schuld für ihre Handlungen geben kann oder nicht«, sagte Isabel. »Darüber ist viel Interessantes geschrieben worden. Sie könnten behaupten, ihr Verhalten sei Resultat ihrer Psychopathologie. Sie handelten deswegen so, weil ihre Persönlichkeit eben so und nicht anders strukturiert sei; dann wiederum haben sie sich ihre Persönlichkeitsstörung nicht ausgesucht. Wieso sollte man sie verantwortlich machen für etwas, das sie sich nicht ausgesucht haben?«

Hugo sah hinüber zur Küche. Ein Koch tauchte einen Finger in einen Topf und leckte ihn bedächtig ab. Ein soziopathischer Koch – ein Albtraum. »Über so was könntest du mit deinen Freunden diskutieren«, sagte er. »Im Club der Sonn-

184

tagsphilosophen. Ihr könntet euch über die moralische Verantwortung solcher Leute unterhalten.«

Isabel lächelte wehmütig. »Sollte ich den Club jemals wieder zusammenbringen«, sagte sie. »Ja, sollte ich die Mitglieder
je dazu bewegen, sich zu versammeln.«

»Sonntags wird das nicht leicht sein«, sagte Hugo.

»Nein«, pflichtete Isabel ihm bei. »Das hat Cat auch gesagt.«
Sie unterbrach sich. Cat erwähnte sie in Hugos Gegenwart
nicht so gerne, weil er dann immer versonnen wirkte, irgendwie verloren.

17

Ich möchte mal ein paar Tage ohne irgendwelche Intrigen
erleben, dachte Isabel. Ich möchte mich wieder der Arbeit an
der *Zeitschrift für angewandte Ethik* widmen, ich möchte wieder ungestört mein Kreuzworträtsel lösen, und ich möchte
bei Gelegenheit mal wieder nach Bruntsfield spazieren und
mich mit Cat über belanglose Dinge unterhalten. Ich möchte
meine Zeit nicht damit verbringen, mich mit Hugo in Pubs
und Restaurants zu verabreden, um gemeinsam gegen Un-
ternehmensberaterinnen mit Faible für teure Kunst zu stän-
kern.

Sie hatte in der Nacht zuvor nicht gut geschlafen. Nach
dem Essen im Restaurant hatte sie sich von Hugo verab-
schiedet und war erst lange nach elf Uhr nach Hause gekommen. Als sie dann im Bett lag, das Licht ausgeschaltet war, der
Baum draußen vor ihrem Fenster im Mondlicht seinen Schatten ins Zimmer warf, da hatte sie wachgelegen und nach-

gedacht. Sie befürchtete, dass sie in eine Sackgasse geraten waren. Der nächste Schritt musste von Minty Auchterlonie kommen, dennoch mussten schwierige Entscheidungen getroffen werden. Dann war da noch die Sache mit Cat und Toby. Jetzt wünschte sie sich, sie wäre nie auf die Idee gekommen, Toby nachzuspionieren, denn die dabei gewonnene Erkenntnis lastete schwer auf ihrem Gewissen. Sie war zu dem Schluss gekommen, dass sie vorerst nichts unternehmen würde, gleichzeitig war ihr klar, dass sie das Problem, dem sie sich irgendwann stellen musste, damit nur auf die lange Bank schob. Sie wusste nicht, wie sie sich Toby gegenüber verhalten sollte, wenn sie ihn das nächste Mal sah. Würde sie sich geben können wie üblich – zwar nicht wirklich herzlich, aber doch den Umständen entsprechend wenigstens höflich?

Sie schlief, aber unruhig, mit der Folge, dass sie noch immer im Bett lag, als Grace am nächsten Morgen kam. Grace würde unweigerlich hochkommen und nachgucken, mit einer belebenden Tasse Tee in der Hand. Grace' Klopfen weckte sie auf.

»Nicht gut geschlafen?« fragte Grace besorgt, als sie den Tee auf Isabels Nachtschränkchen abstellte.

Isabel richtete sich auf, rieb sich die Augen. »Ich glaube, ich bin erst gegen zwei Uhr eingenickt«, sagte sie.

»Sorgen?« fragte Grace und sah auf sie herab.

»Ja«, sagte Isabel. »Sorgen und Zweifel. Dies und das.«

»Das Gefühl kenne ich«, sagte Grace. »Passiert mir auch. Ich fange an, mir Sorgen über die Welt zu machen. Ich frage mich, wo das alles enden wird.«

»Nicht mit einem Knall, sondern mit einem Wimmern«, sagte Isabel geistesabwesend. »Meint jedenfalls T. S. Eliot. Damit wird er immer zitiert. Aber eigentlich ist es dumm, so etwas zu sagen, und ich bin mir sicher, dass er es bedauert hat.«

»Dummkopf«, sagte Grace. »Ihr Freund Mr. Auden hätte so etwas nie gesagt, oder?«

»Ganz bestimmt nicht«, sagte Isabel, drehte sich zur Seite, um an die Teetasse zu kommen. »Obwohl er in seiner Jugend auch einige Dummheiten von sich gegeben hat.« Sie trank einen Schluck Tee, der anscheinend immer eine belebende Wirkung auf ihre Verstandesklarheit hatte. »Und im Alter hat er auch noch mal einige Dummheiten von sich gegeben. Dazwischen allerdings war er meistens ziemlich scharfsichtig.«

»Scharfsichtig?«

»Scharfsichtig.« Isabel stieg langsam aus dem Bett, tastete mit den Zehen nach den Pantoffeln auf dem Bettvorleger. »Wenn er etwas geschrieben hat, das nicht stimmte, das unaufrichtig war, dann hat er sich noch mal darangemacht und es geändert. Von manchen seiner Gedichte hat er sich sogar vollständig distanziert. Zum Beispiel von *1. September 1939*.«

Sie zog die Vorhänge beiseite. Es war ein heller Frühlingstag, und es gab erste Anzeichen, dass die Sonne heute richtig wärmen würde. »Er hat gesagt, das Gedicht sei unehrlich, obwohl es einige wundervolle Zeilen enthält, wie ich finde. Und in *Briefe aus Island* hat er etwas geschrieben, das absolut keinen Sinn ergibt, das sich aber großartig anhört. *Wo die Häfen Namen für das Meer haben.* Ist das nicht eine wundervolle Zeile? Aber es bedeutet nichts, oder, Grace?«

»Nein«, sagte Grace. »Ich wüsste nicht, wie Häfen Namen für das Meer haben könnten. Wie soll das gehen?«

Wieder rieb sich Isabel die Augen. »Ich möchte heute einen ungestörten Tag verleben, Grace. Könnten Sie mir dabei behilflich sein?«

»Natürlich.«

»Würden Sie ans Telefon gehen, wenn es klingelt? Sagen Sie, ich würde arbeiten, was ich auch wirklich vorhabe. Sagen Sie, ich könnte erst morgen zurückrufen.«

»Soll ich das allen Anrufern sagen?«

»Außer Cat. Und Hugo. Die will ich sprechen. Obwohl ich hoffe, dass sie heute nicht anrufen. Alle anderen müssen warten.«

Grace war einverstanden. Sie hatte es gerne, wenn sie die Kontrolle über das Haus hatte, und darum gebeten zu werden, andere Leute abzuweisen, war ihr nur recht.

»Wurde aber auch Zeit, dass Sie das mal machen«, sagte sie. »Sie lassen es zu, dass jedermann frei über Sie verfügen darf. Das geht doch nicht. Sie brauchen mal Zeit für sich. Das haben Sie sich verdient.«

Isabel lachte. Grace war ihre engste Verbündete. Mochten ihre Meinungsverschiedenheiten in manchen Punkten auch noch so groß sein, im Grunde ihres Herzens hatte Grace doch nur Isabels Interessen im Auge, eine Loyalität, die im Zeitalter der Ichbezogenheit selten geworden war. Es war eine altmodische Tugend, die ihre Philosophenkollegen in höchsten Tönen lobten, in der sich zu üben sie jedoch nicht fähig waren. Dabei besaß Grace noch ganz andere Tugenden, trotz ihres Hangs, bestimmte Leute abzulehnen. Sie glaubte an einen Gott, der denen, die Ungerechtigkeit erlebt hatten, letztlich Gerechtigkeit widerfahren ließ. Sie glaubte an Arbeit, dass es wichtig war, nie zu spät zu kommen, und dass man keinen Tag wegen einer »so genannten Krankheit« versäumen sollte. Und sie glaubte daran, dass man keinem Menschen eine Bitte um Hilfe abschlagen sollte, ganz egal, in welcher Verfassung er war, oder ob er durch eigene Schuld in Not geraten war oder nicht. Das war echte Seelengröße, manchmal verborgen hinter einem schroffen Äußeren.

»Sie sind ein wunderbarer Mensch, Grace«, sagte Isabel. »Was würden wir alle bloß ohne Sie machen?«

»Hud yer wheesht«, sagte Grace, ins Schottische wechselnd. Es bedeutete »still jetzt«, was auf Englisch einfach nur unhöflich geklungen hätte, auf Schottisch allerdings durchaus erlaubt war. Auch hier gab es feine Bedeutungsunterschiede, die wiederzugeben das Englische zu schwach war. Isabel dachte an ihre Mutter und ihren melancholischen südlichen Dialekt. Das war ein anderer Klang, dem auch mehr als ein Register zur Verfügung stand.

Sie arbeitete den ganzen Morgen über. Die Post hatte wieder einen Stapel unverlangt eingeschickter Manuskripte für die *Zeitschrift* gebracht, und sie trug alle Daten in ein Buch ein, das sie zu diesem Zweck führte. Einige dieser Beiträge würden die erste Durchsicht nicht überstehen, einem allerdings, *Glücksspiel: Eine ethische Analyse*, räumte sie auf den ersten Blick Chancen ein. Welche ethischen Probleme wurden durch das Glücksspiel aufgeworfen? Isabel überlegte, dass es – mindestens – ein einfaches utilitaristisches Argument für das Glücksspiel gab. Wenn man sechs Kinder hatte, wie es bei Spielern anscheinend oft der Fall war – nur eine andere Form des Spiels? fragte sie sich –, dann hatte man die Pflicht, seine Mittel gut überlegt zu verwalten, zum Wohle der Kinder. Aber wenn man reich war, niemand von einem abhängig war – was sprach dann dagegen, dass man, wenn nicht gerade seinen letzten Sou, dann wenigstens den, den man übrig hatte, verwettete? Isabel überlegte weiter. Kantianer hätten keine Zweifel, wie die Antwort darauf lautete, aber das war das

Problem der Kantschen Philosophie: Sie war total vorhersehbar und ließ keinen Raum für Subtiles, genau wie Kant selbst. In rein philosophischem Sinn musste es ziemlich anstrengend sein, Deutscher zu sein, dachte sie. Viel besser war es, Franzose zu sein (unverantwortlich und spielerisch) oder Grieche (ernst aber leichten Herzens). Beneidenswert war auch ihr eigenes Erbe: Auf der einen Seite die schottische Philosophie des Vernunftdenkens, auf der anderen den amerikanischen Pragmatismus. Eine ideale Kombination. Natürlich hatte es auch jene Jahre in Cambridge gegeben, die Schule Wittgensteins und eine Prise linguistische Philosophie – aber die hatte noch nie jemandem wehgetan, solange man daran dachte, sie abzulehnen, wenn man gereift war. *Und, das kann ich ruhig zugeben, ich bin gereift*, dachte sie, als sie aus dem Fenster ihres Arbeitszimmers in den Garten sah, mit seinen üppigen Sträuchern und den ersten weißen Spitzen an der Magnolie.

Zur morgendlichen Lektüre wählte sie einen der viel versprechenderen Artikel aus. Wenn er was taugte, konnte sie ihn heute Nachmittag zur Begutachtung an einen Kollegen schicken, dann hatte sie das Gefühl, etwas getan zu haben, und das brauchte sie. Der Titel war ihr aufgefallen, hauptsächlich wegen der aktuellen Rolle der Genetik – die den Hintergrund des Problems bildete – und wegen des Problems an sich: Ehrlichkeit, wieder einmal. Sie hatte das Gefühl, sie wäre umgeben von Themen, die mit Ehrlichkeit zu tun hatten. Sie hatte einen Artikel über die Ehrlichkeit in sexuellen Beziehungen gelesen, höchst unterhaltsam und von einem der Gutachter der Zeitschrift bereits wohlwollend besprochen. Dann gab es ja noch das Problem mit Toby, was das Dilemma ins Zentrum ihrer eigenen moralischen Erwägungen rückte. Die Welt, so schien es, beruhte auf Lügen und Halbwahrheiten der einen oder anderen Art, und eine der Aufgaben der Ethik bestand darin, uns dabei zu helfen, sie zu umgehen. Ja, es gab unendlich viele Lügen: Und dennoch war die Macht der Wahrheit in keiner Weise schwächer geworden. War es nicht Alexander Solschenizyn, der in seiner Dankesrede für den Nobelpreis gesagt hatte: *Ein einziges wahres Wort wird die ganze Welt beherrschen.* War das Wunschdenken auf Seiten eines Menschen, der in den Verstrickungen staatlich sanktionierter Lügen gelebt hatte, oder war es ein zu rechtfertigender Glaube, dass die Wahrheit Licht ins Dunkel brachte? Es musste Letzteres sein, denn wenn es Ersteres war, dann war das Leben zu düster, als dass man weiterleben wollte. In dieser Hinsicht hatte Camus Recht: Das elementare philosophische Problem war der Selbstmord. Wenn es keine Wahrheit gab, dann gab es keinen Sinn, und unser Leben wäre eine Sisyphusarbeit. Und wäre unser Leben eine Sisyphusarbeit, was hätte es dann für einen Sinn weiterzuleben? In Gedanken ging sie die Liste düsterer Adjektive durch: orwellsch, sisyphusartig, kafkaesk. Gab es noch andere? Es war eine große Ehre für einen Philosophen oder Schriftsteller, ein Adjektiv zu werden. Sie hatte sogar schon das Wort *hemingwayisch* gelesen, was sich vielleicht auf ein Leben aus Stierkämpfen und Angeln anwenden ließ, aber für die Welt des Versagens und der heruntergekommenen Orte, die Graham Greene als Hintergrund für seine moralischen Dramen gewählt hatte, gab es noch kein Adjektiv. *Greeneartig*, überlegte sie; zu hässlich. Vielleicht *greenisch*. *Greeneland* gab es ja schon.

Und wieder ging es um Ehrlichkeit, diesmal in einem Artikel von einem Philosophen an der Universität Singapur, einem gewissen Dr. Chao. *Zweifel am Vater* lautete der Titel, und der Untertitel: »Paternalismus und Ehrlichkeit in der Genetik«. Isabel stand vom Schreibtisch auf und ging zu einem Sessel am Fenster – dem Sessel, in dem sie gerne ihre Artikel las. Unterdessen klingelte das Telefon in der Diele, nach dreimaligem Läuten hob Grace ab. Isabel wartete, Grace rief nicht nach ihr. Jetzt hatte sie Muße, sich dem *Zweifel am Vater* zu widmen.

Der Artikel, in einer verständlichen Sprache geschrieben, fing mit einer Geschichte an. In der klinischen Genetik, so Dr. Chao, sei man häufig mit dem Problem fälschlich zugeschriebener Vaterschaft konfrontiert. Diese Fälle seien insofern heikel, als man sich fragen müsse, wie, wenn überhaupt, der Irrtum aufgeklärt werden solle. Im Folgenden haben wir einen Fall, schrieb Dr. Chao, bei dem genau das ein Thema war.

Mr. und Mrs. B. hatten eine Neugeborenes mit einer erblichen Krankheit. Zwar konnte man davon ausgehen, dass das Kind am Leben bleiben würde, aber sein Zustand war so ernst, dass man sich fragen musste, ob sich Mrs. B. während einer Schwangerschaft einem Test unterziehen sollte oder nicht. Manche Föten wären betroffen, andere nicht. Die einzige Möglichkeit, das herauszufinden, sei ein pränatales Screening.

So weit so gut, dachte Isabel. Natürlich gab es weitreichendere Probleme im Zusammenhang mit pränatalem Screening, bis hin zu grundlegenden Fragen der Eugenik, doch damit wollte sich Dr. Chao nicht auseinander setzen, und das war gut so. Hier ging es um Ehrlichkeit und Paternalismus. Dr. Chao fuhr fort: Zur Klärung ihres Trägerstatus' mussten sich Mr. und Mrs. B. einem genetischen Test unterziehen. Damit sich dieser spezifische Zustand ergab, hätten beide Elternteile Träger des relevanten Gens sein müssen. Als die Ärzte die

Testergebnisse bekamen, zeigte sich, dass Mrs. B. Träger war, Mr. B. dagegen nicht. Das Kind, das in dem betreffenden Zustand auf die Welt gekommen war, *musste also von einem anderen Mann stammen*. Mrs. B. (vielleicht Madame Bovary, dachte Isabel gleich), die nicht näher beschrieben war, hatte einen Geliebten.

Eine Lösung war, das Ergebnis nur Mrs. B. mitzuteilen, und es dann ihr zu überlassen, ob sie es ihrem Mann gestand oder nicht. Auf den ersten Blick erschien diese Lösung die eleganteste, da man auf diese Weise umging, möglicherweise für den Bruch der Ehe verantwortlich zu sein. Dagegen sprach, dass Mr. B. – falls man ihn nicht aufklärte – Zeit seines Lebens in dem Glauben wäre, Träger eines Gens zu sein, das er in Wahrheit gar nicht besaß. Hatte er nicht einen Anspruch darauf, dass ihm von dem Arzt, mit dem ihn eine rein berufliche Beziehung verband, die Tatsache eröffnet wurde? Der Arzt stand eindeutig in der Pflicht ihm gegenüber, oder gab es da Grenzen?

Isabel schlug die letzte Seite des Artikels auf. Hier stand das Literaturverzeichnis, alle Angaben in korrekter Form, aber eine Schlussfolgerung wurde nicht angeboten. Dr. Chao wusste nicht, wie das Problem, das er erörtert hatte, zu lösen war. Das war durchaus verständlich. Es war legitim, eine Frage zu stellen, auf die man selbst keine Antwort hatte oder die man nicht beantworten wollte. Ganz allgemein jedoch zog Isabel Artikel vor, die eine bestimmte Position vertraten.

Sie kam auf den Gedanken, dass sie ja Grace um ihre Meinung fragen könnte. Es wurde sowieso langsam Zeit für den morgendlichen Kaffee, und sie brauchte eine Entschuldigung, um in die Küche zu gehen. Dort stand Grace und räumte die Spülmaschine aus.

»Ich werde Ihnen jetzt mal eine ziemlich vertrackte Geschichte erzählen«, sagte Isabel. »Und dann bitte ich Sie, mir zu sagen, wie Sie reagieren würden. Bemühen Sie nicht groß Ihren Verstand, sagen Sie mir einfach, was Sie machen würden.«

Isabel erzählte die Geschichte von Mr. und Mrs. B. Beim Zuhören räumte Grace die Spülmaschine weiter aus, aber als die Geschichte an ihr Ende kam, ließ sie ihre Arbeit ruhen.

»Ich würde Mr. B. einen Brief schreiben«, sagte sie streng. »Ich würde ihm sagen, er sollte seiner Frau nicht trauen.«

»Verstehe«, sagte Isabel.

»Aber ich würde nicht mit meinem Namen unterschreiben«, ergänzte Grace. »Ich würde anonym schreiben.«

Isabel konnte ihr Erstaunen nicht verhehlen. »Anonym? Warum?«

»Ich weiß nicht«, sagte Grace. »Sie haben gesagt, ich sollte nicht groß meinen Verstand bemühen. Ich sage Ihnen nur, was ich machen würde. Mehr nicht.«

Isabel schwieg. Sie war es gewohnt, dass Grace gelegentlich kuriose Ansichten vertrat, aber dieser seltsame Hinweis auf einen anonymen Brief überraschte sie doch. Gerade wollte sie Grace weiter bedrängen, da wechselte ihre Haushälterin das Thema.

»Cat hat angerufen«, sagte sie. »Sie wollte Sie nicht stören. Sie würde gerne heute Nachmittag zum Tee kommen. Ich habe ihr gesagt, ich würde Ihnen Bescheid geben.«

»Schön«, sagte Isabel. »Ich freue mich darauf.«

Ehrlichkeit. Paternalismus. Sie war keinen Schritt weitergekommen, doch spontan entschied sie sich, Grace noch einmal um ihre Meinung zu bitten.

»Noch eine Geschichte, Grace«, sagte sie. »Stellen Sie sich

194

vor, Sie hätten herausgefunden, dass Toby sich noch mit einer anderen Frau trifft und Cat nichts davon sagt. Was würden Sie tun?«

Grace runzelte die Stirn. »Schwierig, schwierig«, sagte sie. »Ich glaube nicht, dass ich es Cat sagen würde.«

Isabel war erleichtert. Wenigstens waren sie sich in diesem Punkt einig.

»Andererseits«, fuhr Grace fort. »Ich glaube, ich würde zu Toby gehen und ihm sagen, ich würde es der anderen Frau erzählen. Es sei denn, er trennte sich von Cat. Auf diese Weise wäre ich ihn los, denn ich möchte nicht, dass so einer mal unsere Cat heiratet. Ja, so würde ich das machen.«

Isabel nickte. »Verstehe. Und Sie hätten keine Bedenken?«

»Keine«, sagte Grace. »Absolut keine.« Dann fragte sie noch nach: »Aber das würde wohl nie passieren, oder?«

Isabel zögerte. Wieder eine Gelegenheit, bei der sich eine Lüge anbot. Aber dieser Moment des Zögerns reichte.

»Oh, mein Gott«, sagte Grace. »Arme Cat! Armes Mädchen! Wissen Sie, ich habe den Jungen nie gemocht, nie. Ich hab's nicht sagen wollen, aber jetzt wissen Sie's. Schon diese erdbeerroten Hosen, die er immer anhat! Da wusste ich gleich, was die zu bedeuten hatten. Von Anfang an.«

18

Cat kam um halb vier zum Tee, nachdem sie Eddy die Verantwortung für den Laden übertragen hatte. Grace führte sie ins Haus. Sie sah Cat komisch an, jedenfalls empfand es Cat so, aber Grace war nun mal komisch, schon immer. Grace vertrat Theorien und Überzeugungen über nahezu alles und jeden, und nie wusste man, was in ihrem Kopf vorging. Wie Isabel diese Gespräche mit ihr in der Küche bloß aushielt – Cat hatte keine Ahnung. Vielleicht überhörte sie sie einfach.

Isabel saß in ihrem Gartenhaus und korrigierte Druckfahnen. Das Gartenhaus war eine kleine, achteckige Konstruktion, aus Holz gebaut und in einem dunkelgrünen Farbton gestrichen. Es stand ganz hinten, an der hohen Steinmauer, die den Garten umlief. Ganze Tage hatte ihr Vater während seiner Krankheit hier verbracht, auf den Rasen geschaut, hatte nachgedacht und gelesen, obwohl es ihm schwer fiel, die Seiten umzuschlagen, und er darauf wartete, dass Isabel es für ihn tat. Nach seinem Tod hatte sie das Haus einige Jahre nicht betreten können, so stark waren die Erinnerungen, doch mit der Zeit hatte sie sich angewöhnt, darin zu arbeiten, sogar im Winter, da es sich mit einem norwegischen Holzofen, der in einer Ecke stand, beheizen ließ. Es war spärlich dekoriert, abgesehen von drei gerahmten Fotos, die an der hinteren Wand hingen: Ihr Vater in der Uniform des Cameronian Regiment in Sizilien, unter einer scharf konturierten Sonne, vor einer beschlagnahmten Villa. Diese Tapferkeit und all diese Opfer, schon so lange her, doch für eine Sache, die richtig und gerecht war. Ihre Mutter – ihre heilige amerikanische Mutter, einmal von Grace ungeschickt als ihre leidige amerikanische Mutter bezeichnet – mit ihrem Vater in einem Café in Venedig. Und schließlich sie selbst als Kind mit ihren Eltern, wohl bei einem Picknick, Isabel war sich nicht ganz sicher. Die Fotos, stockfleckig an den Rändern, mussten eigentlich restauriert werden, aber noch hingen sie ungestört da.

Es war ein warmer Tag, dafür, dass erst Frühling war, eigentlich schon ein richtiger Sommertag, und die Glastüren des Gartenhauses standen offen. Jetzt sah sie, wie Cat den Rasen überquerte und auf sie zukam, in der Hand eine kleine braune Tüte. Wahrscheinlich etwas aus ihrem Spezialitätengeschäft; Cat kam nie mit leeren Händen, immer brachte sie Isabel eine kleine Dose Trüffelpastete oder Oliven mit, was sie gerade zufällig aus einem der Regale griff.

»Belgische Schokoladenmäuse«, sagte Cat und legte das Päckchen auf den Tisch.

»Katzen bringen einem ihre Mäuse als Geschenk«, bemerkte Isabel, legte die Druckfahnen beiseite. »Meine Tante, das heißt, meine Großtante hatte eine Katze, die Mäuse fing und sie ihr aufs Bett legte. Wirklich sehr aufmerksam.«

Cat ließ sich in dem Korbstuhl neben Isabel nieder. »Grace hat mir gesagt, du hättest dich zurückgezogen. Dürfest nicht gestört werden, außer von mir.«

Wie taktvoll von Grace, dachte Isabel. Es wäre wenig hilfreich, Hugo allzu oft zu erwähnen.

»Das Leben ist irgendwie kompliziert geworden«, sagte Isabel. »Ich bräuchte ein, zwei Tage, um mit meiner Arbeit voranzukommen und es zu ent-komplizieren, wenn es so etwas gibt. Du kennst das Gefühl bestimmt auch.«

»Ja«, sagte Cat. »Das sind so Tage, da möchte man nur abhauen und sich verkriechen. Kenne ich gut.«

»Grace bringt gleich Tee, dann können wir uns unterhalten«, sagte Isabel. »Ich habe für heute genug gearbeitet.«

Cat lachte. »Ich mache heute auch blau«, sagte sie. »Eddie kann sich bis Ladenschluss um alles kümmern. Ich gehe nach Hause und ziehe mich um. Und dann gehe ich … dann gehen wir aus.«

»Schön«, sagte Isabel. Wir. Natürlich, Toby.

»Wir wollen feiern«, sagte Cat und sah Isabel von der Seite an. »Erst gehen wir essen, danach in einen Club.«

Isabel hielt den Atem an. Damit hatte sie nicht gerechnet, dennoch hatte sie es befürchtet. Und jetzt war er gekommen, der Moment. »Feiern?«

Cat nickte. Sie blickte Isabel nicht an, stattdessen sah sie hinaus auf den Rasen. Ihre Stimme klang verhalten. »Toby und ich haben uns verlobt«, sagte sie. »Gestern Abend. Nächste Woche setzen wir Anzeigen in die Zeitungen. Ich wollte es dir als Erste sagen.« Sie machte eine Pause. »Ich glaube, seinen Eltern hat er es mittlerweile auch gesagt, aber abgesehen von denen weiß es sonst niemand. Nur du.«

Isabel wandte sich ihrer Nichte zu und nahm ihre Hand. »Das hast du gut gemacht, Schatz. Meinen Glückwunsch.« Sie hatte ihre ganze Kraft aufbieten müssen, wie ein Sänger, der sich einen hohen Ton abringt, aber ihre Mühe hatte sich als unzureichend herausgestellt. Ihre Stimme klang flach, sie selbst wenig begeistert.

Cat sah sie an. »Meinst du das ernst?«

»Ich will nur, dass du glücklich bist«, sagte Isabel. »Und wenn dich das glücklich macht, dann meine ich es natürlich ernst.«

Cat bedachte ihre Worte. »Der Glückwunsch einer Philosophin«, sagte sie. »Kannst du nicht etwas Persönlicheres sagen?« Sie ließ Isabel keine Zeit für eine Antwort, aber Isabel hätte sowieso keine Antwort parat gehabt und sich eine abringen müssen. »Du kannst ihn nicht leiden, stimmt's? Du bist einfach nicht bereit, ihm eine Chance zu geben – nicht mal mir zuliebe.«

Isabel senkte den Blick. Sie durfte in diesem Punkt nicht lügen. »Ich gebe zu, ich bin noch nicht warm mit ihm geworden. Aber ich verspreche dir: Ich werde mir alle Mühe geben, auch wenn es hart für mich wird.«

Cat biss sich an ihren Worten fest. »Auch wenn es hart wird?« Ihre Stimme war etwas schriller, die Kränkung klang durch. »Warum sollte es hart für dich sein? Warum sagst du so was?«

Isabel hatte keine Kontrolle mehr über ihre Gefühle. Die Nachricht hatte sie erschüttert, und sie vergaß ihre Absicht, nicht weiterzuerzählen, was sie beobachtet hatte. Jetzt platzte sie damit heraus. »Ich glaube nicht, dass er dir treu ist«, sagte sie. »Ich habe ihn mit einer anderen gesehen, deswegen. Deswegen.«

Sie schwieg abrupt, erschrocken über das, was sie gesagt hatte. Sie hatte es nicht sagen wollen, sie wusste, dass es nicht richtig war, und trotzdem war es aus ihr herausgekommen, als hätte jemand anderes gesprochen. Gleich fühlte sie sich elend. *So wird Unrecht begangen, ganz einfach so, ohne zu überlegen*, dachte sie. Unrecht zu tun, war nicht weiter schwierig, ihm musste nicht sorgfältiges Abwägen vorausgehen. Es geschah eher beiläufig, ganz leicht. Hatte das nicht schon Hannah Arendt erkannt: die Banalität des Bösen. Nur Gutes ist heroisch.

Cat war auf einmal ganz still. Mit einem Achselzucken schüttelte sie die Hand ab, die Isabel ihr auf die Schulter gelegt hatte. »Nur, damit ich dich nicht missverstehe«, sagte sie. »Du sagst, du hättest ihn mit einer anderen Frau gesehen. Stimmt das?«

Isabel nickte. Sie konnte es jetzt nicht mehr zurücknehmen, Ehrlichkeit blieb daher die einzige Möglichkeit. »Ja. Entschuldige. Ich hatte nicht die Absicht, dir das zu sagen, weil ich eigentlich finde, dass es mich nichts angeht, dass ich mich nicht in deine Angelegenheiten mischen darf. Aber ich habe ihn wirklich gesehen. Ich habe gesehen, wie er eine andere Frau umarmt hat. Er wollte sie besuchen. Es war im Eingang zu ihrer Wohnung. Ich kam … ich kam gerade vorbei. Ich habe es selbst gesehen.«

»Wo war das?« fragte sie leise. »Wo genau hast du sie gesehen?«

»In der Nelson Street«, sagte Isabel.

Cat schwieg einen Moment lang. Dann fing sie an zu lachen, und die Anspannung wich aus ihrem Gesicht. »Seine Schwester Fiona wohnt da. Arme Isabel! Da hast du was durcheinander gebracht. Er besucht Fiona oft. Natürlich gibt er ihr einen Begrüßungskuss. Sie können sich gut leiden. Und es ist eine ziemlich gefühlsbetonte Familie.«

Nein, dachte Isabel. Es ist keine gefühlsbetonte Familie, nicht im mindesten, nach meinem Verständnis dieses Begriffs jedenfalls. Gefühlsbetontheit ist Ausdruck einer Sympathie, und gefühlsbetont, das waren sie, oder wenigstens Toby und sein Vater – den sie mal kennen gelernt hatte – ganz offensichtlich nicht. Und die Frau war auch nicht seine Schwester.

»Es war nicht seine Schwester«, sagte Isabel. »Es war die Mitbewohnerin seiner Schwester.«

»Lizzie?«

»Ich weiß nicht, wie sie heißt«, sagte Isabel.

Cat räusperte sich. »Quatsch«, sagte sie selbstbewusst. »Du hast da einen flüchtigen Kuss auf die Wange missverstanden. Und jetzt bist du nicht mal bereit, einen Irrtum einzuräumen. Wenn du das zugeben würdest, wäre es etwas anderes, aber das kannst du nicht. So sehr hasst du ihn.«

Isabel wehrte sich. »Ich hasse ihn nicht. Du hast kein Recht dazu, so etwas zu sagen.« Sie wusste, dass Cat sehr wohl das

Recht dazu hatte, denn noch beim Reden kam ihr das Bild der Lawine wieder in den Sinn, und sie schämte sich.

Cat stand von ihrem Sessel auf. »Das tut mir alles sehr Leid. Ich verstehe, warum du mir das hast sagen wollen, was du mir eben gesagt hast, aber ich finde, du bist total ungerecht. Ich liebe Toby. Wir werden heiraten. Mehr gibt's dazu nicht zu sagen.« Sie verließ das Gartenhaus.

Isabel stand auf, stieß dabei gegen die Druckfahnen, die zu Boden fielen. »Cat, bitte. Du weißt, wie gerne ich dich habe. Das weißt du. Bitte...« Sie ließ den Satz unvollendet. Cat lief jetzt über den Rasen, zurück ins Haus. Grace stand an der Küchentür, in der Hand ein Tablett. Sie trat zur Seite, um Cat vorbeizulassen, aber das Tablett fiel zu Boden.

Der Tag war dahin. Nach Cats Abgang beriet sich Isabel eine geschlagene Stunde lang mit Grace über die Situation, und Grace beeilte sich, Isabel zu beruhigen.

»Bestimmt wird es eine gewisse Zeit lang so bleiben mit ihr«, sagte sie. »Sie hat sich dem Gedanken verschlossen, dass es diese Möglichkeit gibt, die Sie angedeutet haben. Aber sie wird ins Grübeln kommen, und der Gedanke wird an ihr nagen. Sie wird anfangen zu überlegen, vielleicht ist ja doch was dran, nur vielleicht. Dann wird sie umschwenken, und es wird ihr wie Schuppen von den Augen fallen.«

Isabel fand die Situation eher trostlos, aber sie musste zugeben, dass etwas dran war an dem, was Grace gesagt hatte. »Bis es so weit ist, wird sie mir allerdings nicht verzeihen.«

»Wahrscheinlich nicht«, sagte Grace in einem nüchternen Ton. »Vielleicht hilft es, wenn Sie ihr schreiben und ihr sagen, wie sehr es Ihnen Leid tut. Zu gegebener Zeit wird sie Ihnen ohnehin verzeihen, aber es wird ihr leichter fallen, wenn Sie ihr eine Tür offen lassen.«

Isabel ging auf Grace' Vorschlag ein und schrieb Cat einen Brief. Sie entschuldige sich für den Kummer, den sie Cat angetan habe und hoffe, sie möge ihr verzeihen. Als sie die Worte schrieb, *bitte verzeih mir*, fiel ihr ein, dass sie selbst erst wenige Wochen zuvor zu Cat gesagt hatte, *es gibt keine vorzeitige Vergebung*. Über das Phänomen der Vergebung wurde nämlich viel dummes Zeug geredet, besonders von Seiten derer, die jene These über reaktive Haltungen und ihre Bedeutung, die Professor Strawson in seinem Aufsatz *Freiheit und Übelnehmen* vertrat, einfach nicht begreifen wollten oder noch nie davon gehört hatten. Peter Strawson, dessen Name, wie Isabel auffiel, anagrammatisch und ungerechterweise als *a pen strews rot – eine Feder, die Unsinn ausstreut* – gelesen werden konnte. Wir brauchen das, jemandem etwas übel zu nehmen, behauptet er, denn Übelnehmen identifiziert und unterstreicht das Unrechte. Ohne diese reaktiven Haltungen gehen wir das Risiko ein, unser Gespür für Recht und Unrecht abzuschwächen, weil wir am Ende der Meinung sein könnten, es sei ohnehin egal. Man sollte daher nicht vorzeitig vergeben, was vermutlich auch Papst Johannes Paul II. gedacht hat, als er all die Jahre abwartete, bevor er seinen Angreifer in der Gefängniszelle aufsuchte. Isabel fragte sich, was er dem Schützen wohl gesagt haben mag. *Ich verzeihe dir*? Oder hatte er etwas völlig anderes gesagt, etwas gar *Unverzeihliches*? (Vielleicht etwas auf Polnisch.) Sie musste lachen bei dem Gedanken. Päpste waren auch nur Menschen und benahmen sich wie Menschen, was bedeutete, dass sie gelegentlich in den Spiegel gucken und sich fragen mussten: Bin ich das wirklich? In dieser etwas absurden Kleidung? Der gleich auf den Balkon treten wird und den Menschen, die mit ihren Fähnchen gekommen sind, mit ihren Hoffnungen, mit ihren Tränen, zuwinken wird?

Eine Hypothese, die in einem Restaurant entwickelt worden war, nach mehreren Gläsern Wein, in Gesellschaft eines attraktiven jungen Mannes – das war eine Sache; eine Hypothese, die bei Lichte besehen noch aufrecht erhalten werden konnte, das war etwas anderes. Isabel war sich sehr wohl im Klaren darüber, dass sie im Fall Minty Auchterlonie nur auf Mutmaßungen angewiesen war. Falls es zutraf, dass es bei McDowell's Unregelmäßigkeiten gab, und falls es zutraf, dass Mark Fraser darauf gestoßen war, dann bedeutete das noch lange nicht, dass Paul Hogg darin verwickelt war. Ihre Vorstellung davon, wie diese Verwicklung aussehen konnte, klang plausibel, mehr aber auch nicht. Soweit sie wusste, war McDowell's ein großes Unternehmen, und es gab keinen Grund, warum Paul Hogg derjenige sein sollte, auf den sich Marks Entdeckung bezog.

Wenn sie ihrer Hypothese ein solideres Fundament verschaffen wollte, ja, wenn sie auch nur im Entferntesten glaubhaft sein sollte, dann musste sie mehr über McDowell's herausfinden, und das würde nicht leicht werden. Dazu musste sie mit Leuten aus der Finanzbranche reden; die wüssten Bescheid, auch wenn sie selbst gar nicht für McDowell's tätig waren. Die Finanzwelt von Edinburgh war ein Dorf, genauso wie die Welt der Anwälte und Richter, Klatsch und Tratsch waren weit verbreitet. Aber Isabel brauchte mehr als das: Wie sollte man herausfinden, ob jemand mit vertraulichen Informationen gehandelt hatte oder nicht? Bedeutete das die Überwachung von Aktienverkäufen? Wie sollte man da vorgehen? Wie sollte man an Informationen darüber herankommen, wer bei den Tausenden von Transaktionen, die jedes Jahr an der Börse getätigt würden, welche Aktien gekauft hatte? Natürlich waren die Betreffenden vorsichtig und bedienten sich Strohmännern und Offshore-Agenten. Wenn Insiderhandel kaum zur Anklage kam – und selten eine Verurteilung erfolgte –, dann hatte das einen guten Grund. Er ließ sich häufig einfach nicht beweisen. Somit ließ sich so gut wie unmöglich nachverfolgen, was Minty mit den Informationen, die sie von ihrem Verlobten erhielt, anstellte. Minty konnte ungestraft handeln, es sei denn – und das war die wichtigste Einschränkung – es sei denn, die Person aus dem Innern des Apparats, so jemand wie Mark Fraser, konnte ihre Transaktionen mit Informationen in Verbindung bringen, die seines Wissens Paul Hogg besessen haben könnte. Mark aber war tot. Und das bedeutete, dass sie ihrem Freund Peter Stevenson einen Besuch abstatten musste; Peter Stevenson, Finanzier, verständiger Philanthrop und Vorsitzender des Wirklich Schlechten Orchesters.

19

West Grange House war ein großes quadratisches Haus, gebaut Ende des achtzehnten Jahrhunderts und weiß gestrichen. Es stand auf einem weitläufigen Grundstück in Grange, einem gediegenen Vorort, der an Morningside und Bruntsfield grenzte, wenige Minuten Fußweg von Isabels Haus entfernt, und noch näher an Cats Spezialitätengeschäft. Solange er denken konnte, hatte sich Peter Stevenson dieses Haus gewünscht, und als es ganz unerwartet auf den Markt kam, hatte er die Gelegenheit beim Schopf gepackt.

Peter war einst erfolgreicher Merchantbanker und hatte mit Mitte vierzig beschlossen, sich als eine Art Unternehmensberater für besondere Fälle selbständig zu machen. Firmen in Finanznöten konnten sich an ihn wenden, damit er sie sanierte, oder Firmen mit widerspenstigen Aufsichtsräten ihn als Mediator in ihren Streitigkeiten engagieren. Mit seiner bedächtigen Art hatte er geplagten Unternehmen wieder Geschäftsfrieden gebracht, die Betroffenen dazu überredet, sich an einen Tisch zu setzen und die Probleme Stück für Stück anzugehen.

»Für alles gibt es eine Lösung«, lautete seine Antwort auf Isabels Frage nach seiner Arbeit, die sie ihm stellte, während er sie ins Frühstückszimmer führte. »Alles. Man muss nur das Problem aufdröseln und dann bei Null wieder anfangen. Man muss nur eine Liste machen und vernünftig sein.«

»Leider sind das die Menschen oft nicht«, sagte Isabel.

Peter lachte. »Das lässt sich erreichen. Die meisten Menschen werden mit der Zeit vernünftig, auch wenn sie es anfangs nicht sind.«

»Nur manche nicht«, beharrte Isabel. »Die ganz und gar Unvernünftigen. Und von denen gibt es nicht wenige unter den Erdenbürgern. Idi Amin und Pol Pot, um nur zwei zu nennen.«

Peter dachte über Isabels Ausdrucksweise nach. Wer sagte das heute noch, Erdenbürger? Die meisten würden einen etwas verwundert anschauen, wenn man das Wort in den Mund nahm. Typisch für Isabel, dass sie ein Wort am Leben erhielt. Wie ein Gärtner, der sich um ein schwaches Pflänzchen kümmert. Wie schön für Isabel.

»Die unbelehrbar Unvernünftigen führen in der Regel kein Unternehmen«, sagte er, »auch wenn sie manchmal Staaten führen. Politiker sind anders als Geschäftsleute oder Unternehmer. Die Politik zieht die falschen Leute an.«

Isabel gab ihm Recht. »Genau. Überall diese aufgeblasenen Egos. Deswegen gehen sie doch überhaupt in die Politik. Sie wollen andere Menschen dominieren. Sie haben Freude an der Macht und dem ganzen Gepränge. Nur die wenigsten gehen in die Politik, weil sie die Welt verbessern wollen. Ein paar vielleicht, aber viele sind es nicht.«

Peter dachte einen Moment lang über das Gesagte nach. »Immerhin gibt es die Gandhis und die Mandelas. Und Präsident Carter.«

»Jimmy Carter?«

Peter nickte. »Ein guter Mensch. Viel zu weich für die Politik. Ich glaube, er ist eher durch Zufall im Weißen Haus gelandet. Er war einfach viel zu ehrlich. Irgendwann hat er mal diese denkwürdigen peinlichen Bemerkungen über seine geheimen Versuchungen gemacht, und die Presse hatte ihren Spaß. Dabei wette ich mit dir, dass jeder Einzelne, der ihn damals ins Gebet nahm, genau die gleichen Gedanken gehegt hat wie er. Wer hat solche Gedanken nicht?«

»Mit Phantasien kenne ich mich aus«, sagte Isabel. »Ich weiß, was er gemeint hat…« Sie hielt inne. Peter sah sie fragend an, und rasch fuhr sie fort. »Nicht *solche* Phantasien. Ich denke immerzu an Lawinen…«

Peter lachte und wies ihr einen Sessel zu. »Nun gut, *chacun à son rêve.*«

Isabel lehnte sich in ihrem Sessel zurück und blickte über die Rasenfläche und die Schuppentanne. Der Garten war größer als ihrer, offener. Vielleicht würde bei ihr auch mehr Licht einfallen, wenn sie mal einen Baum beschnitt; aber sie wusste, dass sie das niemals fertig bringen würde. Sie würde abtreten, bevor der Baum abtrat. Eichen waren in dieser Hinsicht ernüchternd – immer wenn man eine sah, wurde man daran erinnert, dass sie höchstwahrscheinlich immer noch existierte, wenn man selbst längst von der Erde verschwunden war.

Sie musterte Peter. Er war auch ein bisschen wie eine Eiche, dachte sie; nicht äußerlich – in dieser Hinsicht glich er eher eine Glyzinie –, aber er war ein Mensch, dem man vertrauen konnte. Außerdem war er diskret, und man konnte mit ihm reden, ohne befürchten zu müssen, dass das Gesagte in die Welt hinausposaunt wurde. Wenn man sich bei ihm also nach McDowell's erkundigte, was sie jetzt tat, dann würde niemand anders erfahren, dass sie sich dafür interessierte.

Er dachte einen Moment lang nach. »Ich kenne einige bei McDowell's«, sagte er. »Eine ziemlich solide Firma, soweit ich weiß.« Er machte eine Pause. »Ich wüsste da auch jemanden, der vielleicht bereit wäre, mal mit dir über die Leute in der Firma zu reden. Ich glaube, er ist wegen irgendeines Knatschs gerade von da weg. Er wäre vielleicht der Richtige.«

Isabel ging gleich darauf ein. Es war genau das, was sie erhofft hatte. Peter kannte Gott und die Welt und konnte einen mit allen möglichen Leuten bekannt machen. »Genau das, was ich mir gewünscht hatte«, sagte sie und fügte hinzu: »Vielen Dank.«

»Aber sei vorsichtig«, riet Peter ihr. »Zunächst einmal kenne ich den Mann nicht persönlich, ich kann also nicht für ihn bürgen. Dann musst du bedenken, dass er möglicherweise nicht gut auf die Firma zu sprechen ist. Man weiß nie. Wenn du ihn treffen willst, musst du morgen zu unserem Konzert kommen. Johnny Sandersons Schwester spielt in dem Orchester, und meistens kommt er mit, wenn wir auftreten. Ich sorge dafür, dass du ihm anschließend auf der Party vorgestellt wirst.«

Isabel lachte. »Dein Orchester? Das Wirklich Schlechte Orchester?«

»Genau das«, sagte Peter. »Ich bin erstaunt, dass du nicht schon mal bei einem von unseren Konzerten warst. Ich bin mir ziemlich sicher, dass ich dir zu unserem letzten eine Einladung geschickt habe.«

»Ja, stimmt«, sagte Isabel, »aber damals war ich gerade nicht da. Tut mir Leid, dass ich es verpasst habe. Ich habe gehört, es war ... «

»Schlecht«, sagte Peter. »Ja, wir sind überhaupt nicht gut, aber wir haben unseren Spaß. Und das Publikum kommt sowieso, um abzulachen, es ist also egal, wie gut oder schlecht wir spielen.«

»Solange ihr euer Bestes versucht.«

»Genau. Und unser Bestes, fürchte ich, ist nicht gerade sehr gut. Aber so ist es nun mal.«

Isabel sah nach draußen. Sie fand es interessant, dass Menschen, die eine Sache in ihrem Leben sehr gut hinbekommen hatten, häufig versuchten, noch etwas anderes auf die Beine zu stellen – und scheiterten. Peter war ein sehr erfolgreicher Banker gewesen, jetzt war er ein recht unbedeutender Klarinettist. Zweifellos brachte es der Erfolg mit sich, dass man ein Scheitern leichter ertrug – oder nicht? Vielleicht gewöhnte man sich daran, dass einem alles gelang, und dann war man frustriert, wenn einem eine Sache mal nicht gelang. Isabel wusste jedoch, dass das nicht die Antriebsfeder war, denn Peter begnügte sich damit, die Klarinette *bescheiden* zu spielen, wie er sich ausdrückte.

Isabel schloss die Augen beim Zuhören. Die Spieler, die in der Aula der Mädchenschule in Murrayfield saßen, die dem Wirklich Schlechten Orchester großzügig Gastrecht gewährte, machten sich gerade an eine Partitur, die ihre Fähigkeiten weit überschritt. Das hier war sicher nicht Purcells Intention gewesen, und wahrscheinlich hätte er seine Komposition nicht wiedererkannt. Isabel kam es irgendwie vertraut vor, jedenfalls einige Takte, aber es schien so, als würden die einzelnen Abteilungen des Orchesters völlig unterschiedliche Stücke spielen, zudem noch in unterschiedlichen Tempi. Besonders die Streicher waren uneinheitlich, und es hörte sich an, als spielten sie etliche Töne tiefer, während die Posaunen, die im Sechsachteltakt hätten spielen müssen wie das übrige Orchester, im Vierviertakt spielten. Sie machte die Augen auf und sah hinüber zu den Posaunisten, die sich mit sorgenzerfurchter Stirn auf die Noten konzentrierten; hätten sie den Dirigenten angeschaut, hätten sie den richtigen Takt gefunden, aber zu mehr als Notenlesen waren sie nicht in der Lage. Isabel wechselte einen lächelnden Blick mit ihrem Sitznachbarn; das Publikum hatte seine Freude, wie immer bei Konzerten des WSO.

Der Purcell ging zu Ende, zur offenkundigen Erleichterung des Orchesters, wobei viele Spieler die Instrumente absetzten und erst mal tief Luft holten, wie Läufer nach einem Rennen. Im Publikum gab es gedämpftes Gelächter, dann hörte man Papier rascheln und die Programmzettel wurden studiert. Als nächstes kam Mozart, und danach, seltsamerweise, *Yellow Submarine*. Stockhausen sollte heute Abend nicht gespielt werden, bemerkte Isabel erleichtert. Einen Moment lang und mit Traurigkeit dachte sie zurück an jenen Abend in der Usher Hall, jenen Abend, weswegen sie letztlich ja hierher gekommen war, um das WSO sich durch das Programm quälen zu hören, vor seinem amüsierten aber treuen Publikum.

Zum Schluss des Konzerts wurde stürmisch applaudiert, und der Dirigent in seiner mit goldenen Tressen besetzten Weste verbeugte sich mehrmals. Das Publikum und die Musiker strömten ins Atrium, zum Wein und zu den Sandwichs, die das Orchester seinen Zuhörern als Dank für ihren Besuch servierte.

»Das ist das Mindeste, was wir tun können«, erklärte der Dirigent in seiner abschließenden Bemerkung. »Sie waren sehr tolerant.«

Isabel kannte einige der Spieler und viele aus dem Publikum, und schon bald fand sie Anschluss an eine Gruppe von Freunden, die über einen großen Teller mit Räucherlachs-Sandwichs herfiel.

»Ich hatte gedacht, sie hätten Fortschritte gemacht«, sagte einer, »aber nach dem heutigen Abend bin ich mir nicht mehr so sicher. Der Mozart…«

»Ach, Mozart sollte das sein?«

»Ihr müsst das als Therapie begreifen«, sagte ein anderer. »Ihr habt doch gesehen, wie glücklich und zufrieden alle sind. Das sind Leute, die sonst nie in einem Orchester spielen könnten. Das ist Gruppentherapie. Großartig.«

Jemand wandte sich an Isabel. »Sie könnten auch beitreten«, sagte er. »Spielen Sie nicht Flöte? Sie könnten mitspielen.«

»Ja«, sagte Isabel. »Ich werd's mir überlegen.« Sie dachte stattdessen an Johnny Sanderson. Es musste der Mann sein, der neben Peter Stevenson stand und den ihr Gastgeber jetzt in ihre Richtung lenkte, nachdem er sie in der Menge ausgemacht hatte.

»Ich wollte euch beide mal miteinander bekannt machen«, sagte Peter, die Vorstellung einleitend. »Wir könnten Isabel vielleicht dazu überreden, unserem Orchester beizutreten,

Johnny. Sie spielt sehr viel besser als wir, aber wir könnten noch eine Flötistin gebrauchen.«

»Ihr könntet alles Mögliche gebrauchen«, sagte Johnny. »In erster Linie Musikstunden...«

Isabel lachte. »So schlecht waren sie auch wieder nicht. *Yellow Submarine* hat mir gefallen.«

»Das Kabinettstückchen«, sagte Johnny und langte nach einem Vollkornsandwich mit Räucherlachs.

Einige Minuten lang unterhielten sie sich über das Orchester, bevor Isabel das Thema wechselte. Er habe bei McDowell's gearbeitet, wie sie gehört habe, ob er gerne dort gewesen sei. Ja. Er dachte kurz nach, dann sah er Isabel mit gespieltem Misstrauen von der Seite an. »Wollten Sie mich deswegen kennen lernen?« Er hielt inne. »Ist das der Grund, warum Peter wollte, dass wir uns kennen lernen?«

Isabel erwiderte seinen Blick. Es hatte keinen Zweck, ihm etwas vorzumachen, dachte sie; sie sah gleich, dass Johnny Sanderson schlau war.

»Ja«, sagte sie nur. »Ich möchte gerne mehr über McDowell's erfahren.«

Er nickte. »Da gibt es nicht viel zu erfahren«, sagte er. »Es ist eine ziemlich typische Firma. Eigentlich sind dort nur öde Leute, eine Menge jedenfalls. Mit einigen pflegten wir gesellschaftlichen Kontakt, könnte man sagen, aber im Großen und Ganzen fand ich sie...langweilig. Tut mir Leid. Es hört sich ein bisschen arrogant an, aber so war es nun mal. Zahlenfetischisten. Rechner.«

»Und Paul Hogg?«

Johnny zuckte die Achseln. »Einigermaßen anständig. Ein bisschen zu ernsthaft für meinen Geschmack, aber er leistet gute Arbeit. Er ist typisch für die Angestellten, die früher da gearbeitet haben. Einige der neu Eingestellten sind da etwas anders geschnitten. Paul gehört zum alten Finanzadel von Edinburgh. Grundehrlich.«

Isabel reichte ihm den Teller mit den Lachssandwichs, und er nahm sich noch eins. Sie hob ihr Glas und trank einen Schluck Wein, der von sehr viel besserer Qualität war als die Weine, die sonst bei solchen Gelegenheiten gereicht wurden. Das war bestimmt Peters Werk, dachte sie.

Ein Aspekt, den Johnny erwähnt hatte, interessierte sie besonders. Wenn Paul Hogg für den Typ Finanzdienstleister stand, der früher bei McDowell's gearbeitet hatte, und wenn er grundehrlich war, wie Johnny sich ausgedrückt hatte – wie waren dann die neuen Leute? »McDowell's verändert sich also gerade?«

»Natürlich«, sagte Johnny. »Wie der Rest der Welt auch. Alles. Banken. Finanzhäuser, Makler – alle. Neuerdings wird mit härteren Bandagen gekämpft. Es herrscht ein raues Klima. Ist doch überall so, oder nicht?«

»Schon möglich«, sagte Isabel. Er hatte natürlich Recht; die alten moralischen Gewissheiten waren im Verschwinden begriffen und wurden durch Eigennutz und Rücksichtslosigkeit ersetzt.

Johnny schluckte sein Lachssandwich herunter und leckte sich die Fingerspitzen ab. »Paul Hogg«, sinnierte er. »Paul Hogg. Hm. Ehrlich gesagt, wirkte er auf mich immer ein bisschen wie ein Muttersöhnchen, und dann zaubert er diese Zwölfzylinder-Turbo-Verlobte aus dem Hut, Minty Soundso, Auchtermuchty, Auchendinny.«

»Auchterlonie«, half Isabel nach.

»Doch wohl hoffentlich keine Nichte von Ihnen«, sagte Johnny. »Ich will niemandem zu nahe treten.«

Isabel lachte. »Was Sie über sie gesagt haben, entspricht in etwa meiner Einschätzung, nur wäre ich ein wenig milder.«

»Wir beide verstehen uns, wie ich sehe. Sie ist knallhart. Sie arbeitet für so ein Unternehmen in der North Charlotte Street, die Ecosse Bank. Sie ist ein Flittchen, wenn Sie mich fragen. Sie vergnügt sich mit einigen jungen Männern aus Pauls Büro. Ich habe sie einige Male erlebt, als Paul nicht dabei war. Einmal habe ich sie auch in London gesehen, in einer Bar in der City; wahrscheinlich haben sie gedacht, wird schon keiner aus Edinburgh da sein. Pech gehabt. Ich war da, und ich habe sie gesehen. Schmiss sich an so einen Jungstar aus Aberdeen ran, der bei McDowell's einen dicken Stein im Brett hat, weil er ganz gut Zahlen frisieren kann und weil er Risiken eingegangen ist, die sich ausgezahlt haben. Ian Cameron, so heißt der Knabe. Spielt für irgendein Team Rugby. So ein sportlicher Typ, aber trotzdem clever.«

»An den hat sie sich rangeschmissen?«

Johnny machte eine Geste. »Ungefähr so. Ganz dicht an ihn ran. Keine rein platonische Körpersprache.«

»Aber sie ist doch mit Paul Hogg verlobt.«

»Stimmt.«

»Und Paul? Weiß er davon?«

Johnny schüttelte den Kopf. »Paul ist ein Naivling. Ein Naivling, der von einer Frau eingenommen ist, die ein bisschen zu ehrgeizig für ihn ist. So was soll vorkommen.«

Isabel trank noch einen Schluck Wein. »Was sieht sie bloß in Paul? Wieso gibt sie sich mit ihm ab?«

»Ansehen«, sagte Johnny mit fester Stimme. »Er ist eine gute Fassade, wenn man in Edinburghs Finanzwelt aufsteigen will. Sein Vater war Mitbegründer des Scottish Montreal und des Gullane Fonds. Wenn man sozusagen ein Nobody ist, und man will es zu was bringen, dann gibt es keine bessere Wahl als Paul. Perfekt. Alle richtigen Verbindungen. Langweilige Fettesian Dinner. Eigene Firmenloge im Festival Theatre. Nach der Oper zum Souper. Perfekt!«

»Und in der Zwischenzeit bastelt sie an ihrer Karriere.«

»Genau. Ich würde sagen, sie interessiert sich für Geld, und sehr wahrscheinlich für sonst nicht viel anderes. Das heißt, ich muss mich korrigieren. Für männliche Freunde. Solche Raubeine wie dieser Ian Cameron.«

Isabel schwieg. Untreue, so schien es, war nichts Ungewöhnliches. Was sie über Toby herausgefunden hatte, hatte sie überrascht, doch nachdem sie diese Geschichte über Minty gehört hatte, musste man mit so etwas eben rechnen. Vielleicht sollte einen Beständigkeit viel mehr überraschen, das jedenfalls war die Meinung der Gesellschaftswissenschaftler. Man sagt, Männer hätten einen starken Drang, so viele Partner wie möglich zu haben, um das Überleben ihrer Gene sicherzustellen. Und Frauen? Vielleicht fühlten sie sich unbewusst zu den Männern hingezogen, die – ebenfalls unbewusst – die größte Chance für eine Fortdauer ihrer Gene garantierten, was bedeutete, dass Minty und Ian die idealen Partner waren.

Isabel war durcheinander, trotzdem gelang es ihr, die nächste Frage in einem möglichst unschuldigen Ton zu stellen. »Und Ian und Minty können sich derweil in Bettgeflüster über Verkäufe und Geld und solche Dinge ergehen. Könnten Sie sich so etwas vorstellen?«

»Nein«, sagte Johnny. »Denn das wäre Insiderhandel, und ich kann Ihnen versichern, es wäre mir ein besonderes Vergnügen, sie dabei zu erwischen und sie im New Club vor versammelter Mannschaft zu blamieren.«

Isabel malte sich das Bild aus. Es war fast so gut wie das von

Toby, der von einer Lawine erfasst wurde. Sie rief sich zur Ordnung und sagte stattdessen: »Ich glaube, es ist genau das, was gerade vor sich geht.«

Johnny erstarrte, das Glas auf halbem Weg zum Mund. Er sah Isabel an. »Ist das Ihr Ernst?«

Sie nickte. »Ich kann Ihnen nicht genau sagen, warum ich das glaube, aber ich kann Ihnen versichern, dass es gute Gründe für die Annahme gibt. Würden Sie mir dabei helfen, es zu beweisen? Würden Sie mir dabei helfen, die Aktiendeals aufzudecken? Würden Sie das machen?«

Johnny setzte sein Glas ab. »Ja. Das würde ich machen. Ich will es wenigstens versuchen. Unehrlichkeit in Finanzdingen ist mir zuwider. Es richtet uns alle zu Grunde – tödlich. Diese Leute sind die Pest.«

»Gut«, sagte Isabel. »Das freut mich.«

»Sie müssen allerdings Stillschweigen bewahren, bei allem, was Sie machen«, ergänzte Johnny. »Wenn Sie sich getäuscht haben, bekommen wir ernste Schwierigkeiten. In solchen Dingen darf man keine ehrenrührigen Aussagen machen. Man würde uns verklagen. Ich stünde ziemlich blöde da. Verstehen Sie das?«

Isabel verstand.

20

Am Abend nach jenem unschönen Nachmittag, als Isabel, trotz der guten Nachrichten, die Cat für sie hatte, ihrer Nichte ihre Befürchtungen ins Gesicht gesagt hatte, waren Cat und Toby früher als beabsichtigt in das Restaurant gegangen, da für später kein Tisch mehr zu haben gewesen wäre. Die Anwaltskammer hatte zu einer Konferenz der Franco-British Legal Association geladen, und viele Mitglieder hatten anschließend Tische reserviert. Es war ein geeigneter Ort für Gespräche über die Rechtsphilosophie des *Conseil d'Etat* und natürlich auch über andere Dinge.

Cat war in Tränen aufgelöst, als sie von Isabel aufbrach. Grace hatte versucht, mit ihr zu sprechen, als sie in die Küche gekommen war, aber Cat war nicht bereit zuzuhören. Zu dem Zeitpunkt war sie ganz beherrscht vom Gefühl der Wut. Isabel hätte ihr ihre Meinung über Toby nicht deutlicher sagen können. Von Anfang an war sie auf Abstand zu ihm gegangen, hatte ihm, wie Cat fand, ihre Abneigung gezeigt, was ihm nicht entgangen sein durfte, auch wenn er sich nie in die Richtung geäußert hatte. Natürlich sah sie auch, dass sie unterschiedliche Weltanschauungen hatten, aber das war kein Grund für Isabel, so abweisend zu sein. Toby war kein Intellektueller, so wie Isabel – aber was spielte das für eine Rolle? Sie hatten genug Gemeinschaftliches, das sie miteinander teilen konnten; er war ja kein Ignorant, wie sie Isabel gegenüber bei mehr als einer Gelegenheit hervorgehoben hatte.

Dennoch war Isabel distanziert geblieben, hatte Toby die ganze Zeit über nachteilig mit Hugo verglichen. Das ärgerte sie am meisten. Beziehungen zwischen zwei bestimmten Menschen durften keine Bewertungsgrundlage für Beziehungen zwischen anderen sein. Cat wusste, was sie von einer Beziehung erwarten durfte, ein bisschen Spaß und auch Leidenschaft. Toby war leidenschaftlich. Er begehrte sie mit einem Nachdruck, der sie mitriss. Das war bei Hugo nicht der Fall gewesen. Er redete zu viel und wollte ihr immer nur gefallen. Wo waren seine eigenen Gefühle dabei? Waren ihm die gleichgül-

216

tig? Vielleicht konnte Isabel das nicht nachvollziehen. Wie auch? Sie war nur einmal verheiratet gewesen, unglücklich, vor sehr langer Zeit, und seitdem hatte sie sich, soweit Cat wusste, nie wieder verliebt. Sie war also überhaupt nicht in der Lage, etwas nachzuvollziehen, schon gar nicht, etwas zu kritisieren, wovon sie keine Ahnung hatte.

Als sie wieder in ihrem Spezialitätengeschäft stand, war die unmittelbare Wut verraucht. Sie hatte sogar überlegt, zurückzugehen und einen Versuch zu unternehmen, sich mit Isabel zu versöhnen, aber wenn sie sich wie geplant um sechs Uhr mit Toby treffen wollte, musste sie bald aufbrechen. Es war nur mäßig voll im Laden, und Eddie schien ganz gut zurechtzukommen. In den letzten Tagen wirkte er irgendwie fröhlicher, ein ermutigendes Zeichen, wie sie fand, aber sie wollte sich auch nicht zu sehr auf ihn verlassen. Dazu brauchte es Zeit, vielleicht Jahre.

Sie sprach kurz mit Eddie und machte sich auf den Weg nach Hause. Das Gespräch mit Isabel ging ihr noch immer durch den Kopf, aber sie gab sich redlich Mühe, es zu verdrängen. Heute Abend wollten Toby und sie ihre Verlobung feiern, ganz intim, nur sie beide, und sie wollte sich das nicht noch mehr verderben als es ohnehin schon war. Was Isabel gesagt hatte, stimmte nicht. Isabel hatte Unrecht.

Toby war pünktlich, stürmte die Treppe zu ihrer Wohnung hoch und überreichte ihr an der Tür einen großen Strauß Blumen. In der anderen Hand hatte er eine Flasche Champagner, in Seidenpapier eingewickelt, aber eisgekühlt. Sie gingen in die Küche, Cat holte eine Vase für die Blumen, und Toby köpfte den Champagner. Die Flasche war ordentlich durchgeschüttelt worden, als er die Treppe hinaufgerannt kam, der Korken löste sich mit einem lauten Knall, und Schaum rann an der Flasche herunter. Toby machte einen Witz darüber, und Cat wurde rot im Gesicht.

Sie prosteten sich zu, bevor sie ins Wohnzimmer traten. Kurz bevor das Taxi kam, gingen sie hinüber ins Schlafzimmer und umarmten sich. Toby sagte, er rieche die Düfte in ihrem Zimmer so gerne; er brachte ihr Kleid in Unordnung, und sie mühte sich, Haltung zu bewahren. Noch nie in meinem Leben hatte ich so intensive Gefühle wie jetzt, dachte sie. Noch nie.

Beim Essen unterhielten sie sich über ganz irdische Dinge, über den Text der Verlobungsanzeige im *Scotsman* und über die Reaktion von Tobys Eltern, als er ihnen die Nachricht überbrachte.

»Mein alter Herr wirkte irgendwie erleichtert«, sagte er. »»Wird aber auch verdammt Zeit‹, meinte er. Dann habe ich ihm gesagt, dass ich eine Gehaltserhöhung brauche, und da verschwand das Lächeln aus seinem Gesicht.«

»Und deine Mutter?« fragte sie.

»Sie hat sich darüber ausgelassen, was für ein nettes Mädchen du wärst und so«, sagte er. »Sie war auch ziemlich erleichtert. Sie hat sich immer Sorgen gemacht, ich könnte mit irgendeinem grässlichen Flittchen ankommen. Obwohl ich ihr gar keinen Grund geliefert habe, dass sie so etwas annehmen muss.«

»Natürlich nicht«, witzelte Cat.

Toby lachte. »Ich bin froh, dass du Ja gesagt hast.« Er nahm ihre Hand. »Ich wäre ganz schön sauer gewesen, wenn du Nein gesagt hättest.«

»Was hättest du dann gemacht?« fragte Cat. »Dir eine andere Frau gesucht?«

Die Frage blieb einen Moment lang unbeantwortet. Cat

hatte nicht daran gedacht, doch jetzt plötzlich spürte sie etwas, es war in seiner Hand, als hätte er einen kleinen elektrischen Schlag bekommen, ein leichtes Zucken. Sie blickte ihn an, und für einige Sekunden sah sie einen Schatten vorüberhuschen, eine Veränderung in seinen leuchtenden Augen. Es war kaum wahrnehmbar, aber sie sah es.

Sie befreite sich aus seiner Hand, und sie strich, für kurze Zeit wie benommen, die Brotkrümel um ihren Teller herum zusammen.

»Warum sollte ich?« sagte Toby. Er lachte. »Ich doch nicht.«

Cat spürte ihr Herz wie wild schlagen, als ihr auf einmal das Gespräch mit Isabel, bis jetzt verdrängt, wieder einfiel.

»Natürlich nicht«, sagte sie leichthin. »Natürlich nicht.« Aber sie hatte das Bild von Toby und dieser anderen Frau vor Augen, Fionas Mitbewohnerin; er war nackt, stand am Fenster, wie immer, wenn er aus dem Bett aufstand, und sie, die andere, beobachtete ihn, so wie sie, Isabel, es getan hatte; und sie schloss die Augen, um diesen Gedanken loszuwerden, dieses schreckliche Trugbild, aber es wollte einfach nicht verschwinden.

»Was sollen wir machen?« fragte Cat plötzlich.

»Wann? Was machen?«

Sie versuchte zu lächeln. »Was sollen wir jetzt machen? Sollen wir zurück zur Wohnung fahren? Oder sollen wir jemanden besuchen? Ich hätte Lust auf Gesellschaft.«

»Falls überhaupt jemand zu Hause ist«, sagte Toby. »Wie wäre es mit Richard und Emma? Die sind immer da. Wir könnten eine Flasche Schampus mitnehmen und ihnen die gute Nachricht überbringen.«

Rasch überlegte Cat. Misstrauen, wie eine zunehmend schmerzende Zerrung, stachelte sie an. »Nein. Ich will nicht den ganzen Weg bis Leith fahren. Wie wäre es, wenn wir Fiona besuchten? Immerhin ist sie deine Schwester. Wir sollten mit ihr zusammen feiern. Komm, fahren wir in die Nelson Street.«

Sie beobachtete ihn. Seine Lippen öffneten sich, als sie anfing zu sprechen, so als wollte er sie jeden Moment unterbrechen, aber er ließ sie ausreden.

»Ich bin nicht dafür«, sagte er. »Wir treffen sie morgen sowieso bei meinen Eltern. Wir brauchen nicht jetzt hinzugehen.«

»Nein«, sagte sie. »Wir müssen zu Fiona. Wir müssen hingehen. Ich möchte unbedingt.«

Er protestierte nicht weiter, aber sie merkte, dass es ihm nicht recht war, und im Taxi schwieg er, sah aus dem Fenster, als sie die Mound entlangfuhren und dann über den Kamm der George Street. Sie sagte nichts, außer die paar Worte zum Taxifahrer, den sie bat, vor einem Weingeschäft zu halten, das abends noch geöffnet hatte. Schweigsam stieg Toby aus dem Taxi, kaufte eine Flasche Champagner, kam dann zurück und stieg wieder ein. Er machte eine Bemerkung über den Verkäufer, und dann sagte er irgendetwas Belangloses über ihren geplanten Besuch bei seinen Eltern morgen. Cat nickte, nahm aber gar nicht wahr, was er gesagt hatte.

Vor der Wohnung in der Nelson Street hielten sie an. Toby bezahlte das Taxi, während Cat auf der Treppe wartete. Drinnen brannte Licht, Fiona war also da. Cat wartete noch immer auf Toby, schellte schon mal, behielt ihn dabei aber im Auge. Er fummelte an dem Papier, in das die Flasche Schampus eingewickelt war.

»Du zerreißt es noch«, sagte sie.

»Was?«

»Du zerreißt das Papier.«

Die Tür ging auf. Es war nicht Fiona, sondern eine andere Frau. Sie sah Cat ausdruckslos an, dann erblickte sie Toby.

»Fiona...«, fing Cat an.

»Nicht da«, sagte die Frau. Sie ging auf Toby zu, der im ersten Moment zurückwich, aber sie streckte eine Hand aus und packte ihn am Gelenk. »Wer ist deine Freundin?« sagte sie. »Toby? Wer...«

»Seine Verlobte«, sagte Cat. »Ich bin Cat.«

21

Isabel hatte ihren Entschuldigungsbrief an Cat einen Tag vor dem Konzert des Wirklich Schlechten Orchesters aufgegeben, und Cat hatte wenige Tage später geantwortet. Die Antwort stand auf einer Karte mit Raeburns Bild von Reverend Robert Walker beim Schlittschuhlaufen auf dem Duddingston Loch, einem Bild, das so stark und, in seinem lokalen Bezug, so leicht wiederzuerkennen war wie die *Geburt der Venus*. Große Kunst, fand sie, übte eine beruhigende Wirkung auf den Betrachter aus. Man blieb vor Ehrfurcht stehen, etwas, das Damien Hurst und Andy Warhol mit ihrer Kunst gerade nicht erreichten. Vor deren Bildern blieb man nicht in Ehrfurcht stehen. Man blieb wie erstarrt stehen, aber das war nicht dasselbe; Ehrfurcht war etwas ganz anderes.

Sie drehte die Karte mit dem Kirchenmann aus dem achtzehnten Jahrhundert um und las Cats Zeilen: *Natürlich ist dir verziehen. Immer. Es ist nämlich etwas passiert, und es beweist, dass du Recht hattest. Siehst du, ich habe gedacht, es würde mir schwer*

fallen, das auszusprechen, und das war es auch. Beinahe hat es mir
den Stift aus der Hand geschlagen. Trotzdem, komm vorbei und wir
trinken einen Kaffee zusammen, und du kannst meinen neuen Käse
probieren, den ich gerade reinbekommen habe. Er ist aus Portugal und
schmeckt nach Oliven. Cat.

Isabel freute sich über die nette Art ihrer Nichte, auch
wenn ein Aspekt dieser netten Art ein Mangel an Urteils-
fähigkeit war. Nur wenige junge Frauen hätten ihr die Einmischung so leicht verziehen, und noch weniger hätten zuge-
geben, dass eine Tante in so einem heiklen Punkt Recht hatte.
Das waren natürlich angenehme Nachrichten, und Isabel war
gespannt, wie Toby denn nun entlarvt worden war. Vielleicht
hatte Cat ihm ja nachspioniert, so wie sie selbst es getan hatte,
und war durch den überzeugendsten aller Beweise zu ihrer
Schlussfolgerung gelangt – den eigenen Augenschein.

Sie ging zu Fuß nach Bruntsfield, genoss die ersten wär-
menden Sonnenstrahlen. Im Merchiston Crescent gab es Bau-
arbeiten – in ein kleines Eckgrundstück wurde ein neues
Haus gequetscht, und auf dem schmutzigen Gehsteig lag ein
Sack Zement. Ein paar Schritte weiter sah sie Möwen, die
über Dächer kreisten, auf der Suche nach einem Nistplatz. In
dem Viertel galten die Möwen als Plage – große Seemöwen,
die sich auf alle stürzten, die ihren Nestern zu nahe kamen –,
aber die Menschen bauten auch, ließen Zement und Steine
und Abfall auf der Straße liegen und waren in der Vertei-
digung ihres Territoriums genauso aggressiv. Für das kom-
mende Jahr plante die Zeitschrift eine Ausgabe über Um-
weltethik, und Isabel hatte angefangen, Artikel zu requirieren.
Vielleicht schrieb ja auch jemand über die Ethik von Abfall.
Eigentlich gab es dazu nicht viel zu sagen: Abfall war eindeutig etwas Schlechtes, und sicher würde sich niemand zu sei-

nen Gunsten aussprechen. Und dennoch stellte sich die Frage, warum es falsch war, Abfall wegzuwerfen. Waren es rein ästhetische Bedenken, die auf der Vorstellung beruhten, dass oberflächliche Verschmutzung unserer Umwelt unattraktiv ist? Oder stand der ästhetische Eindruck im Zusammenhang mit einer Vorstellung von Qualen, die andere Menschen angesichts von Abfall litten? Wenn das der Fall war, dann hätten wir auch die Pflicht, für andere Menschen attraktiv auszusehen, um deren Qualen zu mindern. Das hätte interessante Auswirkungen.

Mit einer dieser Auswirkungen wurde Isabel gerade einmal fünfzig Schritte weiter konfrontiert, außerhalb des Postamtes, aus dem ein junger Mann trat — etwa Hugos Alter — mit mehreren, in Unterlippe und Kinn eingeführten Metalldornen. Die scharfen Metallstifte ragten frech hervor wie winzige, angespitzte Phalli, was Isabel auf den Gedanken brachte, wie unangenehm es sein musste, so einen Mann zu küssen. Bärte waren eine Sache — es gab Frauen, die sich heftig über die Reaktion ihrer Haut auf den Kontakt mit bärtigen Männern beklagten —, aber um wie viel unangenehmer musste es erst sein, diese Metalldornen an den Lippen und Wangen zu spüren. Kalt, vielleicht, auf jeden Fall schneidend scharf. Aber wer wollte schon diesen jungen Mann mit seinem finsteren Gesichtsausdruck und dem entmutigenden Blick küssen? Diese Frage stellte sich Isabel und beantwortete sie gleich selbst: Es gab viele Mädchen, die diesen jungen Mann gerne küssen würden; Mädchen mit Ringen im Bauchnabel und in der Nase, Mädchen, die Nietenhalsbänder trugen. Stifte und Ringe ergänzten sich schließlich gegenseitig. Der junge Mann brauchte also nur nach der passenden Staffage Ausschau zu halten.

Als Isabel die Straße vor Cats Spezialitätengeschäft überquerte, sah sie, wie der junge Mann vor ihr über die Straße rannte und an der Bordsteinkante stolperte. Er stürzte und landete mit einem Knie auf dem Betonboden. Isabel, wenige Schritte hinter ihm, eilte zu ihm, streckte eine Hand aus und half ihm auf die Beine. Er stand auf und sah sich das aufgeschlagene Knie an seiner verwaschenen Jeans an. Dann sah er Isabel an und lachte.

»Danke.« Seine Stimme klang weich, ein Hauch Belfast.

»Man stolpert so leicht«, sagte Isabel. »Haben Sie sich verletzt?«

»Glaub nicht. Ich hab mir nur meine Jeans aufgerissen, mehr nicht. Aber heute zahlt man ja schon Geld für zerrissene Jeans. Ich hab meine umsonst gekriegt.«

Isabel lachte, und plötzlich sprudelten die Worte aus ihr hervor, ungebeten, unerwartet. »Warum tragen Sie diese Stifte in Ihrem Gesicht?«

Er schien nicht genervt von ihrer Frage. »Mein Gesicht? Die Piercings?« Er fasste den Metalldorn an, der aus seiner Unterlippe ragte. »Das ist mein Schmuck.«

»Ihr Schmuck?« Isabel starrte ihn an, und ihr fiel der kleine Goldring auf, den er sich in eine Augenbraue gesteckt hatte.

»Ja«, sagte der junge Mann. »Sie tragen Schmuck. Ich trage Schmuck. Mir gefällt das. Und es zeigt, dass es mir egal ist.«

»Was ist Ihnen egal?«

»Was die Leute denken. Es zeigt, dass ich meinen eigenen Stil hab. So bin ich eben. Ich stecke in keiner Uniform.«

Isabel lachte ihn an. Seine Direktheit gefiel ihr, und sie mochte seine Stimme mit der spezifischen Modulation. »Wie schön für Sie«, sagte sie. »Uniformen sind keine gute Erfindung.« Sie unterbrach sich. Die Sonne spiegelte sich auf einem der Metallstifte wider und warf einen winzigen, tanzenden Lichtfleck auf seine Oberlippe. »Es sei denn, Sie sind in Ihrem Eifer, Uniformen zu vermeiden, nur in eine andere Art von Uniform geschlüpft. Das könnte doch sein, oder?«

Der junge Mann warf den Kopf in den Nacken. »Na gut«, sagte er lachend. »Dann bin ich eben genauso wie alle anderen Leute mit Piercings. Na und?«

Isabel sah die Straße entlang. Sie waren jetzt nicht mehr weit entfernt von Cats Laden, und sie kam auf den Gedanken, dass sie den jungen Mann zu einer Tasse Kaffee einladen konnte, bevor sie mit Cat den neuen portugiesischen Käse probierte. Ihre Nichte fände es sicher lustig, wenn sie mit dieser stacheligen Person aufkreuzte. Cat unterstellte Isabel bestimmt, dass alle ihre Freunde ein und dieselbe Sorte Mensch waren; na gut, dann sollte sie sich mal den Kopf über Spike zerbrechen.

Sie wies auf den Eingang von Cats Laden. »Ich wollte gerade da drin eine Tasse Kaffee trinken«, sagte sie zu dem jungen Mann. »Der Kaffee da schmeckt gut. Ich lade Sie zu einer Tasse ein, und wir können unser Gespräch fortsetzen.«

Er schien zu überlegen. »Wollen Sie mich aufreißen?«

»Sie haben sich schon Ihre Jeans aufgerissen«, sagte Isabel. »Das reicht für heute. Und außerdem, Spike, wenn ich Sie so nennen darf – Sie sind nicht mein Typ, und ich kann mir vorstellen, dass ich nicht der Ihre bin. Nein. Ich möchte nur eine Tasse Kaffee mit Ihnen trinken und mich über alles Mögliche mit Ihnen unterhalten, bevor wir uns wieder voneinander verabschieden.«

Spike zögerte kurz und sah auf seine Armbanduhr. »Ich hab in vierzig Minuten einen Termin«, sagte er. »Aber wieso nicht. Also gut. Gehen wir.«

Auf dem Weg zum Laden sagte Isabel: »Sie kommen ursprünglich aus Belfast, nicht?«

»Dicht dran«, sagte Spike. »Aus einem Ort auf der Halbinsel Ards. Einem Ort, wo nichts los ist.«

»Das ist mit den meisten Orten so«, bemerkte Isabel. »Viele Menschen kommen aus Orten, wo nichts los ist, und sie ziehen weg, in Orte, wo, wie sie meinen, viel los sei. Deswegen ist in den Orten, von denen sie wegziehen, noch weniger los.«

»Hier ist viel los«, sagte Spike. »Das find ich gut.«

»Und was sind das für Sachen, die Sie gut finden?« fragte Isabel.

»Kinos, Kneipen, Leute.«

»Das scheint mir eine treffende Zusammenfassung des Stadtlebens zu sein« sagte Isabel. »Kinos, Kneipen, Leute. Ist das nicht komisch, dass man für solche Dinge lebt? Dass uns solche Dinge einen Sinn geben? Viel ist das nicht, oder?«

Sie standen vor dem Ladeneingang, und es blieb keine Zeit mehr für eine Antwort auf die Frage. Spike fasste nach der Türklinke und ließ Isabel den Vortritt. Beide Tische waren frei, und sie ließen sich an dem nieder, der der Tür am nächsten war. Cat, die mit einem Kunden an der Theke stand, blickte auf und winkte ihnen zu.

»Der Laden gehört meiner Nichte«, sagte Isabel. »Der Frau da drüben. Sie bringt uns gleich unseren Kaffee.«

»Gefällt mir hier«, sagte Spike. »Riecht gut. Käse. Kaffee. Nach solchen Sachen.«

»Arbeiten Sie?« fragte Isabel.

Spike sah sich die Regale an und reagierte nicht gleich auf die Frage. Dann sagte er: »Warum sollte ich?«

»Zum Beispiel, um zu überleben«, sagte Isabel.

»Ich komme ohne Arbeit aus«, sagte Spike tonlos. »Und Sie? Arbeiten Sie?«

»Ein bisschen«, sagte Isabel. »Ich habe eine kleine, unbedeutende Arbeit. Ich bin nicht mal sicher, ob sie überhaupt gewürdigt wird, aber ich mache sie trotzdem.«

Sie sah hinüber zu Cat, die den Einkauf ihrer Kundin in eine Tüte packte. Ihr wurde klar, dass sie eigentlich keine rechte Vorstellung von der Existenz hatte, die der junge Mann führte. Er kam aus dem Norden Irlands, betrachtete sich als freien Geist, und er ging keiner Arbeit nach. Was machte er sonst noch? Wie verbrachte er seine Zeit? Er konnte wohl kaum andauernd in Kinos und Kneipen hocken, oder doch? Vielleicht machte er genau das.

»Sie machen mich neugierig«, sagte sie plötzlich. »Ihr Leben unterscheidet sich vermutlich gründlich von meinem, und ich würde gerne mehr darüber erfahren. Aus purer Neugier. Andererseits – interessieren Sie sich auch nur ein Jota für mein Leben? Wahrscheinlich nicht.«

Spike sah sie ungläubig an. Ein Lächeln spielte in seinen Mundwinkeln. »Sie sind ein ungewöhnlicher Mensch. So mit mir zu reden. Woher wollen Sie wissen, dass ich Ihnen das nicht übel nehme und Ihnen sage, Sie sollten sich um Ihre eigenen Angelegenheiten kümmern?«

»Ich weiß, dass Sie das nicht tun werden«, sagte Isabel. »Ich sehe doch, dass Sie nicht so einer sind. Dass es Ihnen nichts ausmacht, wenn ich so daherrede…« Sie hielt inne. Eddie hatte von der Straße aus den Laden betreten, eine Schachtel in den Armen. Er hatte die Tür mit der Schulter aufgestoßen, jetzt richtete er sich auf und sah Isabel und ihren Begleiter an einem der Tische sitzen. Er stand regungslos da, den Mund leicht geöffnet. Spike saß mit dem Rücken zu Eddie, aber er sah, dass Isabel in seine Richtung schaute und drehte sich halb auf seinem Stuhl um. Sogleich wandte er sich wieder Isabel zu, während Eddie sich rasch in den Lagerraum im hinteren Teil des Ladens verzog und dabei einen großen Karton mit Eiern umstieß. Die Eier zerbrachen auf dem Fußboden. Von dem Lärm irritiert blickte Cat auf und runzelte die Stirn.

»Ich muss gehen«, sagte Spike. »Tut mir Leid. Ein andermal.«

Isabel stand auf, zeigte auf das Eiweiß, das sich auf dem Fußboden ausbreitete.

»Vorsicht...« Spike war bereits an der Tür, und gleich danach draußen. Isabel drehte sich um und sah, dass Cat in den Lagerraum gegangen war. Sie folgte ihr, und dort stand sie, einen Arm um Eddie gelegt, der zu Boden blickte und am ganzen Körper zitterte.

»Alles wieder in Ordnung?« fragte Cat leise. Isabel verstand die Worte trotzdem.

»Ja«, murmelte Eddie. »Es geht schon wieder.«

»Nein«, stellte Cat fest. »Irgendwas hat dich furchtbar aufgeregt.«

»Nein«, sagte Eddie. »Es ist nichts.«

Cat drehte sich um und machte Isabel Zeichen, sie beide allein zu lassen. Isabel ging.

22

Johnny Sanderson rief Isabel wie versprochen wenige Tage nach dem Konzert des WSO bei sich zu Hause an. Sie könnten sich am kommenden Freitagabend um sechs Uhr in den Räumen der Scotch Whisky Society in Leith treffen. Dort fände eine Whiskyverkostung statt, sie könnte verschiedene Marken probieren – falls ihr Magen das vertrage. Er habe Informationen, die er ihr auf der Veranstaltung mitteilen wolle. Es werde reichlich Gelegenheit zu Gesprächen geben.

Isabel kannte sich mit Whisky kaum aus, nur selten trank sie welchen. Sie wusste allerdings, dass die Ausstattung für Verkostungen in etwa die gleiche war wie bei Wein, nur die Sprache war eine andere. Whisky noser, wie sie sich selbst nannten, scheuten das nach ihrem Verständnis Prätentiöse des Weinvokabulars. Während die Önophilen auf obskure Adjektive zurückgriffen, bedienten sich Whisky noser der Alltagssprache, schmeckten einen Hauch *muffigen Seetang* oder sogar *Dieselöl* heraus. Isabel erkannte den Vorzug darin. Die Island Malts, die zu probieren sie sich kaum überwinden konnte – trotz der Leidenschaft ihres Vaters für dieses Getränk –, erinnerten sie an Antiseptika, an den Geruch des Schwimmbeckens ihrer alten Schule, und was den Geschmack betraf: *Dieselöl* war der passende Ausdruck. Diese Ansichten würde sie in den heiligen Hallen der Scotch Whisky Society selbstverständlich nicht äußern, nicht einmal Johnny Sanderson gegenüber, von dem einige behaupteten, er habe Whisky in seinen Adern, kraft vier Generationen von Highland-Destillateuren in seinem Stammbaum, angefangen, wie er stolz hervorhob, mit einem bescheidenen Kleinbauern, der hinter seiner mit einer Steinmauer umgrenzten Schafweide eine Schwarzbrennerei betrieb. Natürlich waren solche Alkohollieferanten bekannt dafür, dass aus ihnen Dynastien hervorgingen: So verhielt es sich auch mit Joe Kennedy, den Isabels Großvater flüchtig gekannt hatte, als Kennedy während

229

des Zweiten Weltkriegs von Aktien und Alkohol auf Grundstücksgeschäfte umstieg. Isabels Großvater, ein Mann mit Prinzipien, hatte ihn durchschaut und ein verlockendes Angebot für ein Zusammengehen abgelehnt. Später schüttelte er sich immer nur kurz, wenn Kennedys Name erwähnt wurde; ein beredter Kommentar, ausdrucksstärker als alle Worte.

Der Gedanke, dass die mündliche Erwähnung von Dingen oder Personen manchmal von Gesten begleitet war, belustigte Isabel. Sie sah fasziniert hin, wenn sich Katholiken bei der Erwähnung der HMG bekreuzigten – und ihr gefiel auch das Akronym, Heilige Mutter Gottes; Maria wirkte dadurch so modern und kompetent, so wie ein CEO, ein Chief Executive Officer, oder eine GTA, eine Ground To Air-guided missile, eine ferngelenkte Bodenluftrakete, oder das deutsche BMW. In Sizilien spuckten die Leute auf den Boden, wenn der Name ihres Feindes geäußert wurde, so wie es in Griechenland manchmal vorkam, wenn von der Türkei oder gar von einem Türken die Rede war. Sie erinnerte sich an den griechischen Onkel eines Freundes, der von seiner Familie vor allem Türkischen beschützt wurde, aus Furcht, er könnte einen Herzinfarkt erleiden. Oder an den Besitzer eines griechischen Inselhotels, der sich konstant weigerte anzuerkennen, dass von der Terrasse seines Hotels in der Ferne die türkische Küste zu erkennen war; er verneinte einfach, dass man Land sehen konnte, folglich sah er es nicht. So konnte man sich die Türkei auch wegwünschen, wenn man dazu neigte. So etwas galt es natürlich zu vermeiden, das war Isabel klar. Sie hatte bei der Erwähnung eines Namens noch nie auf den Boden gespuckt oder die Augen zur Decke verdreht – na gut, vielleicht ein- oder zweimal, als der Name einer bekannten Figur in der Kunstszene fiel. Das jedoch, fand sie, war durchaus vertretbar, anders als die Ansichten der Griechen über die Türken, beziehungsweise der Türken über die Griechen, wie man sich vorstellen konnte.

Johnny Sanderson war bereits da, als sie kam, und er führte sie zu einem stillen Plätzchen in einer Ecke des Raums.

»Eine Frage gleich zu Anfang«, sagte er. »Mögen Sie ihn oder verabscheuen Sie ihn? Wenn Sie ihn verabscheuen, hole ich Ihnen stattdessen ein Glas Wein.«

»Manche Whiskysorten mag ich ganz gerne«, sagte Isabel. »Aber nur manche.«

»Zum Beispiel?«

»Speysides. Weiche Whiskysorten. Die nicht beißen.«

Johnny nickte. »Verständlich«, sagte er. »Macallan. Ein herrlicher fünfzehnjähriger Speyside. Der tut keinem weh.«

Isabel lehnte sich zurück, während Johnny an der Bar den Whisky bestellte. Sie hatte etwas übrig für diesen Whiskytempel mit seiner hohen Decke und der Luftigkeit. Ihr gefielen auch die Leute hier, Menschen mit offenen Gesichtern, die an Kameradschaft und Gutmütigkeit glaubten. Es waren Menschen, so ihr Eindruck, die ihre Mitmenschen nicht ablehnten, im Gegensatz zu denen, die »die guten Sitten« propagierten; diese Leute waren tolerant, so wie Gourmets im Allgemeinen zu toleranten, großzügigeren Einstellungen neigten. Unglücklich und verängstigt waren die verkrampften Diätbefolger.

Einmal hatte jemand bei der Zeitschrift einen Artikel eingereicht, in dem die Pflicht, dünn zu sein, angemahnt wurde. *Fett und Moral* lautete der Titel, den die Autorin gewählt hatte; ein dürftiges Spiel, wie Isabel fand, nach einem griffigen Auftakt. Allerdings war der Titel bereits vergeben. Auch die Argumentation war dürftig, durch und durch vorhersehbar und deprimierend. In einer Welt des Elends müsse man dünn sein, alles andere sei Unrecht. So lange nicht jeder Mensch in der Lage sei, ein ausreichendes Maß an Kalorien zu konsumieren, dürfe niemand Übergewicht mit sich herumschleppen. Dicke Menschen hätten daher kein Recht, dick zu sein. Eine *gerechtere Verteilung* geböte eine Änderung.

Sie hatte den Artikel mit zunehmender Verärgerung gelesen, doch dann, zum Schluss, als sie ihn beiseite geworfen hatte und in die Küche gegangen war, um sich ein Stück Kuchen abzuschneiden, hatte sie vor eben diesem Teller, auf dem der Kuchen lag, innegehalten und war ins Grübeln gekommen. Die Autorin von *Fett und Moral* mochte einen frommen Ton anschlagen, aber Recht hatte sie allemal: Die Forderung der Bedürftigen nach Nahrung war eine moralische Forderung der besonderen Art. Man konnte sie nicht ignorieren, man konnte nicht vor ihr davonlaufen, auch wenn die, die sie im Namen der Hungernden erhoben, sich wie Miesmacher anhörten. Und genau da lag das Problem: Es war der Ton, in dem die Autorin ihren Standpunkt vertrat – ein anklagender Ton –, der Isabel irritierte. Es war die moralische Überheblichkeit darin, die ihr das Gefühl gab, der Maßlosigkeit und des Geizes bezichtigt zu werden. Die grundlegende Wahrheit in ihrem Artikel ließ sich jedoch nicht so einfach abtun: Wir dürfen die Bitten der Hungernden nicht überhören. Wenn es bedeutete, dass wir den zu hohen Lebensmittelkonsum, der dazu führt, dass andere Menschen Nahrung entbehren, überdenken müssen, dann sollte es eben so sein. Mit diesem Gedanken im Kopf hatte sie sich den Kuchen angeschaut und ihn ins Regal zurückgestellt.

Johnny prostete ihr zu. »Das ist wunderbares Zeug«, sagte er. »Fünfzehn stille Jahre in einem Fass gereift. Vor fünfzehn Jahren, da war ich – lassen Sie mich nachrechnen – dreißig. Wir hatten gerade unser erstes Kind, und ich fand mich wahnsinnig klug und dachte, vor meinem vierzigsten Lebensjahr hätte ich die erste Million zusammen.«

»Und?«

»Nein. Die Million habe ich nie geschafft. Aber meinen vierzigsten Geburtstag habe ich trotzdem erreicht, und das ist in mancher Hinsicht ein größeres Privileg.«

»Allerdings«, sagte Isabel. »Manche Menschen würden eine Million für ein einziges Jahr hergeben, von vierzig ganz zu schweigen.«

Johnny sah in sein Whiskyglas. »Habgier«, sagte er. »Habgier kann viele Formen annehmen. Höflich oder unverblümt. Aber im Grunde bleibt es sich gleich. Unsere Freundin Minty zum Beispiel...«

»Haben Sie etwas über sie herausgefunden?«

Johnny sah hinter sich. Am anderen Ende des Raums hatte sich eine Gruppe um einen Tisch versammelt, die Whiskyverkostung würde gleich beginnen. Der Tisch war gedeckt mit Batterien von Gläsern und Wasserkaraffen.

»Charlie fängt gleich an«, sagte er. »Er wittert schon mal die Luft.«

Isabel schaute hinüber zu dem Whisky noser, einem gut gebauten Mann in einem bequemen Tweedanzug und mit einem protzigen Schnauzer. Sie sah, wie er sich ein Glas Whisky eingoss und es gegen das Licht hielt.

»Ich kenne ihn«, sagte sie.

»Jeder kennt ihn«, sagte Johnny. »Charlie Maclean. Der Mann kann Whisky aus fünfzig Meter Entfernung riechen. Eine wahnsinnige Nase.«

Isabel sah auf ihren bescheidenen Malt und trank einen

winzigen Schluck. »Sagen Sie mir, was Sie über Minty herausgefunden haben.«

Johnny schüttelte den Kopf. »Nichts. Ich habe nur gesagt, dass sie habgierig ist. Was ich tatsächlich herausgefunden habe, ist allerdings interessanter als das. Ich habe herausgefunden, womit sich ihr junger Freund, dieser Ian Cameron, so beschäftigt. Manches war mir natürlich schon bekannt, aber von meinen Freunden unter den Ehemaligen von McDowell's habe ich noch einiges mehr erfahren.«

Isabel sagte nichts, wartete darauf, dass er fortfuhr. Am anderen Ende des Raums hob Charlie Maclean seinem aufmerksamen Publikum gegenüber die Qualitäten des Whisky hervor; ein, zwei der Zuhörer nickten eifrig.

»Aber zuerst noch ein paar Hintergrundinformationen«, holte Johnny aus. »Firmen wie McDowell's sind noch gar nicht so alt. Ich glaube, die hat erst kürzlich ihr zwanzigjähriges Jubiläum gefeiert. Und mit riesigen Geldmitteln haben die auch nicht angefangen – fünfzigtausend oder so, mehr können die beiden Firmengründer nicht eingebracht haben. Heute sind fünfzigtausend für die natürlich ein Taschengeld.«

Isabel beobachtete Johnny beim Reden. Er sah auf sein Whiskyglas, schwenkte es sanft, sodass die Flüssigkeit halbmondförmige Ränder an der Innenseite des Glases hinterließ, genau wie Charlie Maclean es gerade seinem Publikum vorführte.

»Wir sind sehr schnell gewachsen«, fuhr Johnny fort. »Wir haben Rentenfonds aufgenommen und sie behutsam in solide Aktien investiert. Der Markt damals lief gut, und alles sah prima aus. Ende der achtziger Jahre verwalteten wir über zwei Milliarden, und auch wenn unsere Prämien gut unter dem halben Prozent lagen, die wir für unsere Dienste in Anspruch nahmen, können Sie sich immer noch vorstellen, was das für die Gewinnseite bedeutete.

Wir stellten viele intelligente Leute ein. Wir beobachteten, was sich im Fernen Osten und in den Entwicklungsländern abspielte. Alles lief wie geschmiert, alles ziemlich erfolgreich, aber an den Internetaktien haben wir uns natürlich die Finger verbrannt, so wie alle anderen auch. Es war das erste Mal, dass wir einen Schreck bekamen. Ich kann mich erinnern, dass ab da die Stimmung umschlug. Ich weiß noch: Bei einem Meeting sah Gordon McDowell aus, als wäre er gerade einem Geist begegnet. Aschfahl im Gesicht.

Aber es hat uns nicht das Rückgrat gebrochen – es hieß nur, dass wir schneller reagieren mussten. Und wir mussten uns mehr anstrengen, um unsere Kunden zu halten, die natürlich sehr besorgt waren, was mit ihren Fonds im Allgemeinen passierte, und sich fragten, ob sie in der Londoner City nicht besser aufgehoben wären. Die Gründe, warum man überhaupt nach Edinburgh ging, waren ja Solidität und Verlässlichkeit. Wenn Edinburgh anfing zu wackeln, konnte man sein Paket genauso gut auf den riskanteren Markt in London werfen.

Zu dem Zeitpunkt fingen wir an, nach neuen Leuten Ausschau zu halten. Wir fanden diesen Cameron und noch ein paar mehr von der Sorte. Er beobachtete die neuen Aktien, die anscheinend die einzigen waren, an denen man noch anständig verdienen konnte. Diese neuen Emissionen wurden natürlich von den Großanlegern in London und New York gezeichnet, und Edinburgh bekam nicht viel ab. Das war ziemlich ärgerlich, wenn man sah, dass der Wert schon innerhalb weniger Monate nach Auflage um zwei- bis dreihundert Prozent stieg. Und der ganze Profit ging an die, die mit den

Emissionshäusern in London einen Schmusekurs fuhren und eine günstige Zuweisung bekamen.

Cameron bekam einige von diesen Emissionen in die Finger. Und er kümmerte sich noch um ein paar andere Dinge, holte Fonds allmählich aus den Aktien heraus, die sich nicht gut behaupteten. Das beherrscht er wirklich gut, unser Freund Cameron. Nicht wenige Aktien wurden kurz vor einer Verlustwarnung stillschweigend abgestoßen. Es war nicht weiter auffällig, aber es geschah trotzdem. Ich wusste das nicht, ich erfuhr es eher beiläufig, als ich mich mit einigen Freunden unterhielt, die mit ihm zusammenarbeiteten – ich war in einer anderen Abteilung. Sie berichteten von zwei großen Verkäufen innerhalb der letzten sechs Monate, beide kurz vor einer Verlustwarnung.«

Isabel hatte aufmerksam zugehört. Das war die Unterfütterung, die ihre magere Theorie brauchte. »Gibt es konkrete Hinweise auf Insiderwissen in diesen beiden Fällen? Irgendetwas, das sich belegen lässt?«

Johnny lachte. »Das ist genau die Frage, um die es geht. Aber die Antwort wird Ihnen nicht gefallen. Tatsache ist jedenfalls, dass beide Verkäufe Aktien von Unternehmen betrafen, in die Minty Auchterlonies Bank als Berater involviert war. Es kann also gut sein, dass sie Insiderwissen hatte, das sie ihm zur Verfügung gestellt hat. Es kann aber auch genauso gut sein, dass sie das nicht gemacht hat. In beiden Fällen, nehme ich an, wird es ein Protokoll über das Meeting geben, in dem Cameron die Möglichkeit angedeutet hat, die Aktien zu verkaufen. Und in beiden Fällen wird er einen überzeugenden Grund dafür genannt haben.«

»Trotzdem kann in beiden Fällen durchaus Mintys Einschätzung der ausschlaggebende Grund gewesen sein.«

»Ja.«

»Und es gibt keine Möglichkeit nachzuweisen, dass zwischen Cameron und Minty Geld geflossen ist?«

Johnny sah sie erstaunt an. »Ich glaube nicht, dass hier unbedingt Geld geflossen ist – es sei denn, er hat seine Prämie mit ihr geteilt. Nein, wahrscheinlicher ist, dass sie aus unterschiedlichen Motiven so gehandelt haben. Sie hatte sich auf eine sexuelle Beziehung mit ihm eingelassen und wollte ihn an sich binden. Das ist durchaus möglich. Man gibt seinem Geliebten irgendwelche Dinge, weil er der Geliebte ist. Das ist eine uralte Geschichte.«

»Oder?« fragte Isabel weiter.

»Oder Minty hat sich wirklich Sorgen gemacht, dass Paul Hoggs Abteilung den Bach runtergehen könnte, und sie wollte ihr Auftrieb verschaffen, weil Paul Hogg Teil ihrer Strategie war, in das Edinburgher Establishment einzudringen. Es dürfte kaum in ihrem Interesse liegen, als die zukünftige Mrs. Paul feststellen zu müssen, dass sie aufs falsche Pferd gesetzt hat.«

Isabel grübelte über das Gesagte nach. »Sie wollen mir also damit sagen, dass es möglicherweise Insiderhandel gegeben hat, aber dass wir diesen Umstand nie beweisen können. Stimmt das?«

Johnny nickte. »Tut mir Leid«, sagte er. »Mehr kann ich Ihnen nicht bieten. Sie könnten versuchen, etwas über Mintys finanzielle Situation zu erfahren, ob es unerwartete Gewinne gegeben hat, aber wie Sie an die Informationen herankommen wollen, weiß ich auch nicht. Vermutlich hat sie ihr Bankkonto bei Adam and Company. Die sind äußerst diskret, und an deren Personal kommt man nicht vorbei – die sind superkorrekt. Was wollen Sie da machen?«

»Das Ganze mit einem Achselzucken abtun?«

Johnny seufzte. »Ich fürchte, es bleibt uns nichts anderes übrig. Mir gefällt das auch nicht, aber ich glaube, mehr können wir nicht leisten. Sie könnten weiter verfolgen, was Minty so treibt, aber ich bezweifele, dass man ihr irgendwas nachweisen kann.«

Isabel nahm ihr Glas und trank einen Schluck Whisky. Den Verdacht, den sie hegte, hatte sie Johnny gegenüber eigentlich nicht äußern wollen, aber sie war dankbar für die Nachforschungen, die er angestellt hatte, und sie hatte sich noch jemand anderem als Hugo anvertrauen wollen. Wenn Johnny jetzt fand, ihre Theorie über das Geschehen in der Usher Hall sei an den Haaren herbeigezogen, dann würde sie ihren Verdacht unter Umständen fallen lassen.

Sie stellte ihr Glas auf dem Tisch ab. »Darf ich Ihnen etwas erzählen?« fragte sie.

Johnny machte eine fahrige Geste. »Was Sie wollen. Ich bin diskret.«

»Vor einiger Zeit«, fing Isabel an, »ist ein junger Mann vom Olymp in der Usher Hall gestürzt, tödlich. Wahrscheinlich haben Sie darüber in der Zeitung gelesen.«

Johnny überlegte kurz, bevor er antwortete. »Ich glaube, ich kann mich daran erinnern. Schrecklich, so etwas.«

»Ja«, fuhr Isabel fort. »Es hat mich sehr bedrückt. Ich war zufällig dabei, als es passierte. Das ist nicht weiter relevant, aber es gibt ein interessantes Detail: Der Tote hat bei McDowell's gearbeitet. Er muss nach Ihrem Weggang dort angefangen haben, und er war in Paul Hoggs Abteilung.«

Johnny hob sein Glas zum Mund und sah Isabel über den Rand hinweg an. »Ach, ja.«

Es interessiert ihn nicht, dachte Isabel. »Ich habe ein biss-

238

chen nachgeforscht«, fuhr sie fort. »Und zufällig hat mir jemand, der ihn gut gekannt hat, gesagt, er habe etwas herausgefunden, das für jemanden aus dem Unternehmen sehr kompromittierend wäre.« Sie machte eine Pause. Johnny drehte sich um, sah hinüber zu Charlie Maclean.

»Und deswegen wurde er über den Rand des Olymps gestoßen«, sagte sie ruhig. »Gestoßen.«

Johnny wandte sich wieder ihr zu. Seine Miene konnte sie nicht klar deuten. Er war offensichtlich neugierig geworden, aber dazu mischte sich eine gehörige Portion Skepsis, fand sie.

»Höchst unwahrscheinlich«, sagte er nach einer Weile. »So etwas tut man eigentlich nicht. So etwas tut man nicht.«

Isabel seufzte. »Ich glaube schon, dass man dazu in der Lage wäre«, sagte sie. »Deswegen wollte ich mehr über Minty und diesen Insiderhandel erfahren. Es könnte alles in einem Zusammenhang stehen.«

Johnny schüttelte den Kopf. »Nein«, sagte er. »Ich rate Ihnen, von der Sache abzulassen. Ich glaube nicht, dass es Sie irgendwie weiterbringt.«

»Ich überleg's mir. Trotzdem bin ich Ihnen sehr verbunden.«

Johnny nahm ihren Dank mit gesenktem Blick an. »Wenn Sie Kontakt mit mir aufnehmen wollen – hier ist meine Handynummer. Sie können mich jederzeit anrufen. Ich bin jeden Tag bis Mitternacht auf. Wenn Sie über diese Sache reden wollen – jederzeit.«

Er gab ihr eine Karte, auf die eine Handynummer gekritzelt war, und Isabel verstaute sie in ihrer Tasche.

»Gehen wir rüber zu Charlie Maclean und hören wir uns an, was er uns zu sagen hat«, schlug Johnny vor und stand auf.

»Nasses Stroh«, sagte Charlie am anderen Ende des Raums

und steckte die Nase in ein Glas. »Riechen Sie mal an dem Schlückchen. Nasses Stroh, und das deutet nach meiner Kenntnis auf eine Brennerei im Südosten Schottlands hin. Nasses Stroh.«

23

Natürlich hatte Johnny Recht, dachte Isabel – und am nächsten Morgen hatte sie eine entsprechende Entscheidung getroffen. Die Sache war erledigt. Sie würde niemals beweisen können, dass Minty Auchterlonie Insiderhandel betrieb, und selbst wenn ihr das gelänge, wäre es immer noch nötig, diese Tatsache mit Marks Tod in Verbindung zu bringen. Johnny kannte diese Leute besser als sie, und er hatte ihre Theorie angezweifelt. Das sollte sie akzeptieren und die ganze Sache auf sich beruhen lassen.

Irgendwann in der Nacht nach der Whiskyprobe hatte sie sich zu diesem Schluss durchgerungen; sie war aufgewacht, hatte minutenlang die Schatten an der Schlafzimmerdecke angestarrt und schließlich die Entscheidung getroffen. Danach kam auch der Schlaf, und am nächsten Morgen – einem herrlichen Morgen, dem Scheitelpunkt zwischen Frühling und Sommer – verspürte sie eine außergewöhnliche Befreiung, wie nach einer schweren Prüfung, wenn Stift und Papier beiseite gelegt waren und nichts weiter zu tun blieb. Jetzt hatte sie alle Zeit der Welt für sich, sie konnte sich der Zeitschrift widmen und den Büchern, die sich so einladend in ihrem Arbeitszimmer stapelten. Sie konnte sich einen morgendlichen Kaffee bei Jenners gönnen und die Edinburgher

Damen bei ihrem Klatsch und Tratsch beobachten, einer Welt, in die sie ohne weiteres hätte eintauchen können, die sie aber aus freiem Willen immer gemieden hatte, Gott sei Dank. Und dennoch – war sie selbst glücklicher dran als die? Glücklicher als diese Frauen mit ihren *sicheren* Ehemännern und ihren Kindern, die darauf ausgerichtet wurden, so zu werden wie ihre Eltern, um für den Fortbestand dieser selbstzufriedenen großbürgerlichen Welt Edinburghs zu sorgen? Wahrscheinlich nicht. Sie waren glücklich auf ihre Art (*Ich darf nicht immer so herablassend sein*, dachte sie), und sie war glücklich auf ihre. Und Grace war glücklich auf ihre Art, und Hugo auf seine, und Minty Auchterlonie… Sie unterbrach sich und überlegte. Minty Auchterlonies Seelenzustand geht mich nicht das Geringste an. Nein, sie würde sich heute Morgen nicht ins Jenners setzen, sondern sie würde nach Bruntsfield laufen und etwas in Mellis's Cheese Shop kaufen, das lecker roch, und anschließend bei Cat eine Tasse Kaffee trinken. Abends gab es einen Vortrag im Royal Museum of Scotland. Professor Lance Butler von der Universität Pau, ein Referent, den sie schon mal gehört hatte und der durchweg unterhaltsam war, würde sich zu Beckett äußern, wie immer. Das reichte an Aufregung für einen Tag.

Und natürlich war da das Kreuzworträtsel. Sie ging nach unten, holte die Zeitung von der Fußmatte vor der Haustür und las die Titelzeile. *Neuerliche Sorge um Kabeljaubestand*, stand da auf der ersten Seite des *Scotsman*, und sie sah das Bild von dümpelnden Fischerbooten in Peterhead; düstere Aussichten für Schottland und für einen Lebensstil, der eine eigene Kultur hervorgebracht hatte. Fischer hatten ihre eigenen Lieder komponiert. Und was für eine Kultur würde die Generation der Computerfachleute hinterlassen? Die Frage konnte sie sich selbst beantworten. Mehr als man sich vorstellen konnte: eine elektronische Kultur der E-mail-Märchen und computergenerierten Bilder – flüchtige Derivate, aber dennoch eine Kultur.

Sie widmete sich dem Kreuzworträtsel, entschlüsselte gleich mehrere Hinweise auf den ersten Blick. *Keine Königin fällt tiefer* (8), was keines langen Nachdenkens bedurfte. Victoria: ein Klischee in der Welt der Kreuzworträtsel, und es ärgerte Isabel, die gerne neue Umschreibungen hatte, wie dürftig sie auch sein mochten. Und dann, um Pelion (6) und Ossa (4) aufeinander zu stapeln, kam: *Schriftsteller, der eine verworrene Handlung inne hat* (11). Auktionator also, damit war das gelöst, doch dann stolperte sie über *Ohne Ende hinterlässt ein griechischer Gott flüssiges Gestein ohne Anfang* (6). Das konnte nur Zeugma sein (aus Zeus und Magma), ein Wort, das sie nicht kannte und das sie in Fowlers *Modern English Usage* nachschlug. Ihr Verdacht bestätigte sich. Sie mochte den Fowler (*Luftiger Wörterjäger*, dachte sie) wegen seines Sachverstands, der immer klar und richtungsweisend war. Zeugmata, lautete die Erklärung, seien eine schlechte Angewohnheit und zudem falsch – anders als Syllepsis, womit sie häufig verwechselt würden. *Miss Bobi ging in Tränen und einer Sänfte nach Hause* war demnach sylleptisch, da ein einziges Wort nötig war, um dem Ganzen einen anderen Sinn zu geben, während es sich bei *Seht Pan mit Schafherden, mit Früchten gekrönt Pomona* um ein Zeugma handelte, bei dem ein weiteres, gänzlich anderes Verb eingefügt werden musste, *umgeben*, was nicht da stand.

Als Grace kam, war Isabel fertig mit Frühstücken und hatte die morgendliche Post bereits erledigt. Grace, die spät dran war, kam aufgelöst und in einem Taxi – eine sylleptische An-

242

kunft sozusagen, wie Isabel auffiel. Grace achtete streng auf Pünktlichkeit, und sie kam ungern auch nur wenige Minuten zu spät, daher das teure Taxi und die Aufregung.

»Die Batterie in meinem Wecker«, erklärte sie, als sie in die Küche kam, in der Isabel saß. »Nie denkt man daran, dass man sie austauschen muss, und dann auf einmal ist sie leer.«

Isabel hatte bereits Kaffee gekocht, und sie goss ihrer Haushälterin eine Tasse ein, während sich Grace vor dem Spiegel, den sie an die Wand neben der Speisekammer gehängt hatte, die Haare richtete.

»Gestern Abend war ich wieder zu einer Sitzung«, sagte Grace und trank einen ersten Schluck aus ihrer Tasse. »Es waren mehr Leute als sonst da, und ein sehr gutes Medium, eine Frau aus Inverness, die wirklich erstaunlich war. Sie kam immer gleich zur Sache. Es war ein bisschen unheimlich.«

Am ersten Mittwoch im Monat ging Grace immer zu einer spiritistischen Sitzung in einer Nebenstraße des Queensferry Place. Ein paar Mal hatte sie Isabel eingeladen, sie zu begleiten, doch Isabel, aus Angst, sie könnte zwischendurch loslachen, hatte das Angebot abgelehnt, und Grace war nicht mehr darauf zurückgekommen. Eigentlich lehnte sie Medien ab, ihrer Ansicht nach waren es großenteils Schwindler. Meistens hatten die, die zu solchen Sitzungen kamen, einen Menschen verloren (Grace allerdings nicht) und suchten verzweifelt, in Kontakt mit dem Verstorbenen zu treten. Statt den Hinterbliebenen dabei zu helfen loszulassen, vermittelte das Medium ihnen das Gefühl, dass ein Kontakt zu Toten möglich war. In Isabels Augen war das grausam und ausbeuterisch.

»Die Frau aus Inverness«, erzählte Grace weiter, »heißt Annie McAllum. Man erkennt gleich, dass sie ein Medium ist, schon am Äußeren. Sie hat so einen gälischen Teint – dunkles Haar und wie durchsichtige Haut und grüne Augen. Man sieht ihr an, dass sie die Gabe hat. Man sieht es ihr an.«

»Ich dachte, jeder Mensch könnte ein Medium sein«, sagte Isabel. »Dazu braucht man kein hellseherischer Highlander zu sein.«

»Ja, ja, ich weiß«, sagte Grace. »Einmal hatten wir eine Frau aus Birmingham da. Jeder kann die Gabe empfangen, jeder. Sogar jemand aus so einer Stadt.«

Isabel unterdrückte ein Lachen. »Was hatte denn diese Annie McAllum zu sagen?«

Grace schaute aus dem Fenster. »Es ist fast schon Sommer«, sagte sie.

Isabel sah sie verdutzt an. »Mehr hat sie nicht gesagt? Das ist ja ein Ding. Für diese bahnbrechende Erkenntnis braucht man also die Gabe.«

Grace lachte. »Nein, nein. Ich habe mir nur die Magnolie draußen angeguckt. Ich sagte, es ist fast schon Sommer. Annie McAllum hat viel gesagt.«

»Was denn zum Beispiel?«

»In der Runde ist immer eine Frau«, sagte Grace, »Lady Strathmartin. Sie ist weit über siebzig, und offenbar kommt sie seit Jahren zu den Sitzungen, lange, bevor ich dazustieß. Sie hat ihren Mann verloren, vor langer Zeit, er war Richter, und sie redet gerne, sie möchte gerne Kontakt zu ihm auf der anderen Seite aufnehmen.«

Das bestätigte Isabels Ansicht, aber sie erwiderte nichts, und Grace fuhr fort. »Sie wohnt in Ainslie Place, auf der Nordseite, und unter ihr wohnt der italienische Konsul, eine Frau. Die beiden unternehmen viel gemeinsam, aber zu den Sitzungen hat sie die Frau nie mitgebracht – bis gestern Abend. Da saß sie dann in der Runde, und plötzlich wandte sich AnnieMcAllum an sie und sagte: ›Ich kann Rom sehen. Ja, ich kann Rom sehen.‹ Mir stockte der Atem. Das war der Wahnsinn. Und dann sagte sie noch: ›Ja, ich glaube, Sie haben Kontakte nach Rom.‹«

Schweigen, während Grace Isabel erwartungsvoll anstarrte, und Isabel starrte stumm Grace an. Schließlich sprach Isabel. »Na gut«, sagte sie, »das ist vielleicht nicht weiter erstaunlich. Immerhin ist sie der italienische Konsul, und bei einem italienischen Konsul kann man davon ausgehen, dass er Kontakte nach Rom hat, oder?«

Grace schüttelte den Kopf, nicht um zu leugnen, dass italienische Konsuln Kontakte nach Rom haben, aber mit der Miene eines Menschen, von dem verlangt wurde, einen schlichten Sachverhalt zu erklären, der nicht verstanden worden war. »Aber sie konnte gar nicht wissen, dass die Frau der italienische Konsul war«, sagte sie. »Woher soll jemand aus Inverness wissen, dass die Frau der italienische Konsul war? Woher sollte sie das wissen?«

»Was hatte sie an?« fragte Isabel.

»Ein weißes Gewand«, sagte Grace. »Eigentlich ist es nur ein weißes Laken, aus dem das Gewand geschneidert ist.«

»Der italienische Konsul trug ein weißes Gewand?«

»Nein«, sagte Grace, wieder mit geduldiger Miene. »Die Medien ziehen häufig solche Gewänder an. Es hilft ihnen dabei, Kontakt aufzunehmen. Nein, der italienische Konsul trug ein schickes Kostüm, wenn ich mich recht entsinne. Ein schickes Kostüm und schicke italienische Schuhe.«

»Da sehen Sie«, sagte Isabel.

»Ich wüsste nicht, wieso das was ändern sollte«, sagte Grace.

Hätte Grace die Gabe besessen, hätte sie vielleicht geweissagt: *Ein Mann, der in der Northumberland Street wohnt, wird sie anrufen,* und genau das geschah an dem Morgen um elf Uhr. Isabel saß zu diesem Zeitpunkt längst in ihrem Arbeitszimmer, nachdem sie den Spaziergang nach Bruntsfield auf den Nachmittag verschoben hatte, und war vertieft in ein Manuskript über die Ethik der Erinnerung. Widerwillig hatte sie das Manuskript beiseite gelegt und den Hörer abgehoben. Mit Paul Hogg hatte sie überhaupt nicht gerechnet, auch nicht mit der Einladung zu einem Glas am frühen Abend – eine absolut spontane Party, betonte er, ohne offizielle Einladung.

»Minty möchte unbedingt, dass Sie kommen«, sagte er. »Sie und Ihr Freund, der junge Mann. Sie hofft inständig, dass Sie Zeit haben.«

Rasch überlegte Isabel. Eigentlich interessierte sie Minty gar nicht mehr. Sie hatte entschieden, das Thema Insiderhandel und Marks Tod abzuhaken, und sie war unsicher, ob sie jetzt eine Einladung annehmen sollte, durch die sie gezwungen war, sich wieder mit den Leuten abzugeben, die sie nichts angingen, wie sie beschlossen hatte. Trotzdem hatte die Aussicht, Minty aus der Nähe zu erleben, sie wie eine fremde Spezies zu studieren, etwas Faszinierendes. Minty war eine grauenhafte Person, daran gab es keinen Zweifel, aber kurioserweise besaß das Grauenhafte etwas Anziehendes, so wie eine tödliche Schlange. Man sah sie sich gerne an, guckte ihr in die Augen, selbst dann, wenn, wie im Fall der Schlange, eine Glasscheibe die Neugierigen vor den Folgen ihrer Neugier schützte. Sie nahm daher die Einladung an; ob Hugo frei sei, könne sie nicht sagen, fügte sie hinzu, aber sie werde ihn fragen. Paul Hogg war einverstanden, und sie vereinbarten einen Zeitpunkt. Außer ihnen wären nur noch ein, zwei weitere Gäste da, sagte er, und die Party wäre so früh, dass ihr noch reichlich Zeit blieb, zu Professor Butlers Vortrag ins Museum zu gehen.

Sie widmete sich wieder dem Artikel über die Ethik der Erinnerung und verschob den Spaziergang nach Brunts-field. Den Autor interessierte die Frage, inwieweit schuldhaftes Versagen vorlag, wenn wir persönliche Merkmale anderer Menschen vergaßen, wo wir es doch unterließen, diese Informationen unserem Gedächtnis einzuverleiben. »Wir haben die Pflicht, wenigstens zu versuchen zu behalten, was dem anderen wichtig ist«, schrieb er. »Stehen wir beide in einer freundschaftlichen oder abhängigen Beziehung zueinander, sollte man wenigstens den Namen des anderen behalten. Vielleicht schaffen Sie es nicht, ihn sich zu merken. Vielleicht haben Sie darauf keinen Einfluss – dann wäre es eine nicht schuldhafte Schwäche Ihrerseits –, doch wenn Sie sich nicht einmal die Mühe geben, meinen Namen ihrem Gedächtnis anzuvertrauen, dann verweigern Sie mir die gebührende Anerkennung eines wichtigen Aspekts meiner Identität.« In dem Punkt hatte er sicherlich Recht: Unsere Namen sind uns wichtig, sie sind Ausdruck unserer Wesentlichkeit. Wir gehen fürsorglich mit unseren Namen um, und wir ärgern uns über jeden Missbrauch: Charles gefällt es vielleicht nicht, *Chuck* genannt zu werden, und Margaret lehnt die Kurzform *Maggie* vielleicht ab. Angesichts ihres Unbehagens aus Charles einen Chuck und aus Margaret eine Maggie zu machen, hieße das, ihnen auf besonders persönliche Art und Weise Unrecht zuzufügen; es soll eine einseitige Veränderung dessen, was sie eigentlich ausmacht, bewirkt werden.

Isabel unterbrach diesen Gedankengang, und sie fragte sich: Wie heißt eigentlich der Autor dieses Artikels, den ich gerade lese? Sie wusste den Namen nicht, und sie hatte auch nicht nachgeschaut, als sie das Manuskript aus dem Umschlag gezogen hatte. Hatte sie nun eine Pflicht ihm gegenüber vernachlässigt? Hatte er erwartet, dass ihr sein Name bei der Lektüre ständig gegenwärtig sein würde? Höchstwahrscheinlich.

Sie dachte einige Minuten lang darüber nach und stand dann vom Schreibtisch auf. Sie vermochte sich nicht zu konzentrieren, aber sie schuldete dem Autor ihre ungeteilte Aufmerksamkeit. Stattdessen dachte sie an das, was vor ihr lag: die Einladung zu einem Glas in Paul Hoggs Wohnung, die eindeutig Minty Auchterlonie in die Wege geleitet hatte. Minty kam auf sie zu, wie Isabel prophezeit hatte. Minty war aufgescheucht worden, so viel war klar; aber Isabel schwankte, was sie jetzt machen sollte. Instinktiv wäre sie am liebsten bei ihrem Entschluss geblieben, sich von ihr fern zu halten. Ich muss das alles vergessen, dachte sie, ich muss vergessen, in einem willentlichen Akt des Vergessens (wenn so etwas überhaupt möglich war). Es wäre der Akt eines reifen moralisch Handelnden, ein Akt der Anerkennung der moralischen Grenzen bezüglich der Verpflichtungen anderer gegenüber ... aber was, fragte sie sich, würde Minty Auchterlonie wohl tragen? Plötzlich musste sie über sich selbst lachen. Ich bin Philosophin, dachte Isabel, und ich bin eine Frau, und Frauen, das wissen sogar die Männer, interessieren sich dafür, was andere tragen. Frauen sollten sich dafür nicht schämen; es sind die Männer, die einen Knick in der Optik haben, als wollten sie das Gefieder der Vögel oder die Umrisse der Wolken am Himmel nicht bemerken und nicht die rote Farbe des Fuchses auf der Mauer, der an Isabels Fenster vorbeischlich. Bruder Fuchs.

24

Sie traf Hugo am Ende der Northumberland Street, nachdem sie ihn bereits den Hang über die rutschigen Pflastersteine der Howe Street hatte hinauflaufen sehen.

»Ich bin sehr froh, dass du gekommen bist«, sagte sie. »Ich glaube, auf mich allein gestellt, hätte ich mich diesen Leuten nicht noch einmal aussetzen können.«

Hugo musterte sie neugierig. »Wagen wir uns also noch mal in die Höhle des Löwen.«

»Der Löwin«, korrigierte Isabel ihn. »Ein bisschen schon, ja. Andererseits glaube ich nicht, dass wir irgendetwas erreichen. Ich habe beschlossen, die Sache nicht weiter zu verfolgen.«

Hugo war überrascht. »Du willst aufgeben?«

»Ja«, sagte Isabel. »Gestern Abend habe ich mich lange mit einem gewissen Johnny Sanderson unterhalten. Er hat mit diesen Leuten gearbeitet und kennt sie ganz gut. Er meinte, wir würden nie etwas beweisen können und dass Minty irgendwas mit Marks Tod zu tun haben könnte, das wäre eine fixe Idee von mir, die sollte ich mir aus dem Kopf schlagen. Ich habe lange und gründlich überlegt. Ich muss sagen, er hat mich zur Räson gebracht.«

»Du kannst einen doch immer wieder in Erstaunen versetzen«, sagte Hugo. »Aber ich bin auch erleichtert. Ich habe nie akzeptiert, dass du dich in die Angelegenheiten fremder Leute einmischst. Allmählich nimmst du Vernunft an.«

Isabel berührte ihn am Handgelenk. »Ich werde dich auch weiter in Erstaunen versetzen«, sagte sie. »Die Einladung für heute Abend jedenfalls habe ich aus purer Faszination angenommen. Diese Frau ist wie eine Schlange, und ich will sie noch mal aus der Nähe beobachten.«

Hugo verzog das Gesicht. »Mich macht die Frau nervös«, sagte er. »Schließlich warst du es, die gesagt hat, die Frau sei soziopathisch. Und ich muss aufpassen, dass sie mir nicht ein Bein stellt.«

»Du weißt ja, dass sie dich mag«, sagte Isabel wie beiläufig.

»Davon will ich gar nichts wissen. Und ich weiß auch nicht, woran du das gemerkt haben willst.«

»Man braucht die Menschen nur zu beobachten«, sagte Isabel, als sie vor der Haustür standen und sie auf die Klingel mit dem Namen Hogg drückte. »Die Menschen verraten sich alle paar Sekunden. Achte mal auf die Bewegungen der Augen. Sie drücken alles aus, was man wissen muss.« Hugo schwieg, während sie die Treppe hochgingen, und er sah immer noch nachdenklich aus, als Paul Hogg ihnen die Tür öffnete. Isabel fragte sich, ob es richtig war, dass sie Hugo auf Mintys Interesse an ihm aufmerksam gemacht hatte. Auch wenn es der herkömmlichen Einschätzung widersprach – im Allgemeinen hörten es Männer nicht gerne, wenn Frauen sie attraktiv fanden, es sei denn, sie könnten sich vorstellen, das Gefühl zu erwidern. Ansonsten bedeutete es eine Verunsicherung, ein belastendes Wissen, das Männern peinlich war. Deswegen liefen Männer vor den Frauen, die ihnen nachstellten, davon; so wie sich Hugo – jetzt, da er Bescheid wusste – von Minty fern halten würde, was Isabel wiederum nicht bereuen würde. Ein abstoßender Gedanke, wie sie plötzlich fand: Hugo, von Minty umgarnt, die ihn zu ihrer Liste der Eroberungen hinzufügen würde. Eine wirklich abstoßende Aussicht, die Isabel sich lieber nicht weiter ausmalen wollte. Warum nicht? Weil ich ihn beschützen will, gestand sie sich ein, und ich könnte es nicht ertragen, wenn jemand anders ihn für sich hätte. Nicht einmal Cat? Wollte sie wirklich, dass er zu Cat zurückging; oder konnte sie sich diesen Wunsch nur erlauben, weil sie wusste, dass es niemals geschehen würde?

Es blieb keine Zeit, den Gedanken weiter zu verfolgen. Paul Hogg begrüßte sie herzlich und führte sie in den Salon, den Salon mit den fälschlich Cowie zugeschriebenen Bildern und den kraftvollen von Peploe. Zwei andere Gäste waren schon da, und als sie ihnen vorgestellt wurden, fiel Isabel ein, dass sie sie kannte. Er war Anwalt, mit politischen Ambitionen, sie schrieb eine Kolumne in einer Tageszeitung. Gelegentlich las Isabel die Kolumne, aber sie fand sie langweilig. Die prosaischen Details eines Journalistenlebens interessierten sie nicht, und die bildeten anscheinend das Hauptthema dieser Frau. Isabel fragte sich, ob sich eine Unterhaltung mit ihr ähnlich gestalten würde. Sie sah die andere Frau an, die ihr aufmunternd zulachte, und sogleich wurde Isabel nachgiebig und dachte, sie könnte sich wenigstens Mühe geben und auf sie zugehen. Auch der Anwalt lächelte ihr jetzt zu und reichte Hugo freundlich die Hand. Die Journalistin sah erst Hugo an, dann folgte ein rascher Blick zu Isabel, der diese schnelle Augenbewegung auffiel und die sofort wusste, was diese Frau dachte, dass nämlich sie und Hugo ein Paar wären, *im landläufigen Sinn,* und dass sie nun ihre Meinung über Isabel änderte. Und tatsächlich, die Frau musterte sie nun von oben bis unten, Isabels Figur – wie dreist, dachte Isabel, fühlte sich seltsamerweise aber auch geschmeichelt, dass man glaubte, sie hätte einen sehr viel jüngeren Mann zum Freund, zudem einen, der so gut aussah wie Hugo. Die andere Frau würde vor Neid erblassen, da ihr eigener Mann, der den ganzen Abend in der Advocates' Library arbeitete, müde nach Hause kommen würde, sodass nicht mehr viel mit ihm anzufangen war, und der nur über Politik reden konnte, was Politiker unweigerlich taten. Bestimmt dachte die Journalistin jetzt: Diese Isabel hat ja einen ziemlich knackigen jungen Mann zum Freund, guck doch nur. Ehrlich gesagt, so einen will ich auch ... Doch dann fragte sich Isabel: Darf man zulassen, dass bei anderen ein falscher Eindruck über etwas Wichtiges entsteht, oder sollte man diese Fehleinschätzung korrigieren? Herausgeberin der *Zeitschrift für angewandte Ethik* zu sein, konnte manchmal eine ganz schöne Last sein: Nie hatte man richtig Feierabend, nie konnte man loslassen, ja, wie hatte doch gleich Professor ... Professor ... ganz richtig festgestellt ...

Jetzt hatte Minty ihren Auftritt. Sie hatte sich in der Küche aufgehalten und betrat nun den Salon mit einem Silbertablett Cocktailhäppchen. Sie stellte das Tablett auf den Tisch, ging zuerst auf den Anwalt zu und gab ihm Küsschen auf beide Wangen. *Jamie! Ich habe schon zweimal meine Stimme für dich abgegeben, seitdem wir uns das letzte Mal gesehen haben! Zweimal!* Dann kam die Journalistin dran, *Kirsty, nett, dass du gekommen bist, obwohl es so kurzfristig war.* Dann zu Isabel: *Isabel!* Mehr nicht, aber der Ausdruck ihrer Augen änderte sich, subtil, doch nicht zu übersehen. *Und Sie waren noch mal – Hugo?, habe ich Recht?* Die Körpersprache änderte sich ebenfalls; sie rückte näher an Hugo heran, als sie ihn begrüßte, und Isabel bemerkte zu ihrer Zufriedenheit, dass Hugo etwas zurückwich, wie ein Magnet, der von einem anderen Magneten abgestoßen wird.

Paul stand am anderen Ende des Zimmers und goss die Getränke ein, jetzt stieß er dazu. Jeder nahm sich ein Glas, und man wandte sich einander zu. Die Unterhaltung floss unbeschwert dahin, erstaunlich unbeschwert, wie Isabel fand. Paul erkundigte sich bei Jamie nach einer politischen Kampagne, die gerade angelaufen war, und Jamie erzählte amüsante Details über den Kampf um einen Wahlbezirk. Die Namen der Protagonisten waren bekannt, ein maßloser Ego-Typ und ein berüchtigter Frauenheld, die sich um ein unbedeutendes Amt stritten. Minty warf noch den Namen eines anderen Politikers in die Runde, was bei Jamie ein Prusten und bei Kirsty ein wissendes Kopfschütteln hervorrief. Hugo sagte nichts, er kannte keine Politiker.

Etwas später, als Hugo sich mit Kirsty unterhielt – über etwas, das im Orchester der Scottish Opera passiert war, wie Isabel heraushörte –, stand Isabel plötzlich neben Minty, die sie sanft am Arm fasste und zum Kamin lenkte. Auf dem Sims standen noch mehr Einladungskarten als beim letzten Mal, wie Isabel auffiel, obwohl sie sie jetzt nicht lesen konnte, außer einer in Großdruck, wahrscheinlich, damit die Gäste des Empfängers daheim sie leichter entziffern konnten.

»Ich bin froh, dass Sie kommen konnten«, sagte Minty mit gesenkter Stimme. Isabel spürte, dass dies keine Unterhaltung zum Mithören werden sollte, und sie antwortete in ähnlich gedämpftem Tonfall.

»Ich habe geahnt, dass Sie mich sprechen wollten.«

Minty sah verstohlen zur Seite. »Ja, tatsächlich, da wäre etwas«, sagte sie. »Soviel ich weiß, interessieren Sie sich für McDowell's. Mir ist zu Ohren gekommen, dass Sie mit Johnny Sanderson gesprochen haben.«

Damit hatte Isabel nicht gerechnet. Hatte jemand Minty verraten, dass sie und Johnny bei der Whiskyprobe die Köpfe zusammengesteckt hatten?

»Ja, ich habe ihn gesprochen. Ich kenne ihn flüchtig.«

»Und er hat mit Leuten bei McDowell's gesprochen. Er hat früher mal da gearbeitet.«

Isabel nickte. »Das ist mir bekannt.«

Minty trank einen Schluck Wein. »Dürfte ich Sie fragen, warum Sie sich für das Unternehmen interessieren? Zuerst haben Sie sich bei Paul danach erkundigt, dann bei Johnny Sanderson und so weiter – da frage ich mich: Woher kommt Ihr plötzliches Interesse. Sie sind nicht in der Finanzbranche, oder? Woher rührt Ihr Interesse für unsere Angelegenheiten?«

»Ihre Angelegenheiten? Mir war nicht klar, dass Sie für McDowell's arbeiten.«

Minty bleckte die Zähne zu einem mitfühlenden Lächeln. »Pauls Angelegenheiten sind mit den meinen eng verwoben. Immerhin bin ich seine Verlobte.«

Isabel dachte einen Moment nach. Hugo, am anderen Ende des Raums, sah in ihre Richtung, und ihre Blicke trafen sich. Sie war unsicher, wie sie reagieren sollte. Leugnen konnte sie ihr Interesse schlecht. Warum also nicht die Wahrheit sagen?

»Es hat mich interessiert«, fing sie an. »Es hat mich interessiert, aber jetzt nicht mehr.« Sie machte eine Pause. Minty sah sie an, hörte angestrengt zu. »Es geht mich nichts mehr an. Davor ging es mich schon etwas an. Vor einiger Zeit habe ich gesehen, wie ein junger Mann zu Tode gestürzt ist. Ich war der letzte Mensch, der ihn lebend gesehen hat, und ich hatte das Gefühl, ich sei verpflichtet nachzuforschen, was passiert war. Er hat bei McDowell's gearbeitet, wie Sie wissen. Er hatte erfahren, dass dort irgendeine Ungereimtheit vor sich ging. Ich habe mich gefragt, ob es da einen Zusammenhang gibt. Mehr nicht.«

Isabel beobachtete die Wirkung ihrer Worte auf Minty. Wenn Minty eine Mörderin war, dann kamen Isabels Worte einem Mordvorwurf gleich. Minty wurde nicht kreidebleich, sie stand ungerührt da, sie war weder geschockt, noch geriet sie in Panik, und als sie anfing zu sprechen, klang ihre Stimme gleichmäßig. »Haben Sie gedacht, man wollte den jungen Mann aus dem Weg räumen? War das Ihr Verdacht?«

Isabel nickte. »Es war eine von vielen Möglichkeiten, die ich näher untersuchen wollte. Das habe ich getan, und mir ist klar geworden, dass es keine Beweise für irgendetwas Unbotmäßiges gibt.«

»Darf ich fragen, wer so etwas hätte tun sollen?«

Isabel hörte ihr Herz laut schlagen. *Sie natürlich*, hätte sie am liebsten gesagt. Es wäre so einfach gewesen, ein köstlicher Moment, doch stattdessen sagte sie: »Offensichtlich jemand, der eine Bloßstellung befürchten musste.«

Minty stellte ihr Glas ab und hielt eine Hand an die Schläfe, die sie sanft massierte, als wollte sie ihren Gedanken auf die Sprünge helfen. »Sie haben eine lebhafte Phantasie. Ich möchte stark bezweifeln, dass auch nur irgendetwas in diese Richtung passiert ist«, sagte sie. »Und eigentlich müssten Sie wissen, dass man auf das, was Johnny Sanderson einem erzählt, nichts gibt. Sie wissen doch, dass er gebeten wurde, bei McDowell's zu kündigen.«

»Ich wusste, dass er gekündigt hat. Ich wusste nicht, unter welchen Begleitumständen.«

Mit einem Mal wurde Minty redselig. »Sie hätten ja mal nachfragen können. Er kam nicht mehr mit den Kollegen zurecht, weil er unfähig war, sich den neuen Umständen anzupassen. Die Dinge hatten sich gewandelt. Aber das war es nicht allein. Er wurde verdächtigt, Insiderhandel zu betreiben, was bedeutet – sollten Sie das nicht wissen –, dass er vertrauliche Informationen dazu benutzt hat, den Markt zu beeinflussen. Wie könnte er sonst so ein Leben führen?«

Isabel sagte nichts. Sie hatte keine Ahnung, was für ein Leben Johnny Sanderson führte.

»Er hat eine Bleibe in Perthshire«, fuhr Minty fort, »und ein ganzes Haus in der Heriot Row. Dann besitzt er noch ein Haus in Portugal und so weiter und so fort. Überall dicke Vermögenswerte.«

»Aber man weiß doch nie, woher die Leute ihr Geld haben«, sagte Isabel. »Es könnte aus einem Erbe stammen. Der Wohlstand ist vielleicht geerbt.«

»Johnny Sandersons Vater war ein Trinker. Sein Laden hat zweimal Konkurs gemacht. Kein sehr fürsorglicher Vater.«

Wieder nahm Minty ihr Glas auf. »Hören Sie nicht auf ihn«, sagte sie. »Er hasst McDowell's und alles, was irgendwie damit zusammenhängt. Befolgen Sie meinen Rat und halten Sie sich von ihm fern.«

Der Blick, mit dem sie Isabel bedachte, war eindeutig – eine Warnung, und Isabel verstand ihn so, wie er gemeint war, als Warnung, sich von Johnny fern zu halten. Mit diesen Worten ließ Minty Isabel allein und kehrte an Pauls Seite zurück. Isabel blieb noch einen Moment am Kamin stehen, betrachtete ein Bild neben dem Sims. Es wird Zeit, die Party zu verlassen, dachte sie, da ihr die Gastgeberin unmissverständlich klar gemacht hatte, dass die Gastfreundschaft, die Isabel gewährt worden war, jetzt erloschen war. Außerdem musste sie sich auf den Weg zum Museum machen, um sich den Vortrag über Beckett anzuhören.

25

Der Vortrag im Museum war gut besucht, und Professor Butler in Hochform. Sehr zu Isabels Erleichterung überlebte Beckett die Neubewertung durch den Professor, und auf dem anschließenden kleinen Empfang hatte sie Gelegenheit, sich mit einigen alten Freunden, die ebenfalls gekommen waren, auszutauschen. Beides, das Überleben Becketts und die Zusammenkunft mit alten Freunden, trug dazu bei, dass sich ihre Laune besserte. Das Gespräch mit Minty war unangenehm verlaufen, auch wenn ihr durchaus bewusst war, dass es schlimmer hätte kommen können. Sie hatte nicht damit gerechnet, dass Minty zu einer dermaßen scharfen Attacke gegen Johnny Sanderson ausholen würde, aber sie hatte ja auch nicht damit gerechnet, dass Minty über ihr Tête-à-Tête mit Johnny Bescheid wusste. Eigentlich war das nicht weiter erstaunlich; es war schwierig, irgendetwas in Edinburgh zu unternehmen, das sich nicht herumsprach. Man brauchte nur an Mintys eigene Affäre mit Ian Cameron zu denken. Offenbar konnte sie sich nicht vorstellen, dass andere davon wussten.

Isabel fragte sich, was Minty wohl aus dem kurzen Gespräch für sich ableitete. Vielleicht war sie zuversichtlich, dass Isabel keine Gefahr mehr für sie darstellte, immerhin hatte Isabel ausdrücklich gesagt, die Interna der Firma McDowell's interessierten sie nicht mehr. Selbst wenn sich Minty an Marks Tod in irgendeiner Weise mitschuldig gemacht hatte, was nach Isabels fester Überzeugung nicht der Fall war – schon nach Mintys Reaktion auf ihre Bemerkung hin zu urteilen –, hätte sie unweigerlich zu dem Schluss kommen müssen, dass Isabel nichts über das Geschehen herausgefunden hatte. Sie bezweifelte, dass sie je wieder was von Minty Auchterlonie hören würde oder von dem armen Paul Hogg. Irgendwie würden die beiden ihr fehlen, sie waren Kontakte zu einer anderen Welt.

Sie blieb auf dem Empfang, bis er sich allmählich auflöste. Kurz unterhielt sie sich mit Professor Butler. »Ich bin ja so froh, meine Liebe, dass Sie mit meinen Ausführungen etwas anfangen konnten. Eines Tages werde ich noch mehr zu dem Thema zu sagen haben, aber dann werde ich Sie nicht mehr damit behelligen. Auf keinen Fall.« Sie schätzte seine Weltgewandtheit, die selten geworden war in akademischen Kreisen. Dort hatten engstirnige Spezialisten, denen jede breit gefächerte Bildung abging, diejenigen mit feinerer Gesinnung verdrängt. Viele akademische Philosophen waren so. Sie redeten nur mit ihresgleichen, weil ihnen die Vorteile eines offenen Diskurses entgingen und weil ihre Welterfahrung so gering war. Das betraf natürlich nicht alle. Im Kopf hatte sie eine ganze Liste mit Ausnahmen, aber die schien abzunehmen.

Kurz nach zehn Uhr ging sie die Chambers Street hoch und reihte sich an der Bushaltestellte auf der George IV Bridge in die Schlange ein. Es gab genug Taxis, die die Straße entlanggondelten, das gelbe Schild auf dem Dach eingeschaltet, aber sie hatte sich für den Bus entschieden. Er würde sie nach Bruntsfield bringen, fast bis vor die Tür von Cats Spezialitätengeschäft, dann durfte sie sich noch auf den zehnminütigen Fußweg den Merchiston Crescent entlang freuen, und auf ihre eigene Straße bis nach Hause.

Der Bus kam, er war sogar überpünktlich, wie sie dem Fahrplan in dem Unterstellhäuschen entnahm. Das musste sie Grace erzählen, das heißt, vielleicht lieber doch nicht, da es wahrscheinlich eine Hasstirade auf die öffentlichen Verkehrsmittel auslösen würde. »Schön und gut, dass sie abends pünktlich sind, wenn keiner da ist. Lieber wären uns Busse, die auch tagsüber pünktlich sind, wenn man sie braucht.« Isabel betrat den Bus, kaufte sich einen Fahrschein und bahnte sich ihren Weg zu einem Sitz im hinteren Teil. Nur wenige andere Fahrgäste saßen im Bus: ein Mann in einem Mantel, den Kopf auf die Brust gesenkt; ein Paar, das sich fest umschlungen hielt, unempfänglich für seine Umgebung; und ein Junge mit einem schwarzen Halstuch im Stil von Zorro. Isabel musste schmunzeln: ein Mikrokosmos unserer Verhältnisse, dachte sie. Einsamkeit und Verzweiflung; Liebe und ihre Selbstgenügsamkeit; und schließlich das Teenagerdasein, was wiederum ein ganz eigener Zustand war.

Der Junge stieg an der selben Haltestelle aus wie Isabel, ging dann aber in die entgegengesetzte Richtung. Isabel überquerte die Straße und marschierte den Merchiston Crescent entlang, erst an der East Castle Road, dann an der West Castle Road vorbei. Gelegentlich überholte sie ein Auto, ein Radfahrer, mit einem am Rücken befestigten blinkenden Rücklicht, ansonsten war sie allein.

Sie kam an die Stelle, an der ihre Straße, eine ruhige, baumbestandene Allee, nach rechts abging. Eine Katze schnurrte vorbei und sprang auf eine Gartenmauer, bevor sie abtauchte. Von dem Eckhaus herüber schien ein Licht, eine Tür knallte. Sie folgte dem Gehsteig bis zu ihrem Haus, vorbei an dem riesigen Holztor des Eckhauses und dem penibel gepflegten Garten des Nachbarn. Unter den Zweigen des Baums, der an der Ecke ihres Grundstücks wuchs, blieb sie stehen. Ein Stück weiter die Straße hinunter, etwa fünfzig Meter von ihr entfernt, parkten zwei Autos. Eins erkannte sie als das Auto eines Nachbarssohnes wieder; das andere, ein schicker Jaguar, hatte das Standlicht an. Sie ging weiter, spähte in das Wageninnere und sah dann hinüber zu dem Haus, vor dem es abgestellt war. Das Haus war dunkel, was bedeutete, dass der Besitzer des Wagens hier nicht abgestiegen sein konnte. Na gut, sie konnte jetzt nichts tun, um ihn zu warnen. Die Batterie würde vielleicht noch einige Stunden reichen, aber danach würde er Hilfe beim Anlassen des Motors brauchen.

Isabel ging zurück zu ihrem Haus. Vor dem Tor blieb sie stehen, obwohl sie nicht genau wusste, warum. Sie sah hinunter auf die schattige Stelle unterm Baum, da war eine Bewegung. Es war die gestreifte Katze des Nachbarn, die sich oft unter ihren Bäumen auf die Lauer legte. Gerne hätte sie sie vor Bruder Fuchs gewarnt, der schon mal eine Katze riss, wenn er Hunger hatte, aber ihr fehlten die Worte, deswegen blieb es nur bei dem Willen.

Sie machte das Tor auf und ging über den Plattenweg, der zu ihrer Haustür führte, im Schatten, durch eine Fichte und einen kleinen Birkenbestand am Eingang zur Einfahrt vom Licht der Straßenlaterne abgeschirmt. In diesem Moment packte sie die Angst, eine irrationale Angst, dennoch überwältigend. Hatte sie an jenem Abend mit einer Frau gesprochen, die eiskalt und berechnend den Tod einer anderen Frau plante? Und hatte diese Frau nicht eine Warnung ausgesprochen?

Sie angelte den Schlüssel aus der Tasche und hielt ihn bereit, um ihn ins Türschloss zu schieben, probierte dann aber zuerst die Tür, stieß sanft dagegen. Die Tür gab nicht nach, war also verschlossen. Isabel steckte den Schlüssel ins Loch, drehte ihn herum und hörte, wie der Riegel innen zur Seite geschoben wurde. Vorsichtig öffnete sie die Tür, trat in den Windfang und tastete die Wand nach dem Lichtschalter ab.

Das Haus hatte eine Alarmanlage, aber Isabel war leichtsinnig geworden und hatte sie nicht mehr regelmäßig eingeschaltet. Wenn sie sie eingeschaltet hätte, hätte sie sich sicherer gefühlt, so aber wusste sie nicht, ob jemand im Haus gewesen war oder nicht. Aber natürlich hielt sich niemand im Haus auf, eine lächerliche Vorstellung. Die offene Aussprache mit Minty Auchterlonie allein bedeutete nicht, dass die Frau ihr auflauerte. Isabel gab sich redlich Mühe, den Gedanken beiseite zu schieben. So sollte man überhaupt mit Ängsten umgehen. Wenn man allein lebte, war es wichtig, keine Angst zu haben, da sonst jedes nächtliche Geräusch im Haus – jedes Quietschen oder Ächzen, das so ein altes viktorianisches Haus von sich gab – Grund zur Panik wäre. Aber sie fühlte nun mal Angst, und sie konnte sie nicht unterdrücken. Die Angst trieb sie in die Küche und ließ sie alle Lichter anmachen, dann weiter von Zimmer zu Zimmer im Erdgeschoss. Natürlich fand sich nichts Verdächtiges, und als sie nach oben ging, war sie drauf und dran, alle Lichter wieder auszumachen. Vorher trat sie noch ins Arbeitszimmer, und sie sah den Anrufbeantworter blinken, das Zeichen, dass Nachrichten eingegangen waren. Sie zögerte einen Augenblick, dann beschloss sie, die Nachrichten abzuhören. Es war nur eine.

Isabel? Hier ist Minty Auchterlonie. Ich wollte Sie fragen, ob wir uns noch mal treffen können, um miteinander zu reden. Hoffentlich fanden Sie mich heute Abend nicht unhöflich. Ich hinterlasse Ihnen meine Telefonnummer. Rufen Sie mich an, dann machen wir ewas aus, auf einen Kaffee oder Lunch, egal. Vielen Dank.

Isabel war überrascht, gleichzeitg fühlte sie sich bestätigt durch die Nachricht. Sie notierte sich die Telefonnummer auf einem Zettel und steckte ihn in die Tasche. Dann verließ sie das Arbeitszimmer und machte das Licht aus. Jetzt hatte sie keine Angst mehr, ein wenig unbehaglich war ihr noch zumute, und sie fragte sich, weshalb Minty sie noch einmal sprechen wollte.

Sie ging ins Schlafzimmer, das nach vorne hinaus lag. Es war ein großer Raum mit einem ungewöhnlichen Erkerfenster und einem Fensterplatz an einer Seite. Die Vorhänge waren zugezogen, der Raum war vollkommen finster. Sie machte die Nachttischleuchte an, eine kleine Leselampe, die in dem großen dunklen Raum einen Lichtfleck erzeugte. Isabel störte das schwache Licht nicht; sie würde sich aufs Bett legen, dachte sie, noch eine Viertelstunde lesen, sich dann ausziehen und richtig hinlegen. Ihr Verstand war noch aktiv, und es war zu früh, um abzuschalten.

Isabel zog die Schuhe aus, nahm sich ein Buch vom Nachttisch und legte sich aufs Bett. Sie las die Beschreibung einer Reise nach Ecuador, eine witzige Geschichte über Missverständnisse und Gefahren. Sie hatte Freude an der Lektüre, aber in Gedanken kehrte sie immer wieder zu ihrer Unterhaltung mit Johnny Sanderson zurück. Er war so behilflich gewesen und wirkte so beruhigend, und er hatte ihr gesagt, sie könne ihn jederzeit anrufen. *Jederzeit, bis Mitternacht.* Es war eindeutig, dass Minty versucht hatte, weitere Nachforschungen von Isabels Seite vorzubeugen, indem sie behauptete, Johnny sei derjenige, der mit Insiderinformationen gehandelt habe. Das war einfach ungeheuerlich, und sie würde es ihm gegenüber nicht erwähnen. Oder doch? Würde sich seine Sicht der Dinge ändern, wenn er es wüsste? Möglich, dass er seine Meinung änderte, wenn er wüsste, dass Minty aktiv versuchte, Isabel von ihren Ermittlungen abzu-

262

halten. Sie konnte Johnny jetzt anrufen und mit ihm darüber reden. Die Alternative war, im Bett zu liegen und vor lauter Nachdenken nicht einschlafen zu können.

Isabel drehte sich zur Seite und holte das Telefon heran. Johnnys Karte ragte aus dem Adressbuch hervor. Sie zog sie heraus und sah sie sich im schwachen Schein der Nachttischlampe an. Dann nahm sie den Telefonhörer ab und wählte die Nummer.

Einen winzigen Moment zögerte sie. Dann hörte sie es deutlich: einen hohen Klingelton, der von draußen kam, vor ihrer Schlafzimmertür.

26

Isabel erstarrte vor Angst, ein, zwei Sekunden höchstens, aber sie war wie gelähmt, lag im Bett, den Telefonhörer in der Hand. Weil der große Raum in Halbdunkel getaucht war, nur die kleine Nachttischlampe Licht spendete, warfen die Schränke, Vorhänge und ein kleines Ankleidezimmer bedrohliche Schatten. Als sie nach wenigen Sekunden wieder die Kraft erlangt hatte sich zu bewegen, hätte sie zum Lichtschalter eilen können, aber das geschah nicht. Sie sprang aus dem Bett, purzelte fast heraus, das Telefon fiel hinter ihr zu Boden, und mit zwei, drei Sprüngen war sie an der Tür. Sie suchte Halt an dem stabilen Holzgeländer der Treppe und warf sich geradezu die Stufen hinab. Sie hätte stürzen können, aber das geschah nicht, und sie rutschte auch nicht aus, als sie unten durch den Flur rannte und die Klinke an der Tür umklammerte, die die Diele vom Windfang trennte. Sie drückte die Klinke, riss die Tür auf, dass sie fast aus den Angeln flog, und zerbrach dabei das Buntglasfenster im Türblatt. Sie stieß einen Schrei aus, unfreiwillig, als das Glas krachend zerschellte, und eine Hand legte sich auf ihren Arm.

»Isabel?«

Sie wirbelte herum. In der Küche hatte sie Licht gemacht, und es schien hinaus in den Flur, sodass sie jetzt erkennen konnte, wer in der Diele neben ihr stand: Johnny Sanderson.

»Isabel. Habe ich Sie erschreckt? Das tut mir Leid.«

Isabel starrte ihn an. Seine Hand klammerte sich um ihren Arm, fast schmerzhaft.

»Was machen Sie hier?« Ihre Stimme klang brüchig, und sie räusperte sich, ohne zu überlegen.

»Beruhigen Sie sich«, sagte Johnny. »Es tut mir Leid, wenn ich Sie erschreckt haben sollte. Ich wollte zu Ihnen, und da sah ich, dass die Tür offen stand. Ich habe mir Sorgen gemacht, weil alles im Haus dunkel war. Deswegen bin ich reingegangen und habe nachgeprüft, ob alles in Ordnung ist. Dann bin ich raus in den Garten, nur so, um mich umzusehen. Ich dachte, vielleicht hält sich irgendwo ein Einbrecher versteckt.«

Rasch überlegte Isabel. Gut möglich, dass Johnny die Wahrheit sagte. Wenn man an einem Haus vorbeikam, dessen Tür offen stand, ohne einen Hinweis darauf, dass der Besitzer anwesend war, dann würde man doch normalerweise nachschauen, ob alles mit rechten Dingen zuging. Aber was hatte sein Handy oben im ersten Stock zu suchen?

»Ihr Handy«, sagte Isabel und rückte zum Lichtschalter vor, um ihn anzuknipsen. »Ich habe Ihre Nummer angerufen, und es hat geklingelt.«

Johnny sah sie fragend an. »Aber es steckt in meiner

Tasche«, sagte er. »Schauen Sie.« Er fasste in die Tasche seines Jacketts, stutzte. »Jedenfalls war es eben noch da.«

Isabel atmete tief durch. »Es muss herausgefallen sein.«

»Sieht so aus«, sagte Johnny. Er lachte. »Das muss Sie furchtbar erschreckt haben.«

»Ja.«

»Ja, muss es wohl. Entschuldigen Sie nochmals.«

Isabel befreite sich aus Johnnys Klammergriff. Sie sah auf das zersprungene Buntglas; es war eine Ansicht des Hafens von Kirkcudbright, die Rümpfe der Fischerboote waren nur noch kleine Scherben. Als sie auf die Scherben hinabsah, schoss ihr ein Gedanke durch den Kopf, ein Gedanke, der alle ihre Vermutungen über Bord warf: *Minty hatte Recht.* Nicht Minty war die Person, die sie hätten verdächtigen sollen, es war Johnny. Durch Zufall waren sie zielstrebig auf die Person zugegangen, die hinter all dem steckte, was Mark aufgedeckt hatte.

Die Erkenntnis kam plötzlich und erfüllte sie ganz und gar. Sie brauchte sie nicht erst noch zu überdenken, als sie jetzt im Flur stand, konfrontiert mit Johnny Sanderson. Das Gute war schlecht, hell war dunkel. So einfach war das. Ein Weg, dem man zuversichtlich gefolgt war, erwies sich als ein Weg, der ins Nichts führte, der plötzlich und ohne Vorwarnung aufhörte, an einem Schild, auf dem unzweideutig stand: *Falsche Richtung.* Der menschliche Verstand, aus seinen Spekulationen herausgerissen, konnte sich der neuen Wirklichkeit entweder verweigern oder die Spur wechseln. Minty mochte ehrgeizig sein, hart, berechnend und promisk (alles elegant verpackt), aber sie stieß keine jungen Männer in den Tod. Johnny Sanderson mochte ein kultiviertes, sympathisches Mitglied des Edinburgher Establishments sein, aber er war habgierig, und Geld hatte noch jeden verführt. Und wenn alles aufzufliegen drohte, war es ein Leichtes für ihn, die Bedrohung aus dem Weg zu räumen.

Sie sah Johnny an. »Warum sind Sie hergekommen?«

»Ich wollte etwas mit Ihnen besprechen.«

»Und was?«

Johnny lachte. »Ich finde, jetzt ist nicht der richtige Zeitpunkt dafür. Nach dieser … dieser Störung.«

Ungläubig starrte Isabel ihn an, fassungslos vor der bodenlosen Unverschämtheit seiner Antwort.

»Eine Störung, die Sie verursacht haben«, sagte sie.

Johnny seufzte, als hätte man ihn mit einem pedantischen Vorwurf konfrontiert. »Ich hatte lediglich die Absicht, die Sache mit Ihnen zu besprechen, über die wir neulich geredet haben. Mehr nicht.«

Isabel sagte nichts, und nach wenigen Augenblicken fuhr Johnny fort: »Aber das können wir auch ein andermal machen. Tut mir Leid, dass ich Ihnen solche Angst eingejagt habe.« Er drehte sich um und sah zur Treppe. »Darf ich mir mein Handy wiederholen? Sie sagten, es sei in Ihrem Schlafzimmer, oder? Darf ich?«

Nachdem Johnny das Haus verlassen hatte, ging Isabel in die Küche und holte Besen und Kehrschaufel. Vorsichtig sammelte sie die größeren Scherben auf und wickelte sie in Zeitungspapier, dann fegte sie die kleineren Splitter zusammen und warf alles in den Mülleimer in der Küche. Sie setzte sich auf einen Küchenstuhl und rief Hugo an.

Es dauerte einige Minuten, bis Hugo abhob. Isabel wusste, dass sie ihn geweckt hatte.

»Entschuldige«, sagte sie. »Aber ich musste dich unbedingt sprechen.«

Hugos Stimme klang verschlafen. »Macht nichts.«

»Könntest du herkommen? Jetzt sofort?«

»Jetzt sofort?«

»Ja. Ich erklär's dir, wenn du hier bist. Bitte. Und könntest du auch über Nacht hier bleiben? Nur diese eine Nacht.«

»Ich bin in einer halben Stunde da.« Jetzt hörte er sich an, als sei er hellwach. »Ist das in Ordnung?«

Isabel hörte das Taxi auf der Straße und ging zur Haustür, um Hugo aufzumachen. Er trug eine grüne Windjacke, auf dem Rücken einen kleinen Rucksack.

»Du bist ein Engel. Wirklich.«

Er schüttelte den Kopf, zweifelnd. »Ich kann mir einfach nicht vorstellen, worüber du um diese Zeit reden willst. Aber dafür sind Freunde wohl da.«

Isabel führte ihn in die Küche, wo sie bereits Tee aufgesetzt hatte. Sie bot ihm einen Stuhl an und goss ihm eine Tasse ein.

»Du wirst es nicht glauben«, fing sie an. »Ich hatte einen ereignisreichen Abend.«

Sie erzählte ihm, was passiert war, und seine Augen wurden immer größer. Aber sie sah auch, dass er nicht einen Moment an ihr zweifelte.

»So einem darfst du nicht glauben. Kein Mensch würde einfach so ein Haus betreten, nur weil die Tür offen steht. Wenn sie überhaupt offen war.«

»Das ist noch die Frage«, sagte Isabel.

»Was hatte er dann hier zu suchen? Was hatte er vor? Dich zu erledigen?«

Isabel zuckte die Schultern. »Ich habe den Verdacht, dass ihm meine Absichten suspekt waren. Wenn er derjenige ist, den wir uns von Anfang an hätten vornehmen sollen, dann hat er vielleicht Angst gekriegt, ich hätte Beweise gegen ihn.

Irgendwelche Dokumente, die ihn mit dem Insiderhandel in Verbindung bringen.«

»Darum geht es?«

»Das nehme ich an. Es sei denn, er hatte etwas anderes geplant, was zum gegenwärtigen Zeitpunkt ziemlich unwahrscheinlich ist.«

»Und was sollen wir jetzt machen?«

Isabel sah zu Boden. »Ich habe keine Ahnung. Jedenfalls fällt mir im Moment nichts ein. Ich glaube, das Beste ist, ich gehe ins Bett, und morgen sehen wir weiter.« Sie machte eine Pause. »Macht es dir auch wirklich nichts aus, hier zu bleiben? Ich kann mir nur nicht vorstellen, heute Nacht allein hier zu verbringen.«

»Natürlich macht es mir nichts aus«, sagte Hugo. »Ich würde dich doch nicht alleine lassen. Nicht nach all dem.«

»Grace hält in einem der freien Zimmer immer ein Gästebett bereit«, sagte sie. »Es liegt nach hinten raus. Es ist hübsch und still. Das kannst du haben.«

Sie brachte ihn nach oben und zeigte ihm das Zimmer. Dann sagte sie gute Nacht, ließ ihn auf der Türschwelle stehen. Er lachte und warf ihr eine Kusshand zu.

»Ich bin hier«, sagte er. »Wenn Johnny noch mal versuchen sollte, deinen Schlaf zu stören, dann schrei einfach.«

»Ich glaube, den kriegen wir heute Abend nicht mehr zu Gesicht«, sagte Isabel. Sie fühlte sich jetzt sicherer, aber der Gedanke, dass das Thema Johnny Sanderson noch nicht erledigt war, nagte an ihr. Heute Nacht war Hugo da, aber morgen Nacht würde er nicht mehr da sein, und übermorgen Nacht auch nicht.

27

Wenn Grace erstaunt war, am nächsten Morgen Hugo im Haus vorzufinden, dann verbarg sie ihr Erstaunen gut. Er saß allein in der Küche, als sie hereinkam, und im ersten Moment wusste er gar nicht, was er sagen sollte. Grace, die die Post von der Diele mit hereingebracht hatte, brach das Schweigen.

»Vier neue Artikel heute Morgen«, sagte sie. »Angewandte Ethik. Scheint ja einen großen Bedarf an angewandter Ethik zu geben.«

Hugo sah sich den Stapel Briefe an. »Ist Ihnen die Tür aufgefallen?«

»Ja.«

»Gestern hat jemand eingebrochen.«

Grace stand da wie vom Donner gerührt. »Das habe ich mir gedacht. Diese Alarmanlage. Seit Jahren sage ich ihr, sie soll sie einschalten. Aber sie tut's nie. Nie hört sie auf mich.« Sie holte tief Luft. »Eigentlich habe ich mir gar nichts gedacht. Ich wusste nicht, was ich davon halten sollte. Ich habe mir gedacht, Sie beide hätten hier gestern Abend eine Party gefeiert.«

Hugo grinste. »Nein. Ich bin hergekommen, nachdem sie mich angerufen hatte. Ich bin über Nacht geblieben – in einem der freien Zimmer.«

Mit ernstem Gesicht hörte Grace zu, während Hugo erklärte, was passiert war. Als er mit seiner Geschichte zu Ende war, kam Isabel in die Küche, und die drei setzten sich an den Tisch und besprachen die Situation.

»Das geht einfach zu weit«, sagte Hugo. »Die ganze Sache fängt an, aus dem Ruder zu laufen, du musst sie übergeben.«

Isabel sah ihn ausdruckslos an. »Übergeben? Wem?«

»Der Polizei.«

»Was genau sollen wir denn der Polizei übergeben?« fragte Isabel. »Wir haben nicht den geringsten Beweis. Wir haben nur einen Verdacht, dass Johnny Sanderson in Insiderhandel verwickelt ist und dass dieser Umstand etwas mit dem Tod von Mark Fraser zu tun haben könnte.«

»Was mich allerdings wundert«, sagte Hugo, »ist, dass McDowell's doch auch einen Verdacht gegen ihn haben musste. Du hast mir gesagt, Minty hätte dir gegenüber erklärt, das sei der Grund gewesen, warum er gebeten wurde zu kündigen. Wenn McDowell's also Bescheid wusste – warum sollte Sanderson dann befürchten, dass du etwas herausfinden könntest?«

Isabel dachte darüber nach. Doch, es gäbe einen Grund. »Vielleicht wollen sie das Ganze vertuschen. Johnny Sanderson würde das natürlich in den Kram passen, und er will auch nicht, dass jemand von außen – du oder ich – es herausfindet und an die große Glocke hängt. Die ehrenwerte Gesellschaft von Edinburgh ist bekannt dafür, dass sie bei solchen Vorkommnissen die Reihen schließt. Wir sollten nicht unnötig überrascht werden.«

»Aber dann ist da die Sache von gestern Abend«, sagte Hugo. »Damit haben wir etwas Konkretes gegen ihn in der Hand.«

Isabel schüttelte den Kopf. »Gestern Abend, das beweist überhaupt nichts«, sagte sie. »Er hat sich seine eigene Geschichte zurechtgelegt, warum er ins Haus eingedrungen ist. Er wird dabei bleiben, und die Polizei wird das wahrscheinlich akzeptieren. Die will sich nicht in irgendwelche Privatfehden einmischen.«

»Aber wir könnten sie auf den Zusammenhang mit dem

270

Vorwurf des Insiderhandels aufmerksam machen«, sagte Hugo. »Wir könnten der Polizei sagen, was Neil dir erzählt hat, und auch das über die Bilder. Ich finde, das reicht für einen begründeten Verdacht.«

Isabel hatte ihre Zweifel. »Ich glaube nicht. Die Polizei kann von einem Menschen nicht verlangen, dass er ihr die Herkunft seines Geldes erklärt. So geht die Polizei nicht vor.«

»Und Neil?« beharrte Hugo. »Was ist mit der Information, dass Mark Fraser Angst vor etwas hatte?«

»Neil hat bereits abgelehnt, deswegen zur Polizei zu gehen«, sagte Isabel. »Wahrscheinlich würde er abstreiten, je mit mir gesprochen zu haben. Wenn er seine Aussage ändert, würde man ihn wegen Irreführung der Polizei verklagen. Neil wird kein Wort sagen, wenn du mich fragst.«

Hugo wandte sich Grace zu, ob sie seinen Vorschlag nicht unterstützte. »Was sagen Sie dazu?« fragte er. »Sind Sie nicht auch meiner Meinung?«

»Nein«, sagte sie. »Nein, überhaupt nicht.«

Hugo sah Isabel an, die die Stirn runzelte. Eine Idee nahm allmählich Gestalt an in ihrem Kopf. »Wir sollten uns jemanden vom Fach holen«, sagte sie. »Wie du richtig bemerkt hast, ist uns die Sache aus dem Ruder gelaufen. Was diese Finanzdinge betrifft, können wir nichts Konkretes beweisen. Schon gar nicht, dass es einen Zusammenhang zwischen dem Insidergeschäft und Mark Frasers Tod gibt. Es sieht sogar ganz so aus, als sei das überhaupt kein Thema – es gibt einfach keinen Zusammenhang. Das heißt, wir müssen Johnny Sanderson irgendwie wissen lassen, dass wir nicht mehr an der Sache dran sind. Dann wird er von mir ablassen.«

»Glaubst du wirklich, dass er … versuchen würde, dir etwas anzutun?« fragte Hugo.

»Ich hatte ziemlich Angst vor ihm gestern Abend«, sagte Isabel. »Er wäre durchaus dazu in der Lage. Aber mir fällt gerade ein: Vielleicht könnten wir Minty dazu überreden, ihm zu verstehen zu geben, dass sie über seinen Besuch hier voll im Bild ist. Wenn sie ihm unmissverständlich klarmacht, dass sie weiß, dass er mir nachstellt, dann versucht er es vielleicht nicht noch einmal. Wenn mir etwas zustoßen würde, gäbe es wenigstens einen Erzfeind, der mit dem Finger auf ihn zeigen würde.«

Hugo sah sie zweifelnd an. »Du meinst also, wir sollten mal mit Minty reden.«

Isabel nickte. »Ehrlich gesagt, möchte ich mir das nicht antun. Ich wollte dich fragen, ob du ...«

Grace stand von ihrem Platz auf. »Nein«, sagte sie. »Ich werde das machen. Sagen Sie mir, wo ich diese Minty finden kann, und ich gehe hin und werde ein Wörtchen mir ihr reden. Und damit auch ja keine Zweifel aufkommen, werde ich mir diesen Sanderson auch gleich vorknöpfen. Ich werde ihm die Leviten lesen, dass er sich nicht noch einmal hier blicken lassen soll.«

Isabel warf Hugo einen Blick zu. Hugo nickte. »Grace kann sehr streng sein«, sagte er und beeilte sich hinzuzufügen: »Natürlich meine ich das nur im allerfreundlichsten Sinn.«

Isabel lachte. »Natürlich.« Sie schwieg eine Weile, dann sagte sie weiter: »Ich habe das Gefühl, dass ich hier einen erschreckenden Mangel an moralischem Mut beweise. Ich habe Einblick in eine mir unangenehme Welt genommen und mich vor Schreck einfach zurückgezogen. Ich werfe das Handtuch, in jeder Hinsicht.«

»Was bleibt dir denn anderes übrig?« sagte Hugo verärgert. »Du hast dich schon genug eingemischt. Mehr kannst du nicht tun. Du musst auf dich selbst achten, dazu hast du ein Recht. Sei doch ein Mal vernünftig.«

»Ich laufe vor allem davon«, sagte Isabel leise. »Ich laufe davon, nur weil mir jemand einen Schreck eingejagt hat. Damit haben sie genau das erreicht, was sie erreichen wollten.«

Hugos Enttäuschung war jetzt deutlich zu spüren. »Na gut«, sagte er. »Dann verrat uns, was du stattdessen machen kannst. Verrat uns, was wir jetzt noch machen sollen. Es fällt dir nichts ein, oder? Und zwar deswegen nicht, weil du gar nicht mehr tun *kannst*.«

»Genau«, sagte Grace, und weiter, die schottische Version von Hugos Namen benutzend, »Shuggie hier hat Recht. Und Sie haben Unrecht. Sie sind kein Feigling. Im Gegenteil, Sie sind der mutigste Mensch, den ich kenne. Der mutigste.«

»Finde ich auch«, sagte Hugo. »Du bist tapfer, Isabel. Und deswegen haben wir dich gern. Du bist tapfer, und du bist ein guter Mensch, und du weißt es nicht einmal.« Er wandte sich Grace zu. »Bitte, nennen Sie mich nicht Shuggie. Ich heiße nicht Shuggie. Ich heiße Hugo.«

Isabel ging in ihr Arbeitszimmer, um sich der Post zu widmen, ließ Hugo und Grace in der Küche sitzen. Hugo sah auf die Uhr. »Ich habe einen Schüler um elf«, sagte er. »Aber ich könnte heute Abend zurückkommen.«

Grace meinte, das sei eine gute Idee, und nahm das Angebot in Isabels Namen an. »Nur noch ein paar Tage«, sagte sie. »Wenn es Ihnen nichts ausmacht...«

»Das geht schon«, sagte Hugo. »Ich möchte sie jetzt nicht mitten in dem ganzen Schlamassel allein lassen.«

Hugo verließ das Haus, aber Grace folgte ihm nach draußen auf den Plattenweg vor der Haustür und fasste ihn am

Arm. Nach einem hastigen Blick hinter sich zum Haus, redete sie mit leiser Stimme auf ihn ein.

»Sie sind ein wunderbarer Mensch. Wirklich. Sie kümmern sich. Den meisten jungen Männern wäre das egal. Ihnen nicht.«

Hugo war peinlich berührt. »Es macht mir nichts aus. Wirklich nicht.«

»Na gut, vielleicht. Aber noch etwas wollte ich Ihnen sagen: Cat hat diesem Kerl mit den roten Hosen den Laufpass gegeben. Sie hat es Isabel in einem Brief mitgeteilt.«

Hugo sagte nichts, zwinkerte ein paar Mal mit den Augen.

Grace griff ihn noch fester am Unterarm. »Isabel hat es ihr gesagt«, flüsterte sie. »Sie hat ihr gesagt, dass Toby was mit einer anderen Frau angefangen hat.«

»Ehrlich?«

»Ja, und Cat hat sich ziemlich geärgert. Sie ist weggerannt und hat sich die Augen aus dem Kopf geweint. Ich habe versucht, mit ihr zu reden, aber sie wollte mir nicht zuhören.«

Hugo fing an zu lachen, hatte sich aber schnell wieder unter Kontrolle. »Entschuldigen Sie. Ich lache nicht darüber, dass Cat verärgert ist. Ich freue mich nur darüber, dass sie jetzt mitbekommen hat, was das für ein Kerl ist. Ich ... «

Grace nickte. »Wenn sie auch nur ein bisschen Grips hat, wird sie zu Ihnen zurückkommen.«

»Vielen Dank. Das hätte ich auch gerne, aber ich glaube nicht, dass das passieren wird.«

Grace sah ihm in die Augen. »Darf ich Ihnen mal etwas ganz Persönliches sagen?«

»Natürlich. Schießen Sie los.« Die Nachricht, die Grace ihm gebracht hatte, hatte ihm unmittelbar Auftrieb gegeben, und jetzt war er auf alles gefasst.

»Ihre Hose«, flüsterte Grace. »Sie ist langweilig. Sie haben einen tollen Körper... entschuldigen Sie, wenn ich so direkt bin. Normalerweise würde ich mit einem Mann nicht so reden. Sie sehen hinreißend aus. Hinreißend. Aber Sie müssen was aus sich machen. Etwas mehr Sexappeal würde Ihnen nicht schaden. Das Mädchen *interessiert* sich für so etwas.«

Hugo starrte sie an. Noch nie hatte jemand so zu ihm gesprochen. Sicher meinte sie es gut – aber was stimmte denn nicht mit seiner Hose? Er schaute an seinen Hosenbeinen herunter, dann sah er Grace an.

Sie schüttelte den Kopf, nicht aus Missfallen, eher aus Enttäuschung über entgangene Gelegenheiten, unausgeschöpfte Potenziale.

Um kurz vor sieben kehrte Hugo mit einem Handkoffer zurück. Nachmittags waren die Glaser dagewesen, und das Buntglas in der Tür zum Windfang war gegen ein Fensterglas ausgetauscht worden. Isabel war in ihrem Arbeitszimmer, als er kam, und sie bat ihn, ein paar Minuten im Salon zu warten, da sie den Entwurf zu einem Brief noch zu Ende schreiben wollte. Sie scheint ganz guter Laune zu sein, dachte er, als sie ihn begrüßte, doch als sie jetzt zu ihm kam, war ihre Miene trübsinniger.

»Ich habe heute zwei Anrufe von Minty bekommen«, sagte sie. »Willst du wissen, worum es ging?«

»Natürlich. Ich habe den ganzen Tag an nichts anderes gedacht.«

»Minty war wütend, als Grace ihr die Geschichte von gestern Abend erzählte. Sie hat gesagt, sie und Paul würden sich Johnny Sanderson sofort vorknöpfen. Das haben sie offensichtlich getan. Dann hat sie noch mal angerufen und gesagt, dass ich mir keine Sorgen mehr zu machen brauchte, dass Sanderson unmissverständlich davor gewarnt wurde, sich dem Haus noch einmal zu nähern. Anscheinend haben sie noch etwas gegen ihn in der Hand, mit dem sie ihm drohen können, und er hat gekuscht. Das war's also.«

»Und Mark Fraser? Ist irgendein Wort über Mark Frasers Tod gefallen?«

»Nein«, sagte Isabel. »Kein einziges. Aber wenn du mich fragst, besteht immer noch die Möglichkeit, dass Mark Fraser von Johnny Sanderson über die Brüstung gestoßen wurde oder von jemandem, der in seinem Auftrag gehandelt hat. Nur beweisen werden wir das niemals können, und ich vermute, dass Johnny Sanderson das auch weiß. Damit wäre die Sache vom Tisch. Alles schön fein säuberlich weggepackt. Die Finanzbranche hat ihren Dreck unter den Teppich gekehrt. Und der Tod eines jungen Mannes wurde ebenfalls unter den Teppich gekehrt. Man geht wieder zur Tagesordnung über.«

Hugo sah zu Boden. »Wir sind nicht gerade brillante Ermittler, was?«

Isabel lachte. »Nein«, sagte sie. »Wir sind zwei hilflose Amateure. Ein Fagottist und eine Philosophin.« Sie machte eine Pause. »Aber trotz allem moralischen Scheitern gibt es doch etwas, über das man sich freuen kann.«

Hugo war neugierig. »Und das wäre?«

Isabel stand auf. »Ich glaube, darauf dürfen wir uns getrost ein Glas Sherry gönnen«, sagte sie. »Eine Flasche Champagner aufzumachen, das wäre doch etwas unschicklich.« Sie ging zum Getränkeschrank und holte zwei Gläser heraus.

»Was feiern wir denn eigentlich?« fragte Hugo.

»Cat ist nicht mehr verlobt«, sagte Isabel. »Für kurze Zeit bestand die große Gefahr, dass sie diesen Toby heiratet. Heute

Nachmittag hat sie mich besucht, und wir beide haben uns beim andern ausgeheult. Toby ist Geschichte, wie ihr jungen Leute heute so treffend sagt.«

Es stimmte, dachte Isabel, das Ende einer Beziehung sollte man nicht mit Champagner begießen. Aber zum Essen ausgehen, das durfte man. Er schlug es ihr vor, und sie nahm die Einladung an.

28

Angefangenes ließ Isabel nicht gerne unerledigt. Sie hatte sich engagiert, weil sie der Sturz von Mark Fraser so betroffen gemacht hatte, ob sie wollte oder nicht. Dieses moralische Engagement war nun vorbei, außer in einer Hinsicht. Sie traf den Entschluss, Neil aufzusuchen und ihm die Ergebnisse ihrer Nachforschungen mitzuteilen. Schließlich war er derjenige gewesen, der sie aufgefordert hatte, tätig zu werden, und sie hatte das Gefühl, als müsste sie ihm nun erklären, was daraus geworden war. Wenn er unzufrieden mit sich war, darüber, dass er selbst nichts unternommen hatte, mochte ihn die Tatsache, dass es zwischen Marks Verdacht und dem Sturz keinen Zusammenhang gab, vielleicht trösten.

Aber da war noch etwas anderes, das sie dazu trieb, Neil aufzusuchen. Seit ihrer ersten Begegnung an jenem seltsamen Abend, als sie ihn durch den Flur in der Wohnung hatte huschen sehen, hatte er ihr Rätsel aufgegeben. Natürlich waren die Umstände ihrer Begegnung nicht einfach gewesen; sie hatte ihn, im Bett zusammen mit Hen, gestört, aber das war es nicht allein. Bei der ersten Begegnung war er misstrauisch gegen sie, und die Antworten auf ihre Fragen kamen nicht freimütig. Natürlich hatte sie kein Recht auf Gehör – er hätte sich ohne weiteres und verständlicherweise jeden Besucher, der sich nach Mark erkundigt hätte, verbeten können –, aber es ging darüber hinaus.

Sie wollte ihn am nächsten Tag aufsuchen. Sie rief ihn an, um einen Termin bei ihm zu Hause zu vereinbaren, aber in der Wohnung hob niemand ab, und in seinem Büro war er nicht erreichbar. Deswegen entschied sie sich erneut für einen unangekündigten Besuch.

Als sie jetzt die Treppe hochging, ließ sie Revue passieren, was in der Zeit zwischen ihrem letzten Besuch und heute alles passiert war. Nur wenige Wochen waren vergangen, aber in der Zeit, so schien ihr, war sie durch einen regelrechten emotionalen Fleischwolf gedreht worden. Und jetzt war sie wieder da angekommen, wo alles angefangen hatte. Sie klingelte, und wie beim letzten Mal machte Hen ihr die Tür auf. Diesmal fiel die Begrüßung herzlicher aus, und ihr wurde sofort ein Glas Wein angeboten, das sie annahm.

»Eigentlich wollte ich zu Neil«, sagte sie. »Ich wollte ihn noch mal sprechen. Ich hoffe nur, dass es ihm nichts ausmacht.«

»Bestimmt nicht«, sagte Hen. »Er ist noch nicht wieder da, aber es dauert sicher nicht mehr lange.«

Isabel rief sich ihren ersten Besuch ins Gedächtnis, als Hen sie belogen hatte, Neil sei nicht da, sie ihn aber nackt durch den Flur hatte laufen sehen. Sie wollte lachen, aber sie verkniff es sich.

»Ich ziehe aus«, sagte Hen im Plauderton. »Das heißt, ich ziehe weg. Ich habe einen Job in London gefunden. Eine Herausforderung. Neue Chancen und so.«

»Kann ich verstehen«, sagte Isabel. »Sie sind bestimmt schon ganz aufgeregt.«

»Die Wohnung hier wird mir allerdings fehlen«, sagte Hen. »Aber ich komme ganz bestimmt wieder zurück nach Schottland. Die meisten kommen zurück.«

»Ich bin auch zurückgekommen«, sagte Isabel. »Ich war einige Jahre in Cambridge und in Amerika, und dann bin ich zurückgekommen. Jetzt bleibe ich wahrscheinlich für immer hier.«

»Ich habe mir erst noch ein paar Jahre gegeben«, sagte Hen. »Dann sehen wir weiter.«

Isabel fragte sich, was Neil wohl machen würde. Würde er bleiben, oder würde sie ihn mitnehmen? Wahrscheinlich wird sie das nicht machen, dachte sie. Sie fragte Hen.

»Neil bleibt hier«, sagte Hen. »Er hat ja seinen Job hier.«

»Und die Wohnung? Wird er sie behalten?«

»Ich glaube, ja.« Hen unterbrach sich. »Ich glaube, er ist ein bisschen sauer deswegen, aber da wird er drüber wegkommen. Marks Tod hat ihn schwer erschüttert. Er hat uns alle schwer erschüttert. Aber Neil hat ihn sich besonders zu Herzen genommen.«

»Waren die beiden eng befreundet?«

Hen nickte. »Ja, sie haben sich gut verstanden. Jedenfalls meistens. Ich glaube, das habe ich Ihnen bereits gesagt.«

»Ja, stimmt«, sagte Isabel. »Das sagten Sie bereits.«

Hen nahm die Weinflasche, die sie auf den Tisch gestellt hatte, und goss sich nach. »Wissen Sie«, fing sie jetzt an, »ich muss immer noch oft an den Abend denken. Den Abend, an dem Mark gestürzt ist. Ich kann gar nichts dafür. Manchmal erwischt es mich einfach zwischendurch. Dann denke ich daran, wie er da sitzt, in seiner letzten Stunde, seiner letzten

279

Lebensstunde. Ich denke daran, wie er da sitzt und das Stück von McCunn hört. Ich kenne die Musik. Meine Mutter hat sie oft zu Hause gespielt. Ich denke daran, wie er da sitzt und zuhört.«

»Es tut mir Leid«, sagte Isabel. »Ich kann mir vorstellen, wie schwer das für Sie sein muss.« Der McCunn, *Land of the Mountain and the Flood*, ein romantisches Stück. Auf einmal schoss ihr ein Gedanke durch den Kopf, und eine Sekunde lang stand ihr Herz still.

»Sie wissen, was an dem Abend gespielt wurde?« fragte sie. Ihre Stimme klang gepresst, und Hen sah sie erstaunt an.

»Ja. Den Rest habe ich vergessen, aber der McCunn ist mir aufgefallen.«

»Aufgefallen?«

»In dem Programm«, sagte Hen und sah Isabel verdutzt an. »Ich habe es auf dem Programm gesehen. Und?«

»Woher haben Sie das Programm? Hat es Ihnen jemand gegeben?«

Wieder sah Hen ihren Gast an, als würde sie sinnlose Fragen stellen. »Ich glaube, ich habe es hier irgendwo in der Wohnung gefunden. Ich glaube, ich würde es sogar jetzt noch wiederfinden. Wollen Sie es sehen?«

Isabel nickte, und Hen stand auf und kramte in einem Stapel Papiere auf einem Regal. »Hier ist es. Das ist das Programm. Sehen Sie, da ist der McCunn, und die anderen Stücke sind hier aufgelistet.«

Isabel nahm den Programmzettel an sich. Ihre Hände zitterten.

»Wem gehört das Programm?« fragte sie.

»Das weiß ich nicht«, sagte Hen. »Vielleicht Neil. Alles

in dieser Wohnung gehört entweder ihm oder mir oder...
Mark.«

»Es muss Neils sein«, sagte Isabel leise. »Mark ist ja nicht zurückgekommen von dem Konzert.«

»Ich verstehe nicht, warum das Programm so wichtig ist«, sagte Hen. Sie machte den Eindruck, als sei sie leicht verärgert, und Isabel nutzte die Gelegenheit, um sich zu entschuldigen.

»Ich gehe und warte unten auf Neil«, sagte sie. »Ich möchte Sie nicht weiter aufhalten.«

»Ich wollte gerade in die Badewanne«, sagte Hen.

»Dann tun Sie das«, sagte Isabel schnell. »Kommt er zu Fuß von der Arbeit?«

»Ja«, sagte Hen. »Er kommt aus Tollcross. Über den Golfplatz.«

»Ich gehe ihm entgegen«, sagte Isabel. »Es ist ein herrlicher Abend, der Spaziergang wird mir gut tun.«

Sie ging nach draußen, versuchte, ruhig zu bleiben, die Atmung zu kontrollieren. Soapy Soutar, der Junge aus dem Erdgeschoss, zerrte seinen widerspenstigen Hund zu einem Grünstreifen am Straßenrand. Sie überholte ihn, blieb dann stehen, um etwas zu sagen.

»Das ist aber ein schöner Hund.«

Soapy Soutar blickte zu ihr auf. »Er mag mich nicht. Und er frisst für zwei.«

»Hunde haben immer Hunger«, sagte Isabel. »So sind sie nun mal.«

»Der hier hat einen Pferdemagen, sagt meine Mum. Frisst und will nicht rausgehen.«

»Bestimmt mag er dich.«

»Nein, er mag mich nicht.«

Die Unterhaltung gelangte an ihr natürliches Ende, und Isabel sah hinüber zum Golfplatz. Zwei Menschen kamen, getrennt voneinander, den diagonal verlaufenden Weg hoch. Einer der beiden, eine große Gestalt in einem leichten Regenmantel, sah aus wie Neil. Isabel ging ihm entgegen.

Es war Neil. Im ersten Moment schien er sie nicht wiederzuerkennen, aber dann lachte er und begrüßte sie freundlich.

»Ich wollte zu Ihnen«, sagte sie. »Hen sagte sie, Sie wären auf dem Heimweg. Deswegen habe ich mir gedacht, ich gehe Ihnen entgegen und treffe Sie unterwegs. Es ist ein herrlicher Abend.«

»Ja, schön, nicht?« Er sah sie an, wartete darauf, dass sie noch etwas sagte. Er ist verlegen, dachte sie, kein Wunder.

Sie holte tief Luft. »Warum sind Sie damals zu mir gekommen?« fragte sie. »Warum sind Sie gekommen, um mit mir über Marks Verdacht zu reden?«

Die Antwort kam schnell, fast noch ehe sie ihre Frage zu Ende formuliert hatte. »Weil ich Ihnen nicht die ganze Wahrheit gesagt habe.«

»Die haben Sie mir immer noch nicht gesagt.«

Er starrte sie an, und sie sah, wie sich seine Hand an den Griff seiner Aktentasche klammerte. »Sie haben mir immer noch nicht gesagt, dass Sie da waren. Sie waren an dem Abend in der Usher Hall, nicht?«

Sie hielt seinem Blick stand, beobachtete den Ablauf der Gefühle. Zunächst Wut, die aber rasch verflog, ersetzt durch Angst.

»Ich weiß, dass Sie da waren«, sagte sie. »Und jetzt habe ich auch den Beweis.« Das war nur in Teilen wahr, aber sie fand, dass es reichte, jedenfalls für den Zweck dieser Begegnung.

Er öffnete den Mund, weil er etwas sagen wollte. »Ich...«

»Haben Sie was mit seinem Tod zu tun, Neil? Oder nicht? Sie beide waren die Einzigen oben auf dem Rang, nachdem alle anderen schon gegangen waren. Das stimmt doch, oder?«

Er konnte ihren Blick nicht mehr aushalten. »Ja. Ich war da.«

»Gut«, sagte Isabel. »Und was ist passiert?«

»Wir haben uns gestritten«, sagte er. »Ich habe angefangen. Ich war eifersüchtig auf ihn und Hen. Ich hielt das nicht aus. Wir haben uns gestritten, und ich habe ihn geschubst, zur Seite, nur so, um meinen Standpunkt zu verdeutlichen. Es sollte überhaupt nicht mehr sein, nur ein Schubser, mehr nicht. Aber er hat das Gleichgewicht verloren.«

»Sagen Sie die Wahrheit, Neil?« Isabel sah ihm direkt in die Augen, als er jetzt aufschaute, um etwas zu erwidern, und da hatte sie ihre Antwort. Blieb noch die Frage, warum er eifersüchtig auf Mark und Hen war. Aber spielte das eine Rolle? Sie fand, es spielte keine Rolle; Liebe und Eifersucht mögen unterschiedlichen Ursprungs sein, aber in ihrer Kraft und Eindringlichkeit sind sie sich ähnlich.

»Das ist die Wahrheit«, sagte er langsam. »Aber die konnte ich doch keinem erzählen, oder? Man hätte mich angeklagt, ich hätte ihn über die Brüstung gestoßen, und ich hätte keinen Zeugen gehabt, der ausgesagt hätte, dass es nicht so war. Wenn ich die Wahrheit gesagt hätte, wäre es zu einem Prozess gekommen. Das ist Totschlag, wenn man jemanden angreift und der andere kommt zu Tode, selbst wenn man gar nicht die Absicht hatte, den anderen zu töten, selbst wenn man ihn nur geschubst hat. Es war ein Unfall, wirklich. Ich hatte gar nicht die Absicht, nicht die geringste...« Er stockte. »Und ich hatte viel zu viel Angst, um es jemandem zu sagen.

Ich habe mir ausgemalt, wie es wäre, wenn mir kein Mensch glaubte.«

»Ich glaube Ihnen«, sagte Isabel.

Ein Mann ging vorüber, trat zur Seite, um Ihnen auszuweichen, fragte sich, hatte Isabel den Eindruck, was sie hier wohl machten, in ein ernstes Gespräch vertieft, unterm Abendhimmel. Ein Leben neu ordnen, dachte sie, die Toten zur Ruhe betten, Zeit vergehen lassen, Vergebung zulassen.

Das sind Probleme, mit denen sich Philosophen in ihren Kämmerlein herumschlagen, dachte Isabel. Vergebung ist ein beliebtes Thema bei ihnen, ebenso Bestrafung. Wir müssen bestrafen, nicht, weil es uns danach besser geht – letztlich geht es uns deswegen *nicht* besser –, sondern weil es das moralische Gleichgewicht wiederherstellt: Strafe ist eine Aussage über Verbrechen, es bestätigt unser Verständnis von einer gerechten Welt. In einer gerechten Welt werden jedoch nur die bestraft, die bewusst Unrecht tun, die aus bösem Willen handeln. Dieser junge Mann, den sie jetzt verstehen konnte, hatte nicht bewusst Unrecht tun wollen. Er hatte nie die Absicht, Mark irgendwie zu verletzen – nie und nimmer –, und es gab keinen Grund, keine nachvollziehbare Rechtfertigung, ihn für die schrecklichen Folgen einer nur aus Verärgerung vollzogenen Geste verantwortlich zu machen. Wenn das schottische Strafrecht den Sachverhalt anders beurteilte, dann war das schottische Gesetz eben unhaltbar, mehr gab es dazu nicht zu sagen.

Neil war verwirrt. Letztlich ging es um Sex; Neil wusste nicht, was er eigentlich wollte, es fehlte ihm die nötige Reife. Bekäme er jetzt eine Strafe für etwas, das er niemals gewollt hatte – wem wäre damit gedient? Ein weiteres Leben wäre zerstört, und die Welt wäre deswegen kein besserer Ort.

»Ja, ich glaube Ihnen«, sagte Isabel. Sie machte eine Pause. Die Entscheidung fiel ihr eigentlich leicht, und man brauchte dafür kein Moralphilosoph zu sein. »Damit wäre die Sache erledigt. Es war ein Unfall. Es tut Ihnen Leid. Dabei können wir es bewenden lassen.«

Sie sah ihn an, er war in Tränen aufgelöst. Sie trat näher und nahm seine Hand, die sie so lange hielt, bis sie ihren Weg fortsetzen konnten.